ANN M. MARTIN

LA HERMANITA DE LAS NIÑERAS

LA BRUJA DE KAREN

UNA NOVELA GRÁFICA DE

KATY FARINA

CON COLOR DE BRADEN LAMB

Un sello editorial de

SCHOLASTIC

A Laura Elizabeth, la más joven de las Perkins
A. M. M.

A Maddie, mi propia hermanita
K. F.

Originally published in English as *Baby-Sitters Little Sister #1: Karen's Witch*

Translated by Juan Pablo Lombana

Text copyright © 2020 by Ann M. Martin
Art copyright © 2020 by Katy Farina
Translation copyright © 2020 by Scholastic Inc.

ISBN 978-1-338-67013-4

10 9 8 7 6 5 4 3 2 1   20 21 22 23 24

Printed in China 38
First Spanish printing, 2020

Edited by Cassandra Pelham Fulton and David Levithan
Spanish translation edited by María Domínguez and Abel Berriz
Book design by Phil Falco and Shivana Sookdeo
Publisher: David Saylor

CAPÍTULO 1

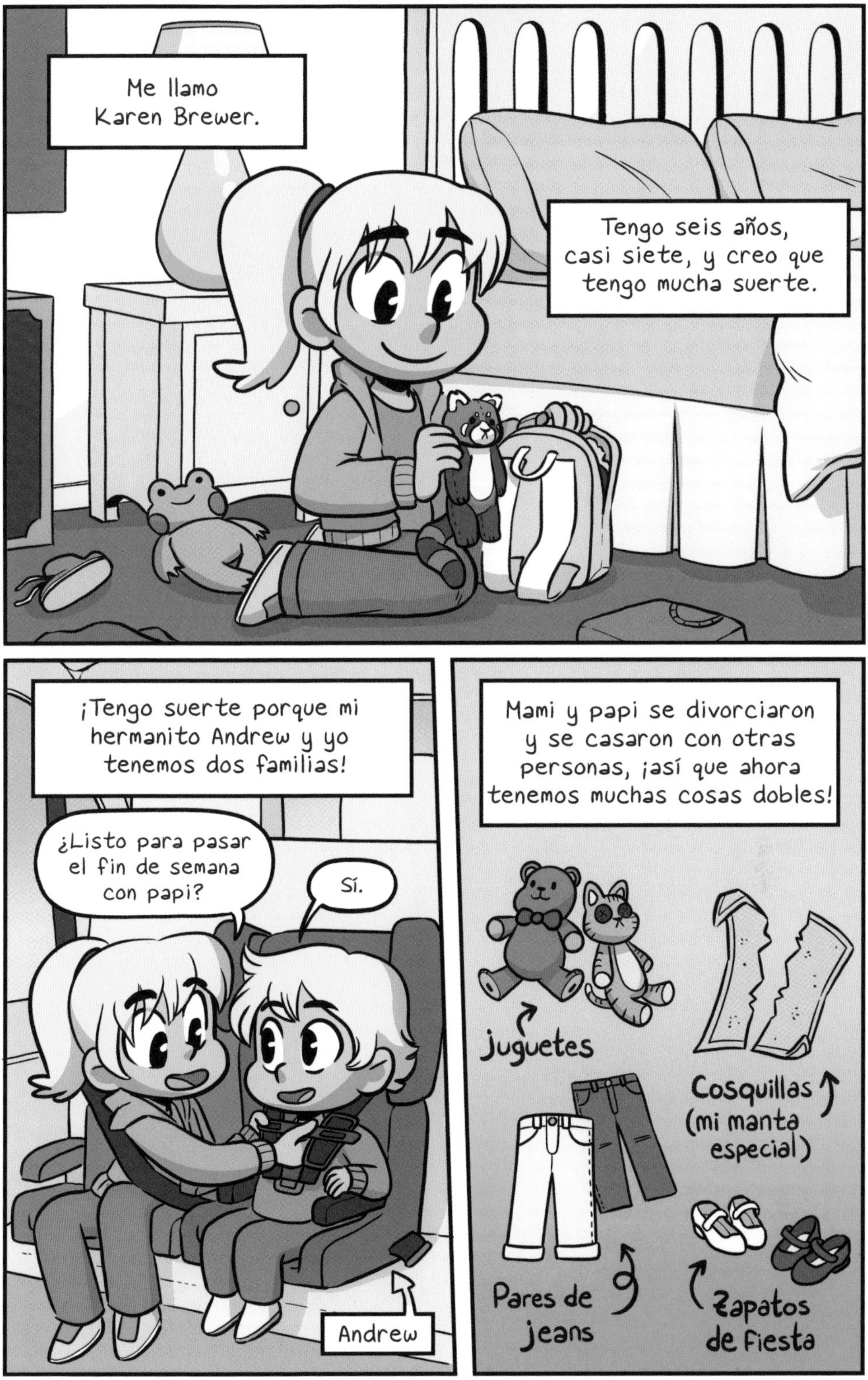

Me llamo Karen Brewer.
Tengo seis años, casi siete, y creo que tengo mucha suerte.
¡Tengo suerte porque mi hermanito Andrew y yo tenemos dos familias!
¿Listo para pasar el fin de semana con papi?
Sí.
Andrew
Mami y papi se divorciaron y se casaron con otras personas, ¡así que ahora tenemos muchas cosas dobles!
juguetes
Cosquillas (mi manta especial)
Pares de jeans
Zapatos de fiesta

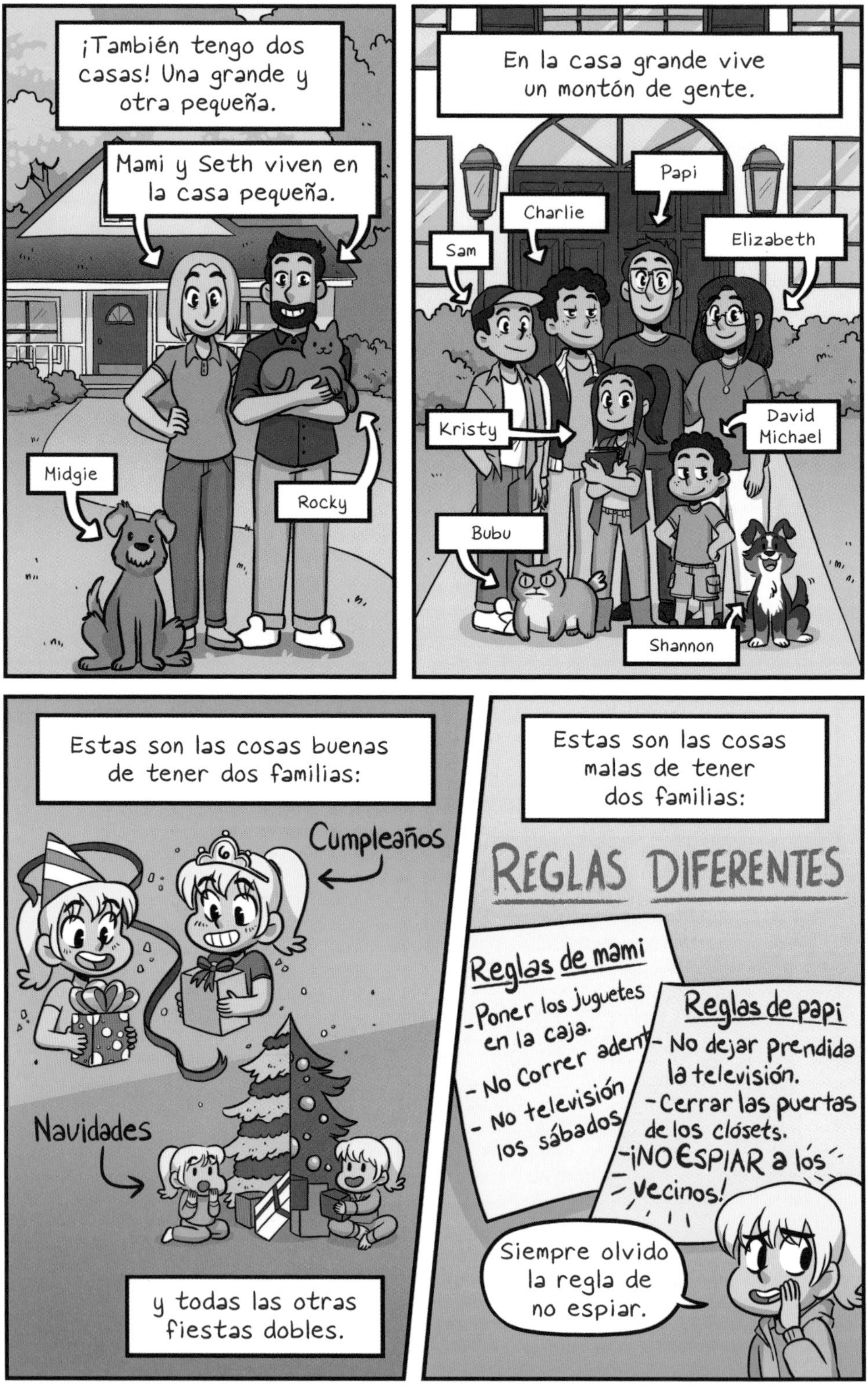
¡También tengo dos casas! Una grande y otra pequeña.
Mami y Seth viven en la casa pequeña.
Midgie
Rocky
En la casa grande vive un montón de gente.
Papi
Charlie
Sam
Elizabeth
Kristy
David Michael
Bubu
Shannon
Estas son las cosas buenas de tener dos familias:
Cumpleaños
Navidades
y todas las otras fiestas dobles.
Estas son las cosas malas de tener dos familias:
REGLAS DIFERENTES
Reglas de mami
-Poner los juguetes en la caja.
- No correr adent
- No televisión los sábados
Reglas de papi
- No dejar prendida la televisión.
- Cerrar las puertas de los clósets.
- ¡NO ESPIAR a los vecinos!
Siempre olvido la regla de no espiar.

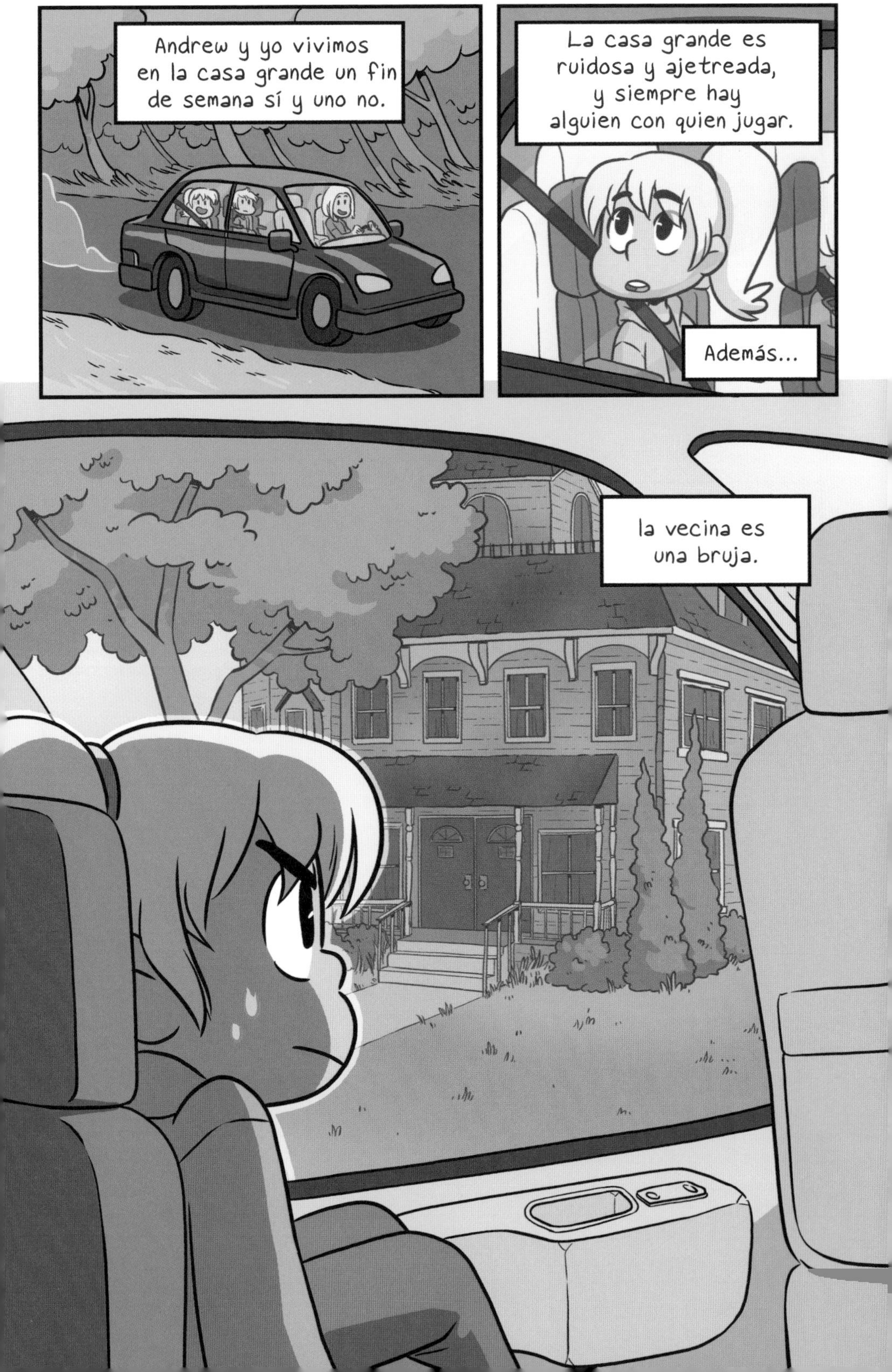
Andrew y yo vivimos en la casa grande un fin de semana sí y uno no.
La casa grande es ruidosa y ajetreada, y siempre hay alguien con quien jugar.
Además...
la vecina es una bruja.

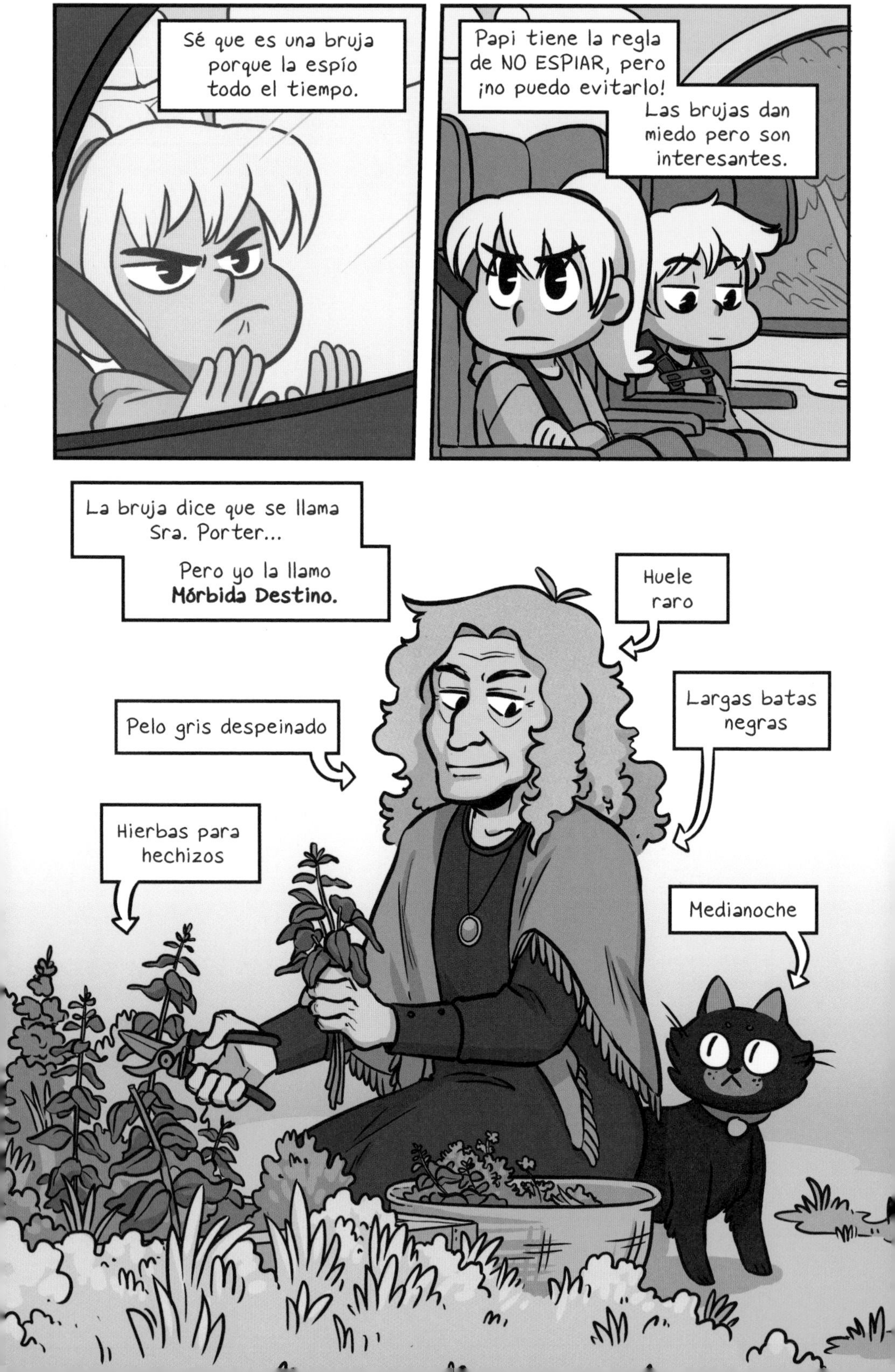
Sé que es una bruja porque la espío todo el tiempo.
Papi tiene la regla de NO ESPIAR, pero ¡no puedo evitarlo!
Las brujas dan miedo pero son interesantes.
La bruja dice que se llama Sra. Porter...
Pero yo la llamo **Mórbida Destino.**
Huele raro
Pelo gris despeinado
Largas batas negras
Hierbas para hechizos
Medianoche

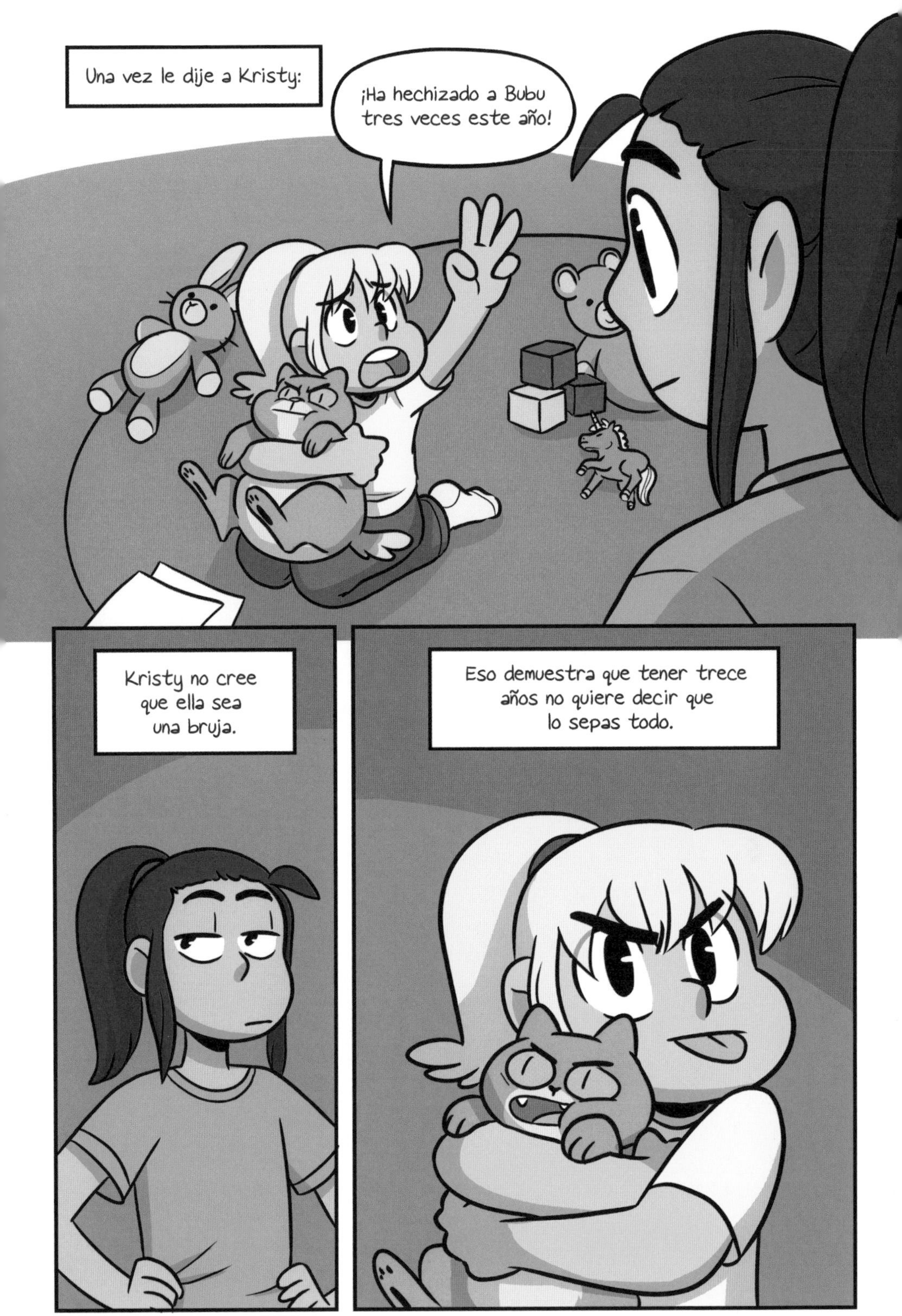
Una vez le dije a Kristy:
¡Ha hechizado a Bubu tres veces este año!
Kristy no cree que ella sea una bruja.
Eso demuestra que tener trece años no quiere decir que lo sepas todo.

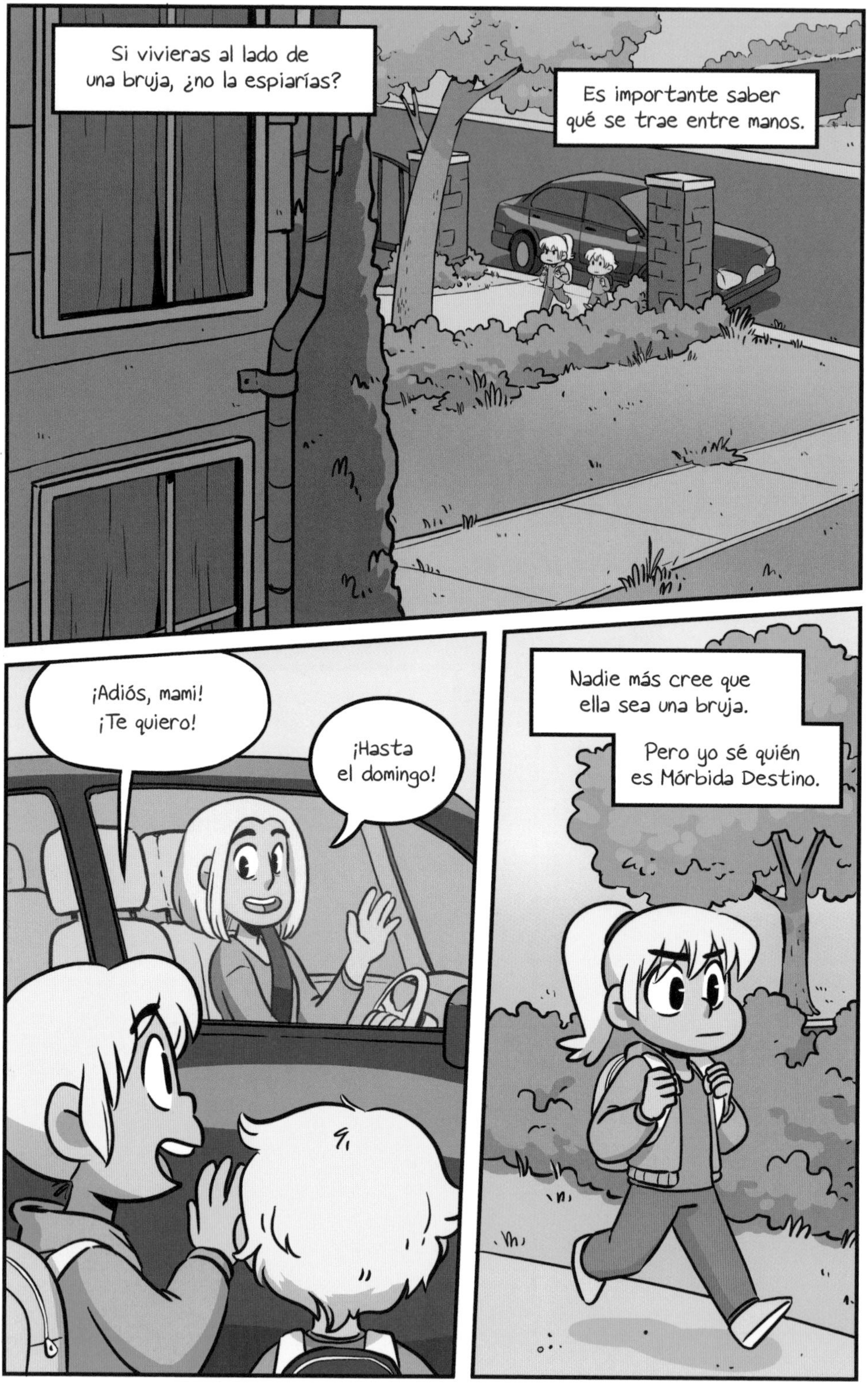
Si vivieras al lado de una bruja, ¿no la espiarías?
Es importante saber qué se trae entre manos.
¡Adiós, mami! ¡Te quiero!
¡Hasta el domingo!
Nadie más cree que ella sea una bruja.
Pero yo sé quién es Mórbida Destino.

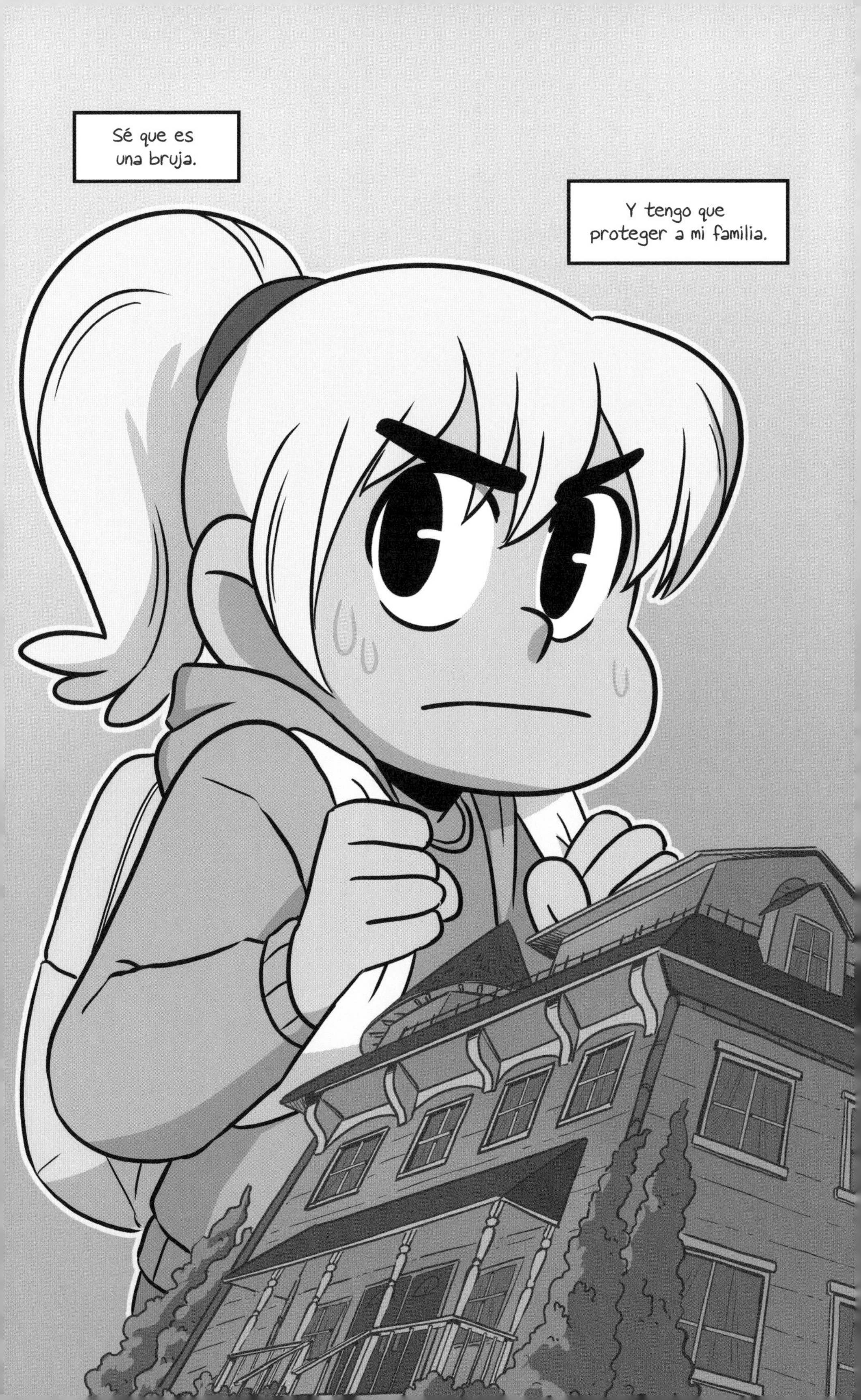
Sé que es
una bruja.
Y tengo que
proteger a mi familia.

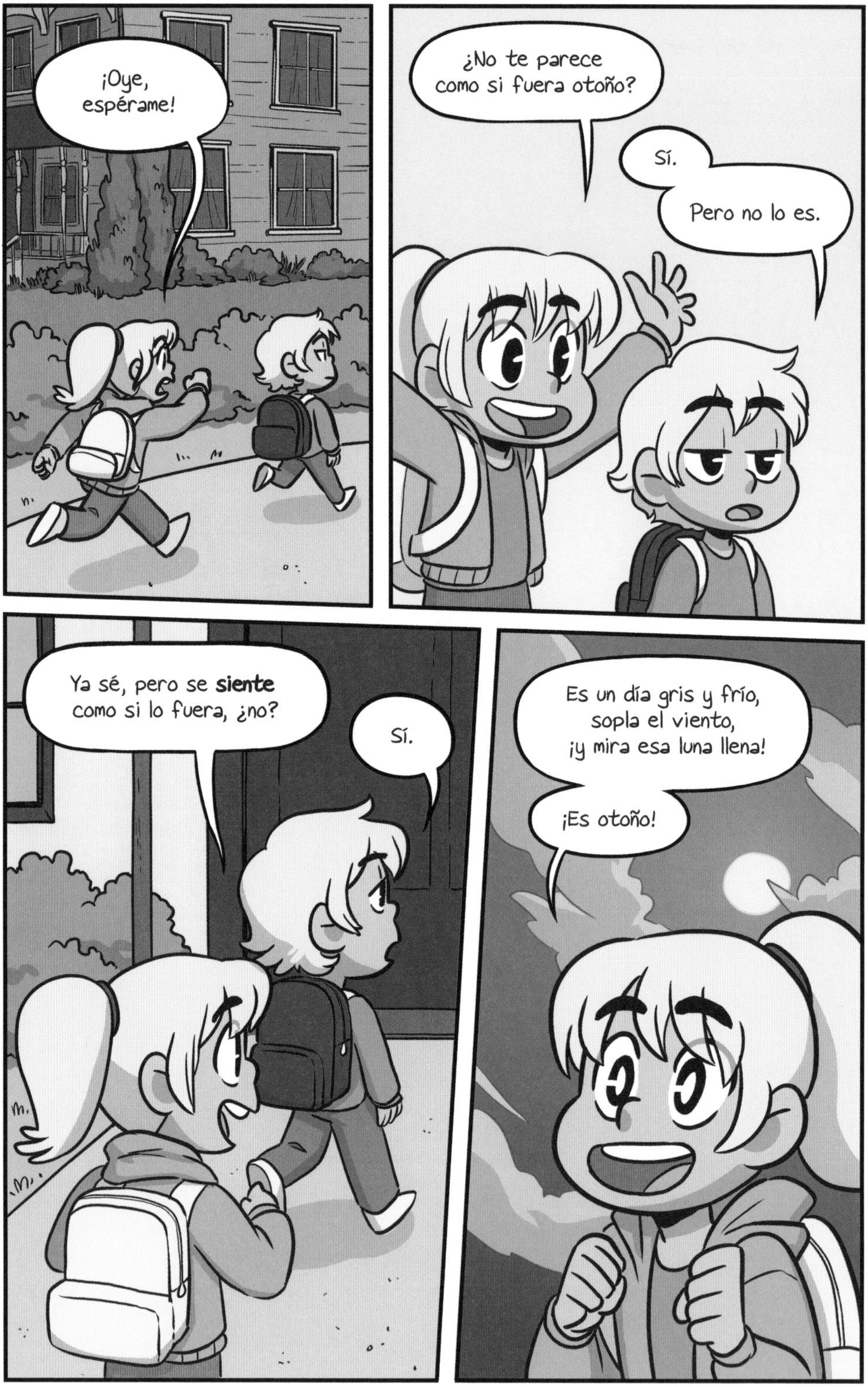
¡Oye, espérame!
¿No te parece como si fuera otoño?
Sí.
Pero no lo es.
Ya sé, pero se **siente** como si lo fuera, ¿no?
Sí.
Es un día gris y frío, sopla el viento, ¡y mira esa luna llena!
¡Es otoño!

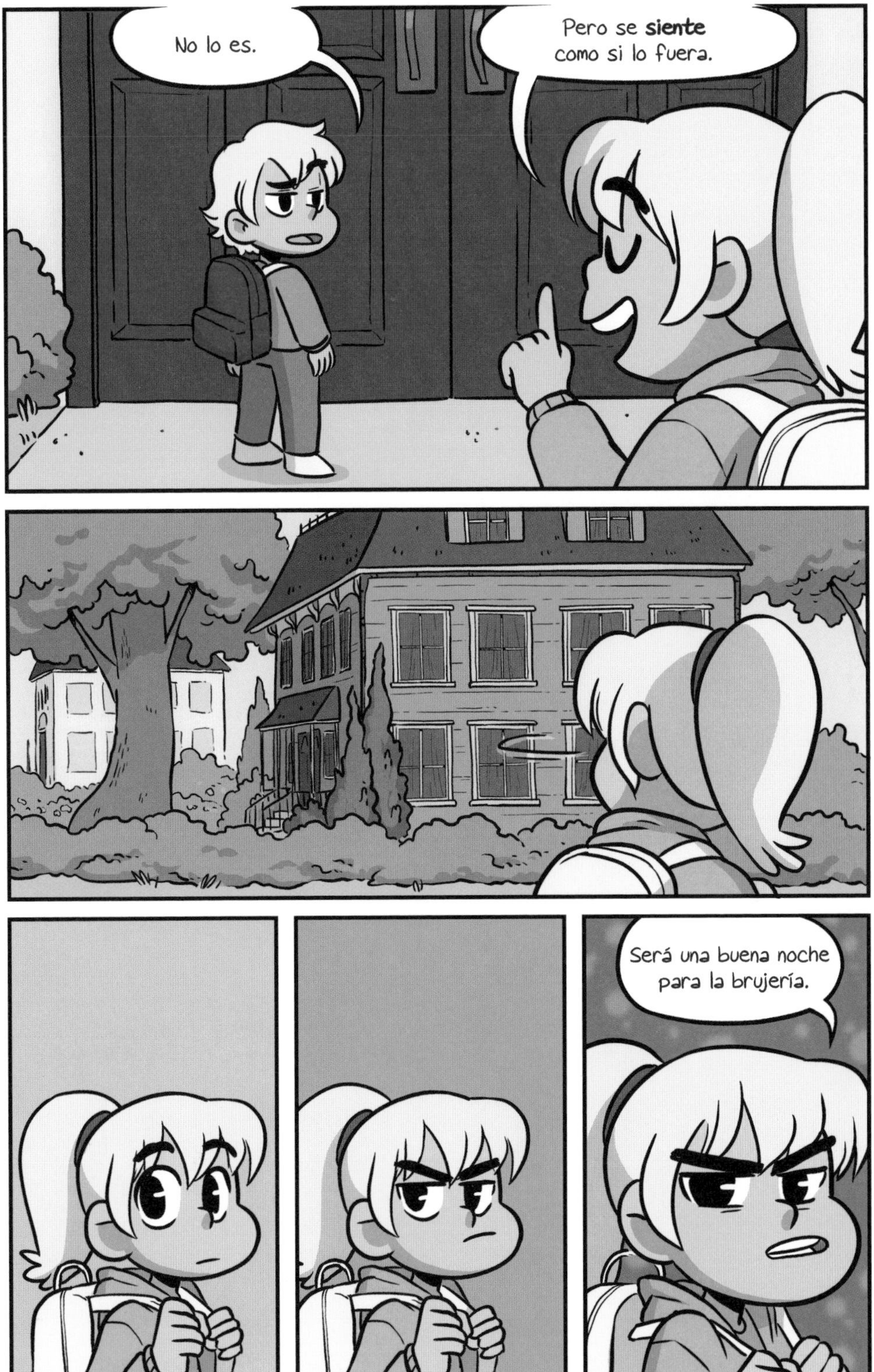
No lo es.
Pero se **siente** como si lo fuera.
Será una buena noche para la brujería.

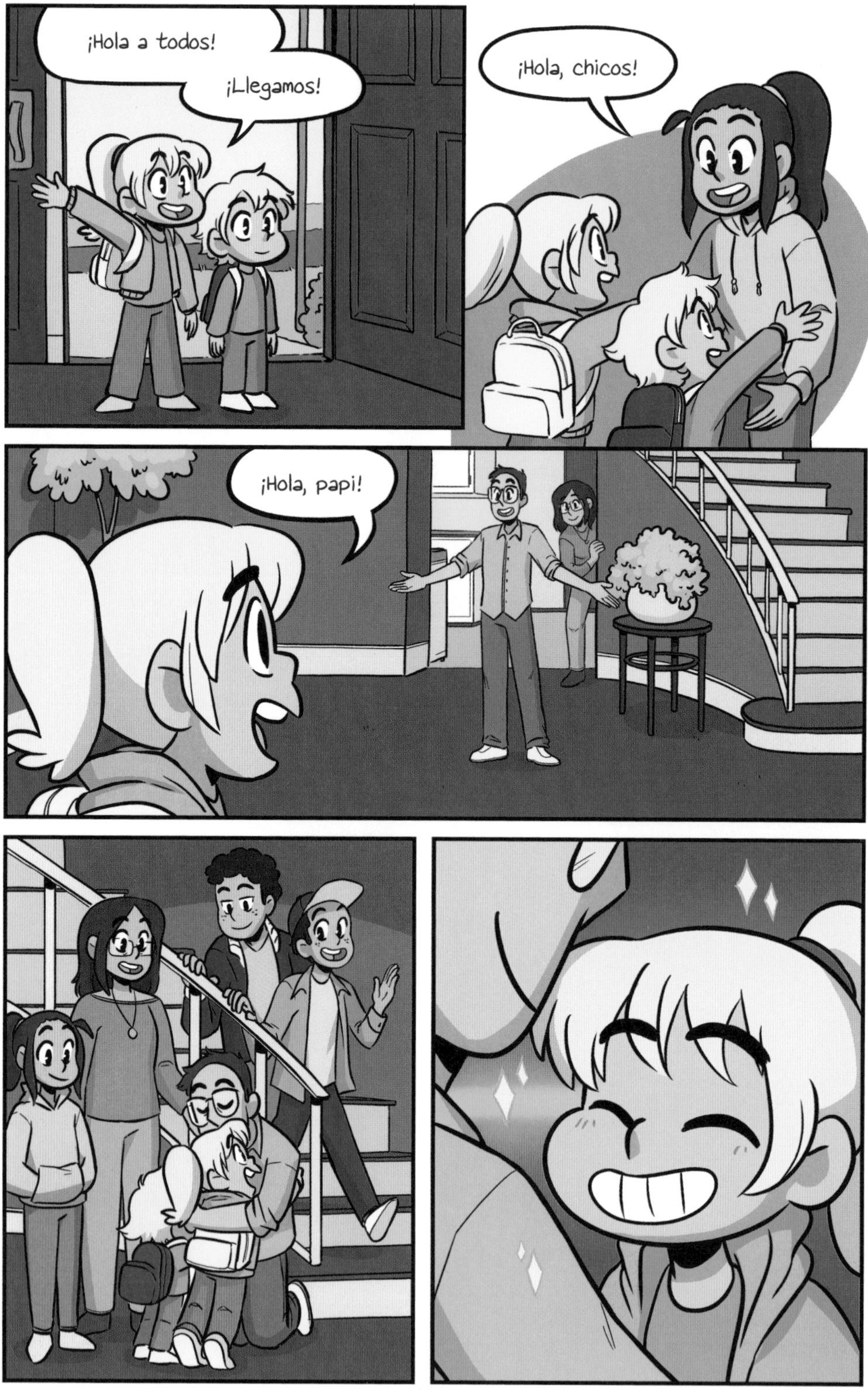
¡Hola a todos!
¡Llegamos!
¡Hola, chicos!
¡Hola, papi!

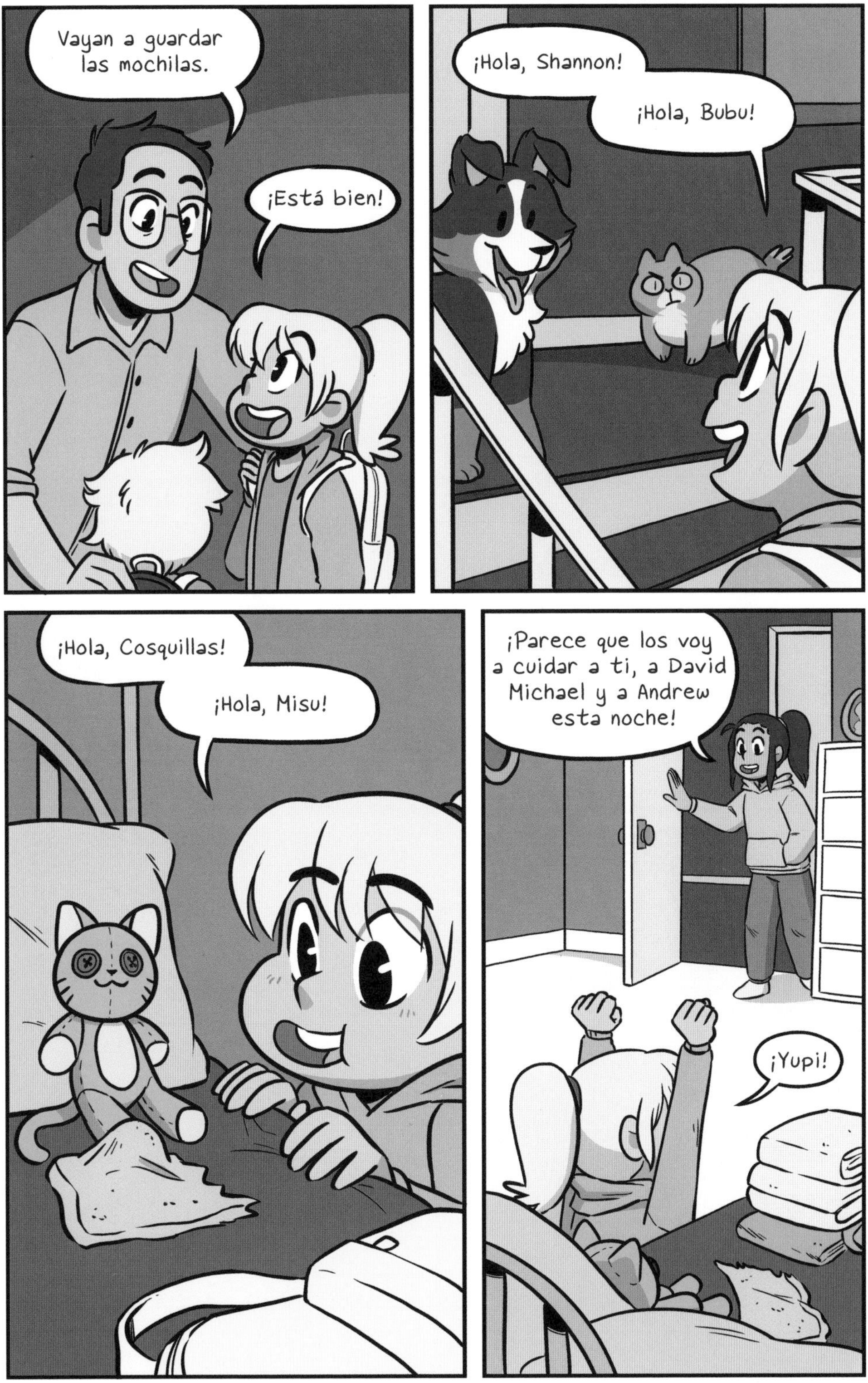
Vayan a guardar las mochilas.
¡Está bien!
¡Hola, Shannon!
¡Hola, Bubu!
¡Hola, Cosquillas!
¡Hola, Misu!
¡Parece que los voy a cuidar a ti, a David Michael y a Andrew esta noche!
¡Yupi!

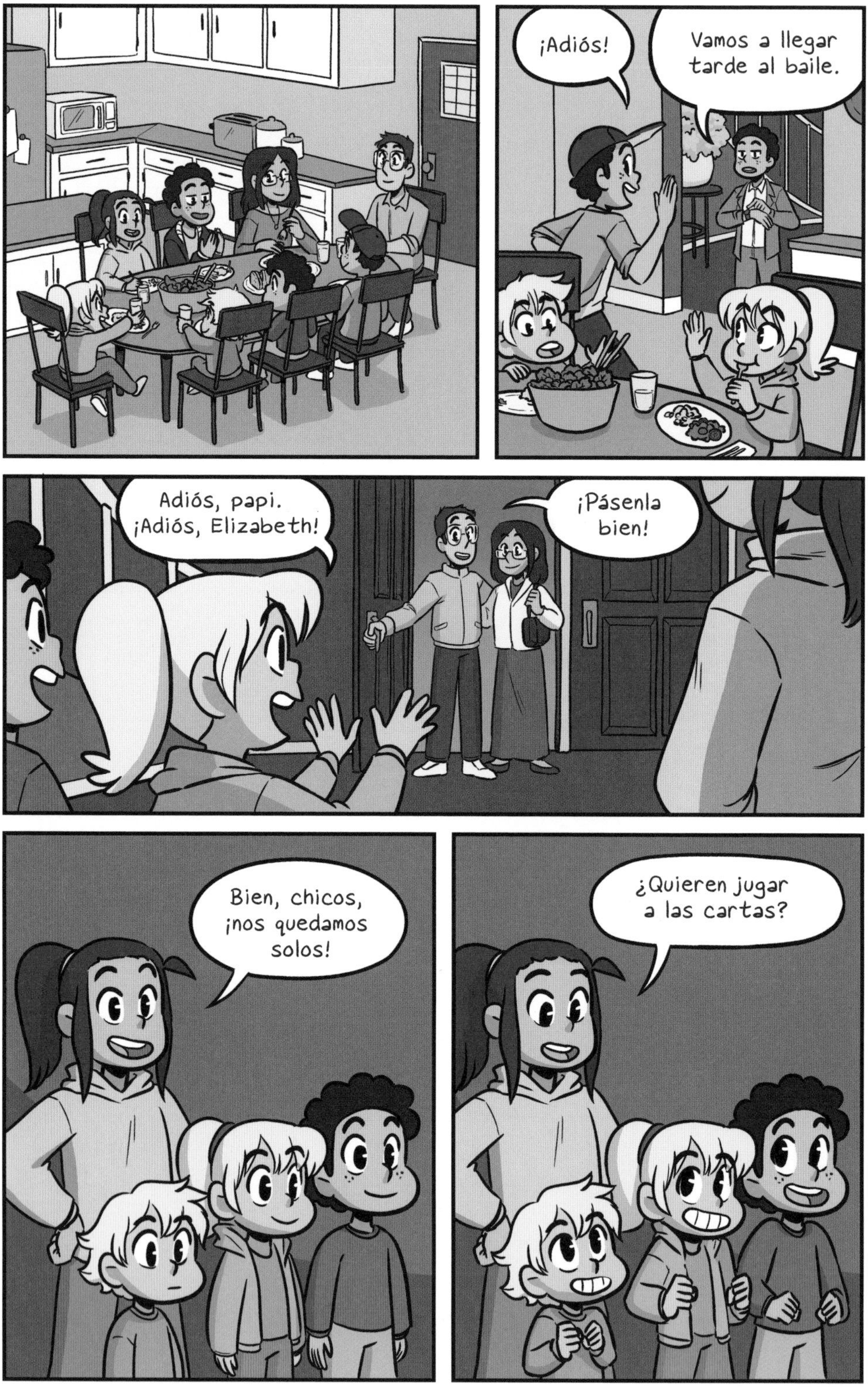
¡Adiós!
Vamos a llegar tarde al baile.
Adiós, papi. ¡Adiós, Elizabeth!
¡Pásenla bien!
Bien, chicos, ¡nos quedamos solos!
¿Quieren jugar a las cartas?

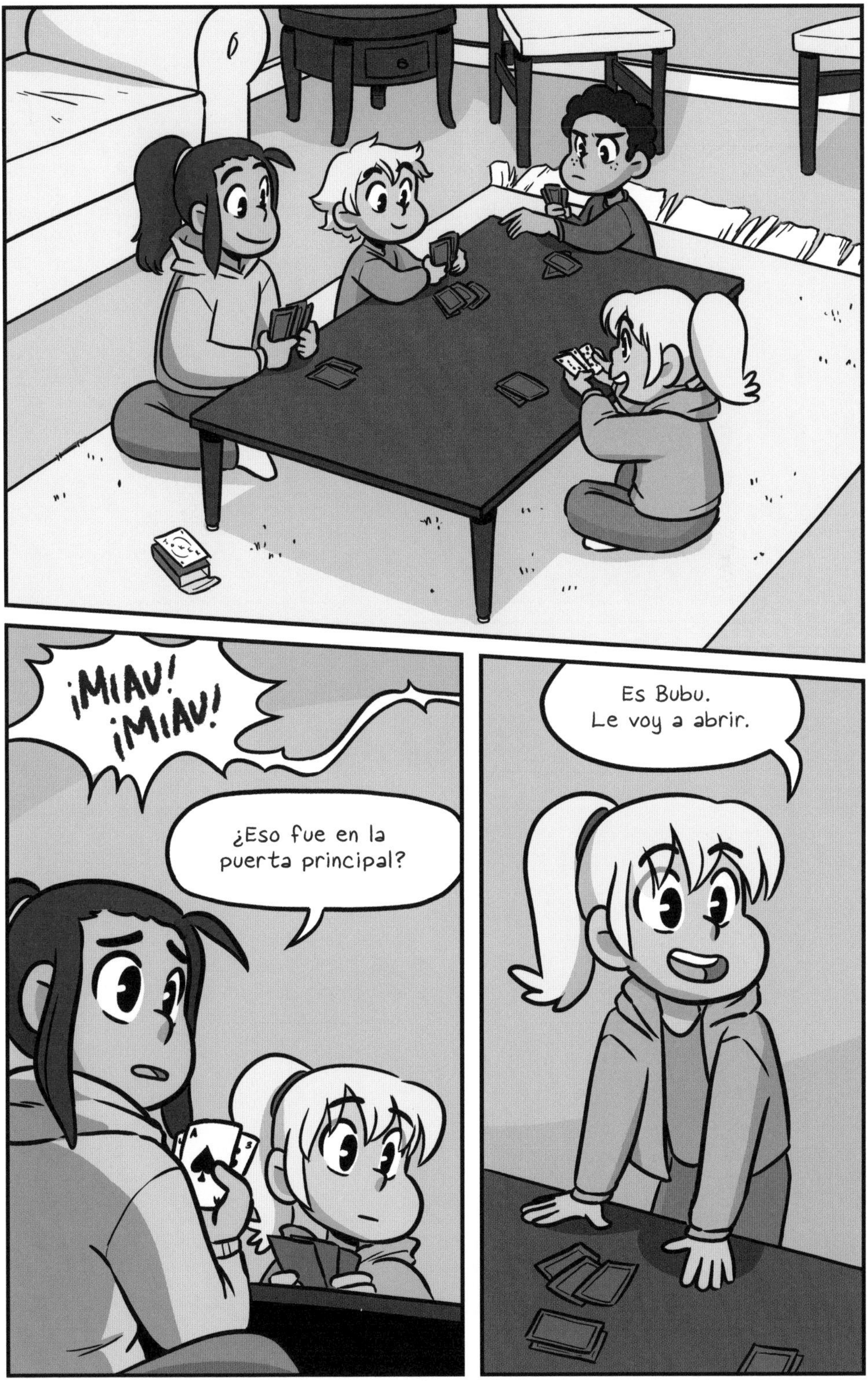
¡MIAU! ¡MIAU!
¿Eso fue en la puerta principal?
Es Bubu. Le voy a abrir.

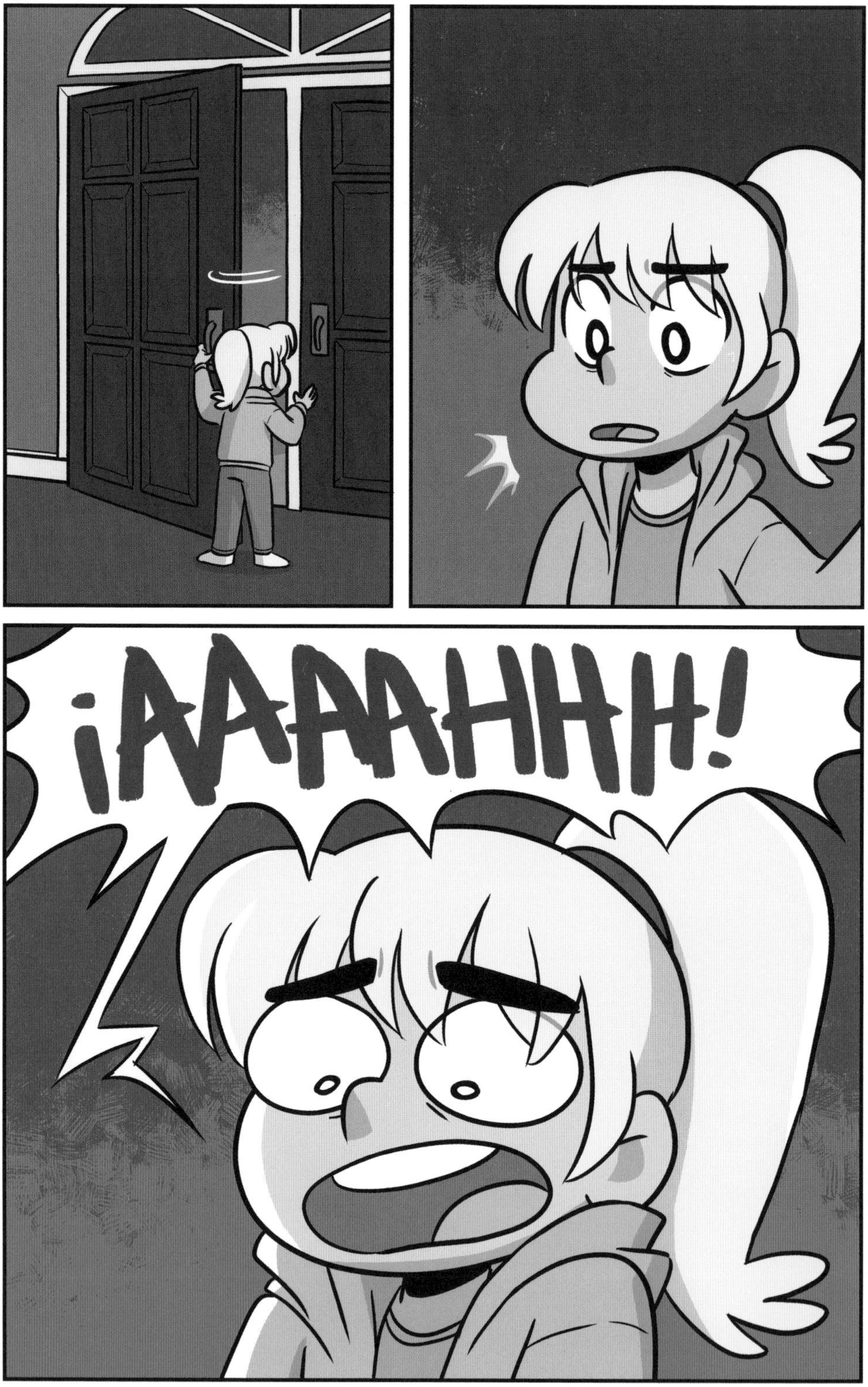
¡AAAAHHH!

CAPÍTULO 2

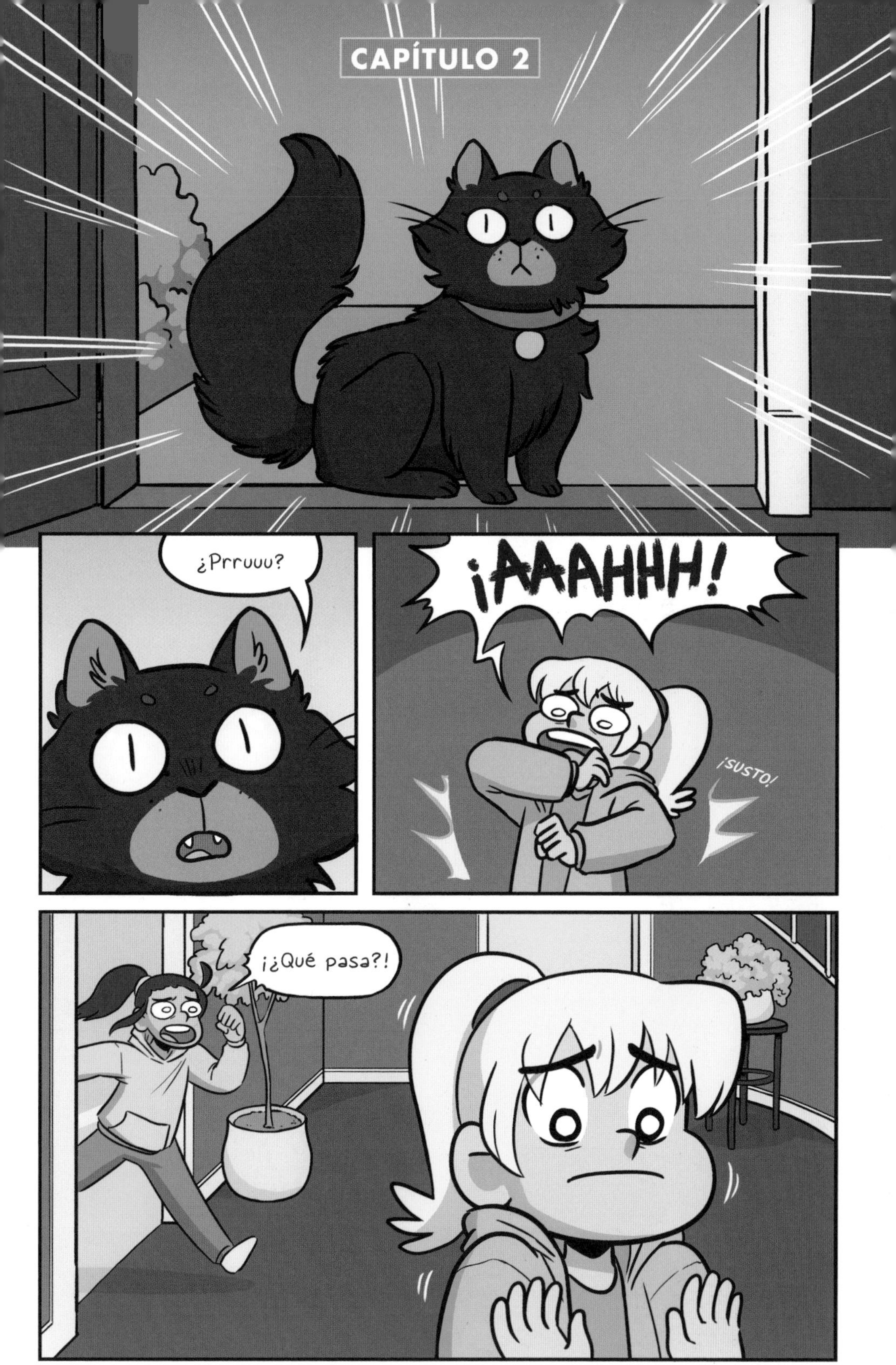
¿Prruuu?
¡AAAHHH!
¡SUSTO!
¡¿Qué pasa?!

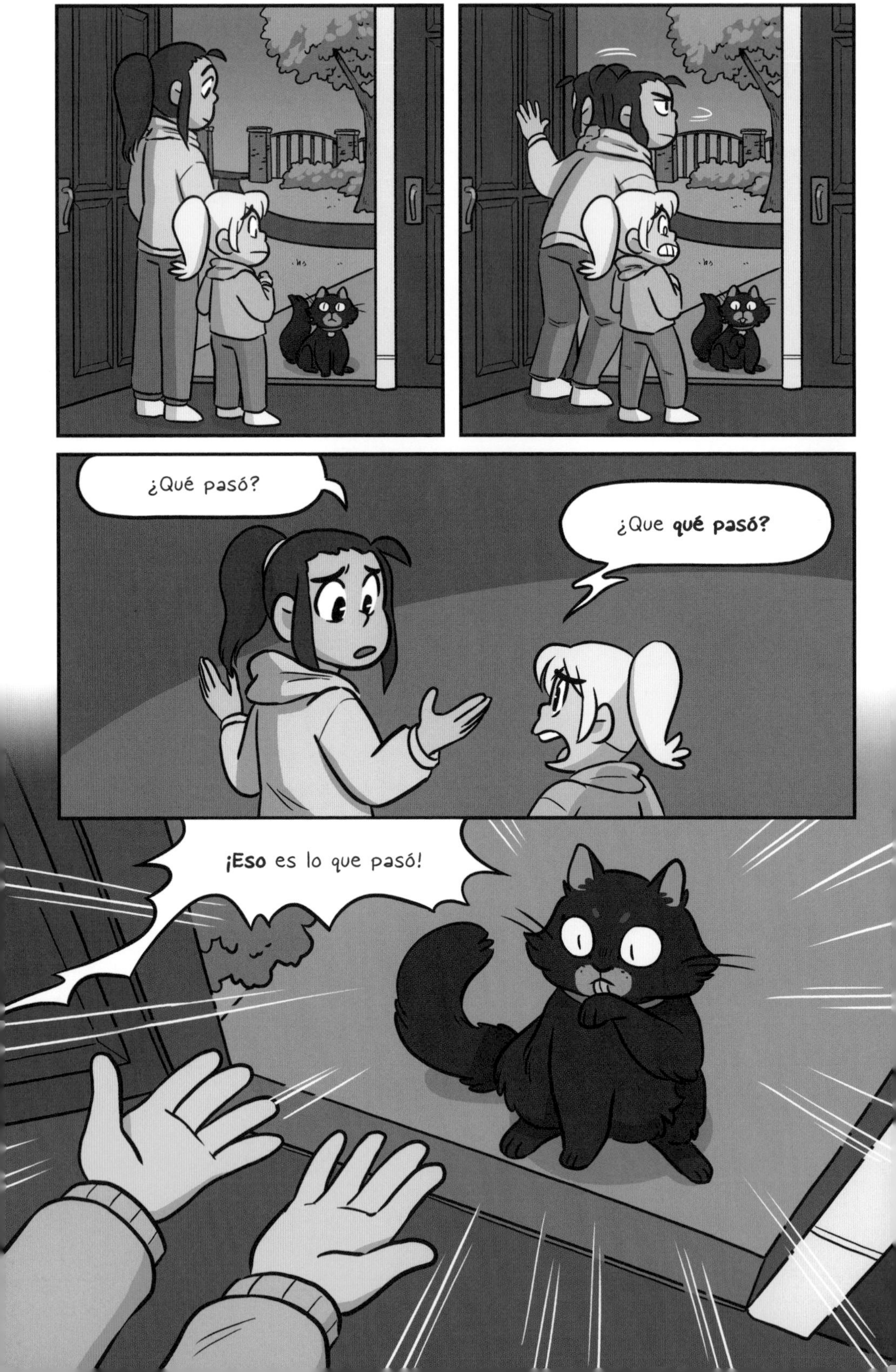
¿Qué pasó?
¿Que **qué pasó?**
¡**Eso** es lo que pasó!

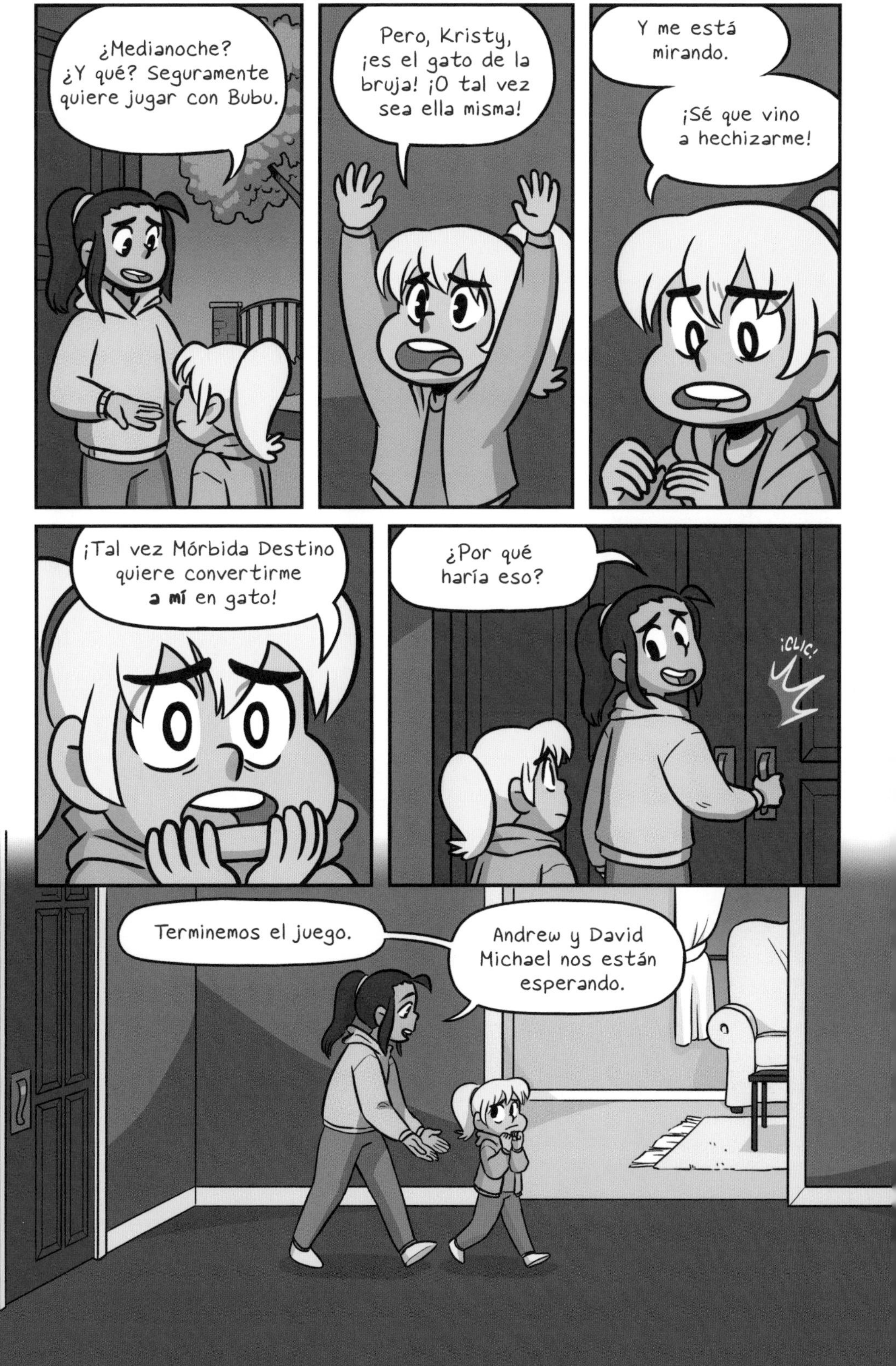
¿Medianoche? ¿Y qué? Seguramente quiere jugar con Bubu.
Pero, Kristy, ¡es el gato de la bruja! ¡O tal vez sea ella misma!
Y me está mirando.
¡Sé que vino a hechizarme!
¡Tal vez Mórbida Destino quiere convertirme **a mí** en gato!
¿Por qué haría eso?
¡CLIC!
Terminemos el juego.
Andrew y David Michael nos están esperando.

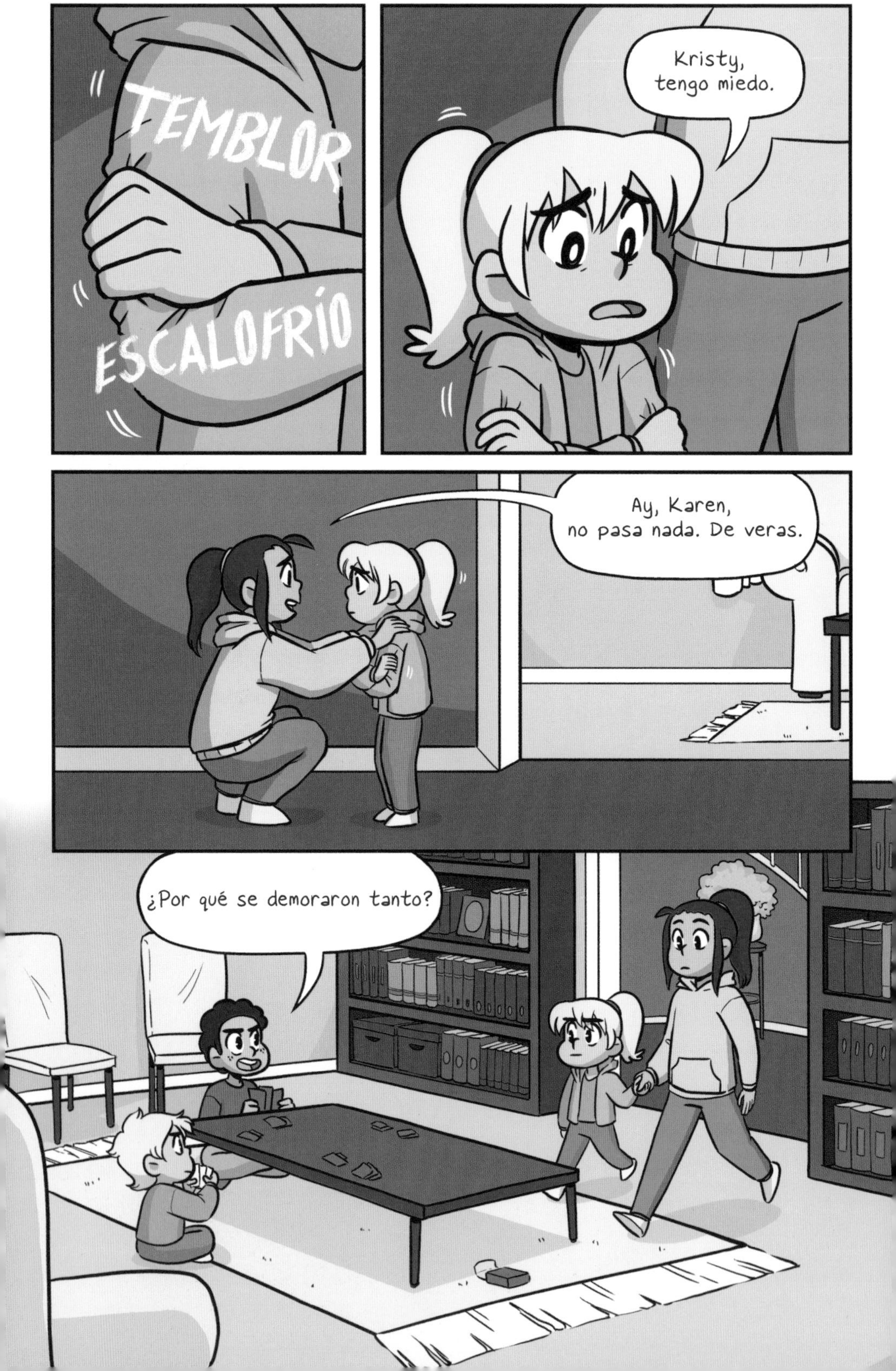
TEMBLOR
ESCALOFRÍO
Kristy, tengo miedo.
Ay, Karen, no pasa nada. De veras.
¿Por qué se demoraron tanto?

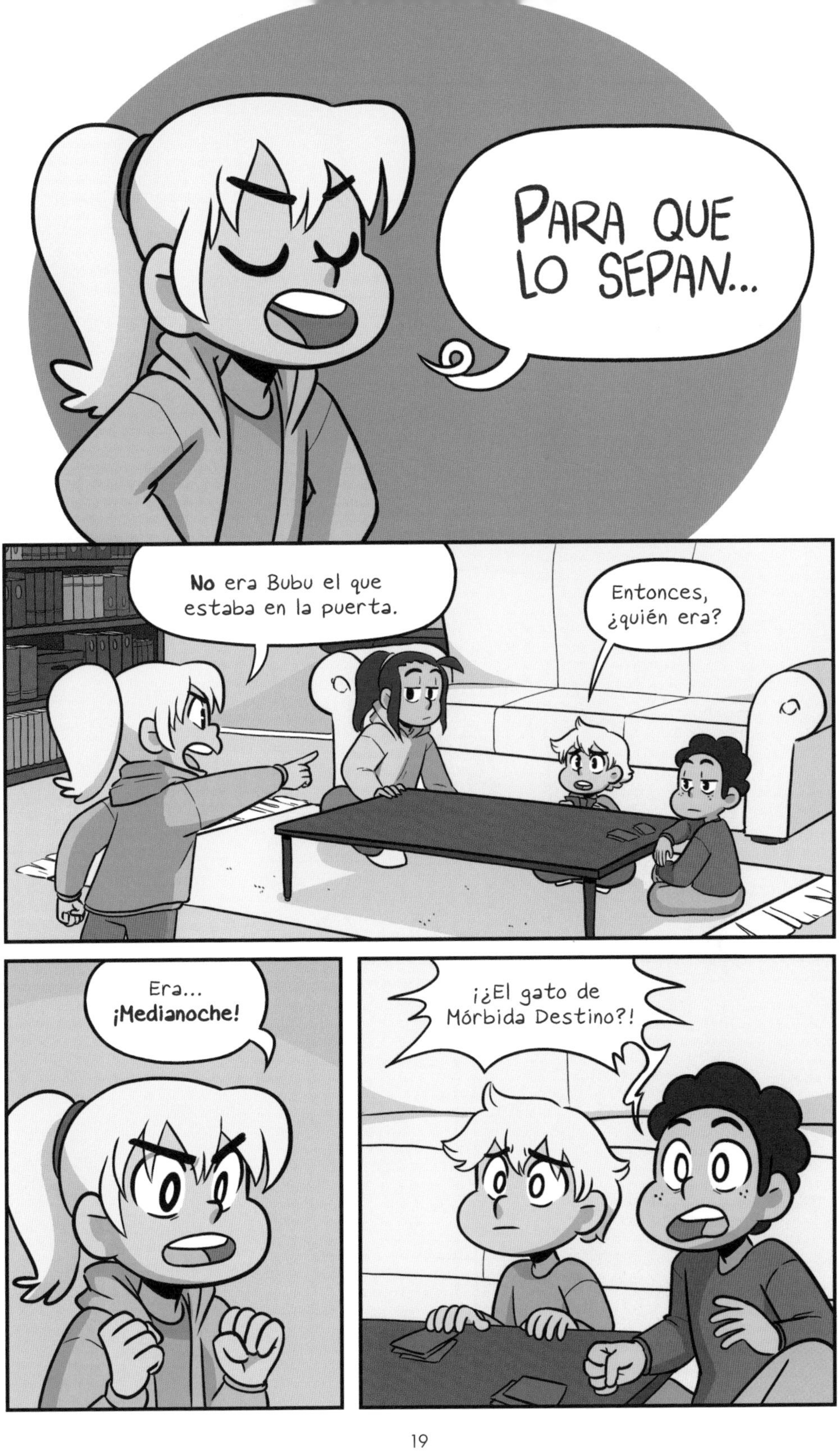
Para que lo sepan...
No era Bubu el que estaba en la puerta.
Entonces, ¿quién era?
Era... ¡Medianoche!
¡¿El gato de Mórbida Destino?!

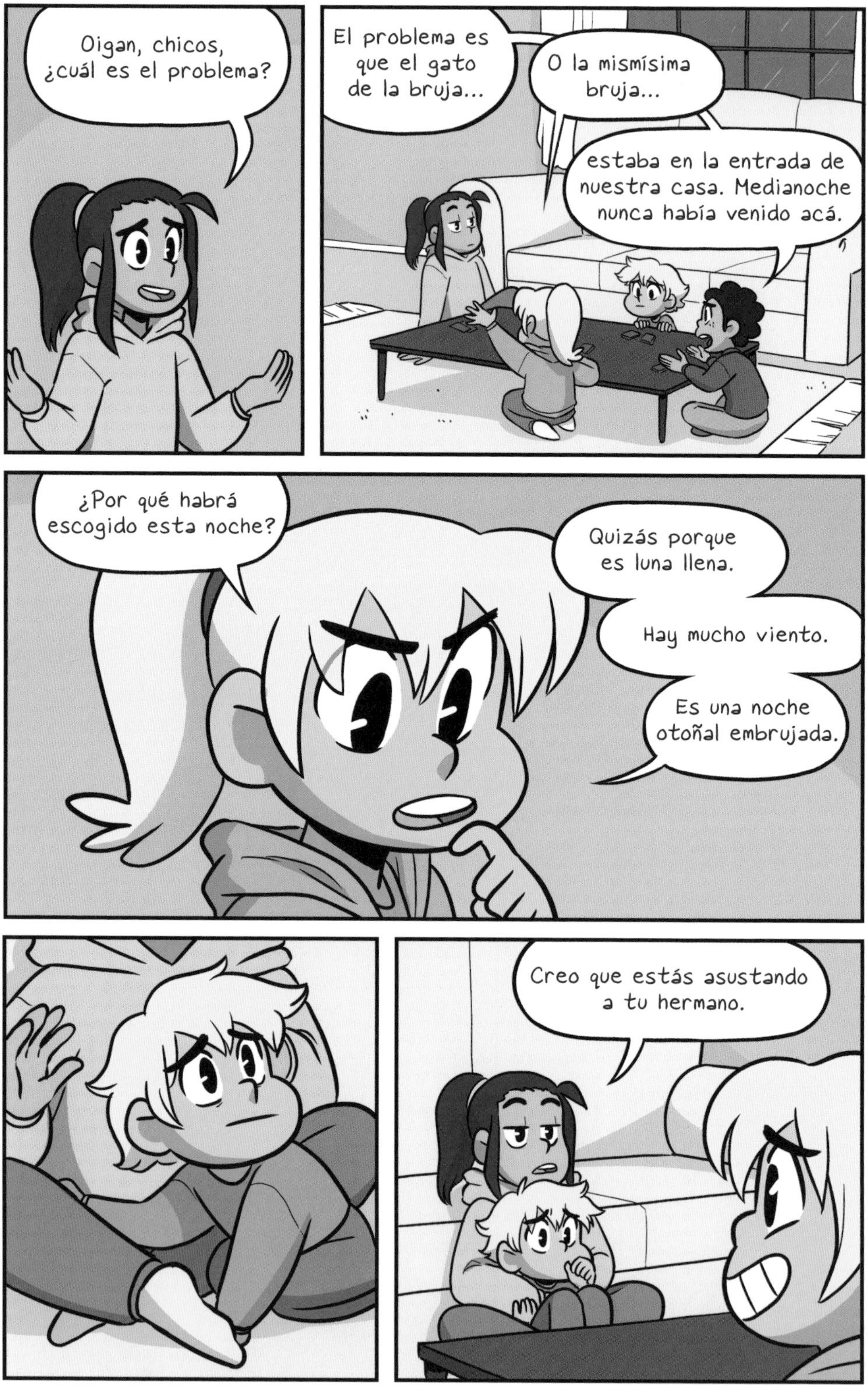
Oigan, chicos, ¿cuál es el problema?
El problema es que el gato de la bruja...
O la mismísima bruja...
estaba en la entrada de nuestra casa. Medianoche nunca había venido acá.
¿Por qué habrá escogido esta noche?
Quizás porque es luna llena.
Hay mucho viento.
Es una noche otoñal embrujada.
Creo que estás asustando a tu hermano.

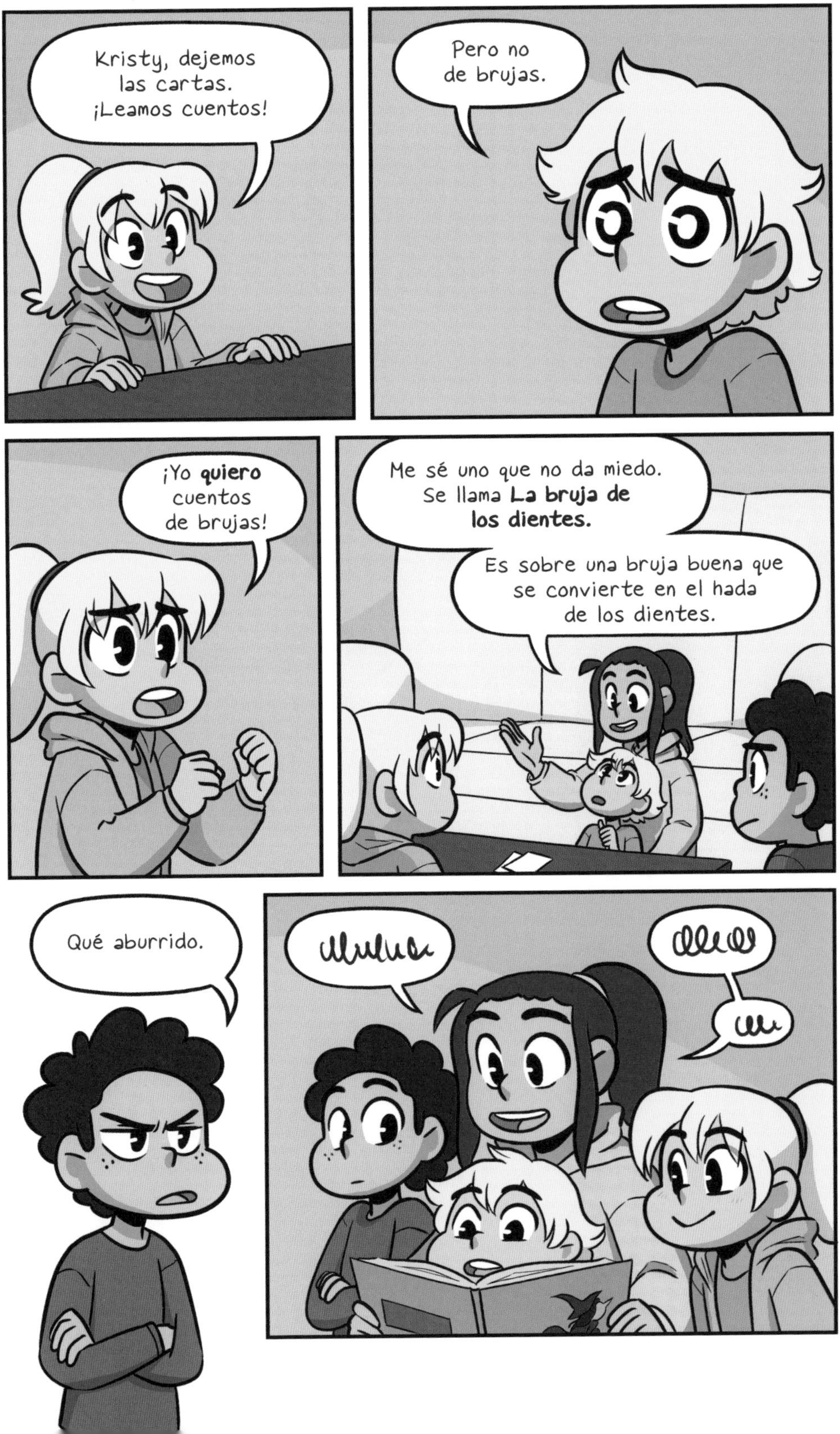
Kristy, dejemos las cartas. ¡Leamos cuentos!
Pero no de brujas.
¡Yo **quiero** cuentos de brujas!
Me sé uno que no da miedo. Se llama **La bruja de los dientes.**
Es sobre una bruja buena que se convierte en el hada de los dientes.
Qué aburrido.

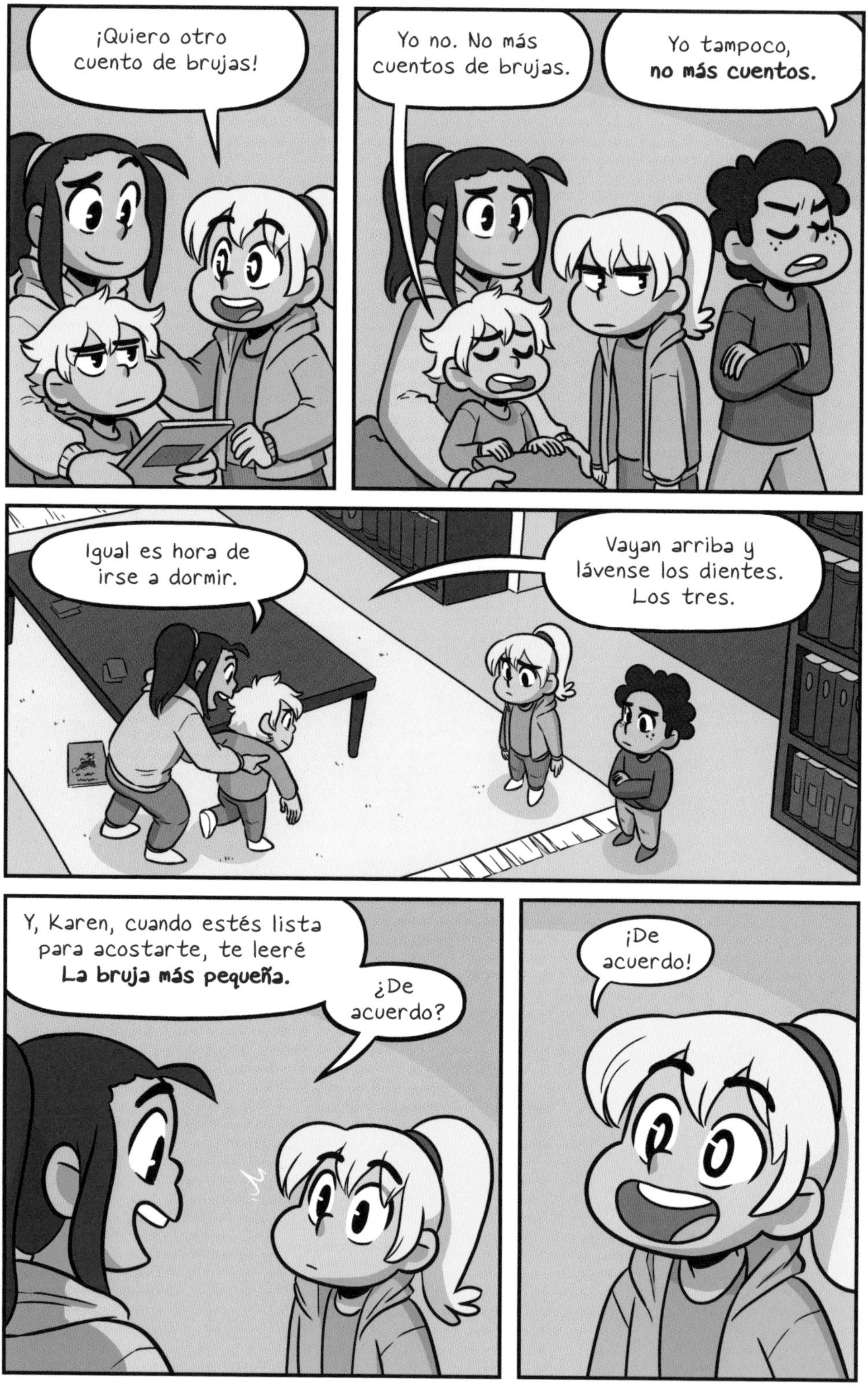
¡Quiero otro cuento de brujas!
Yo no. No más cuentos de brujas.
Yo tampoco, **no más cuentos.**
Igual es hora de irse a dormir.
Vayan arriba y lávense los dientes. Los tres.
Y, Karen, cuando estés lista para acostarte, te leeré **La bruja más pequeña.**
¿De acuerdo?
¡De acuerdo!

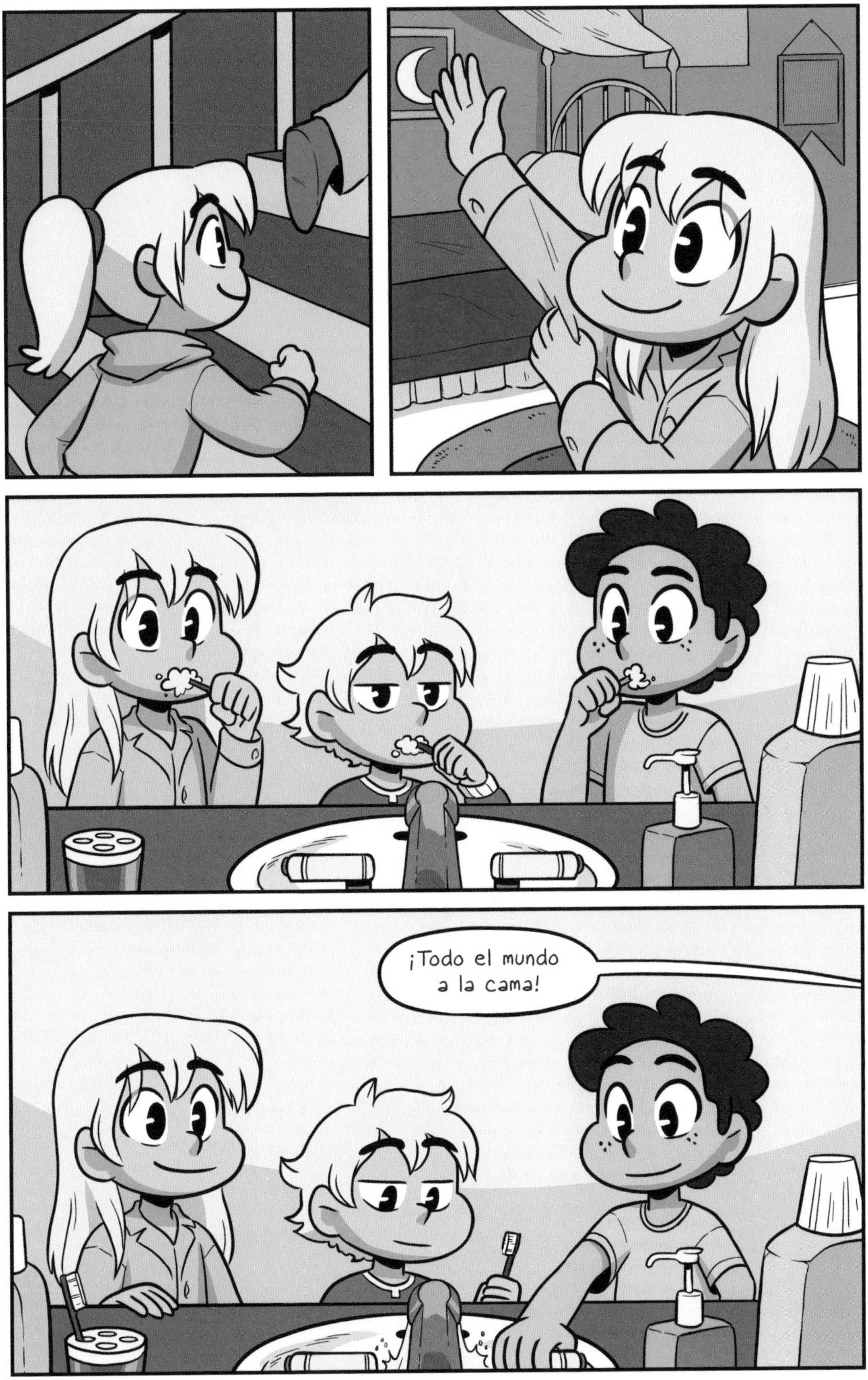
¡Todo el mundo a la cama!

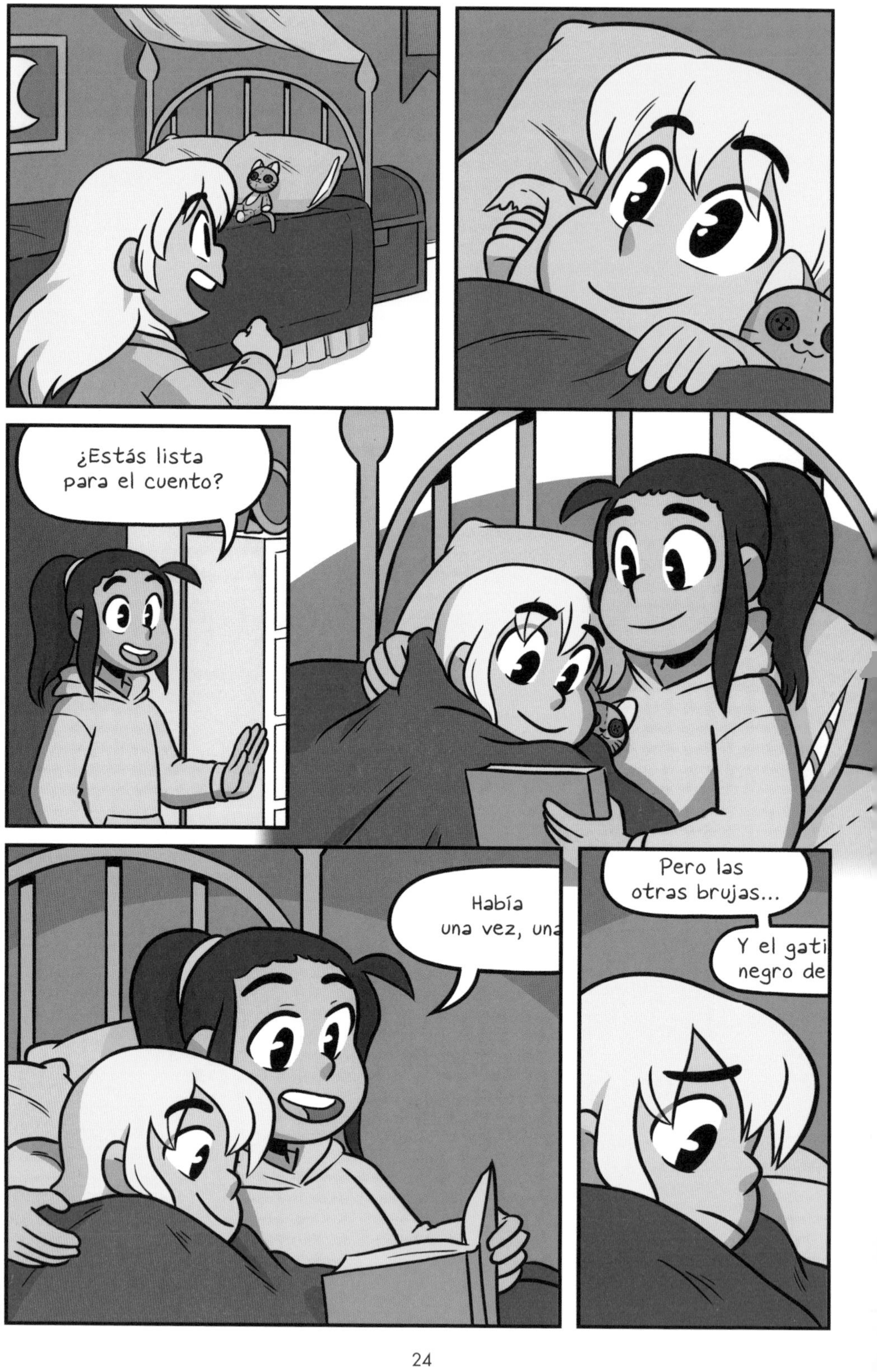
¿Estás lista
para el cuento?
Había
una vez, una
Pero las
otras brujas...
Y el gati
negro de

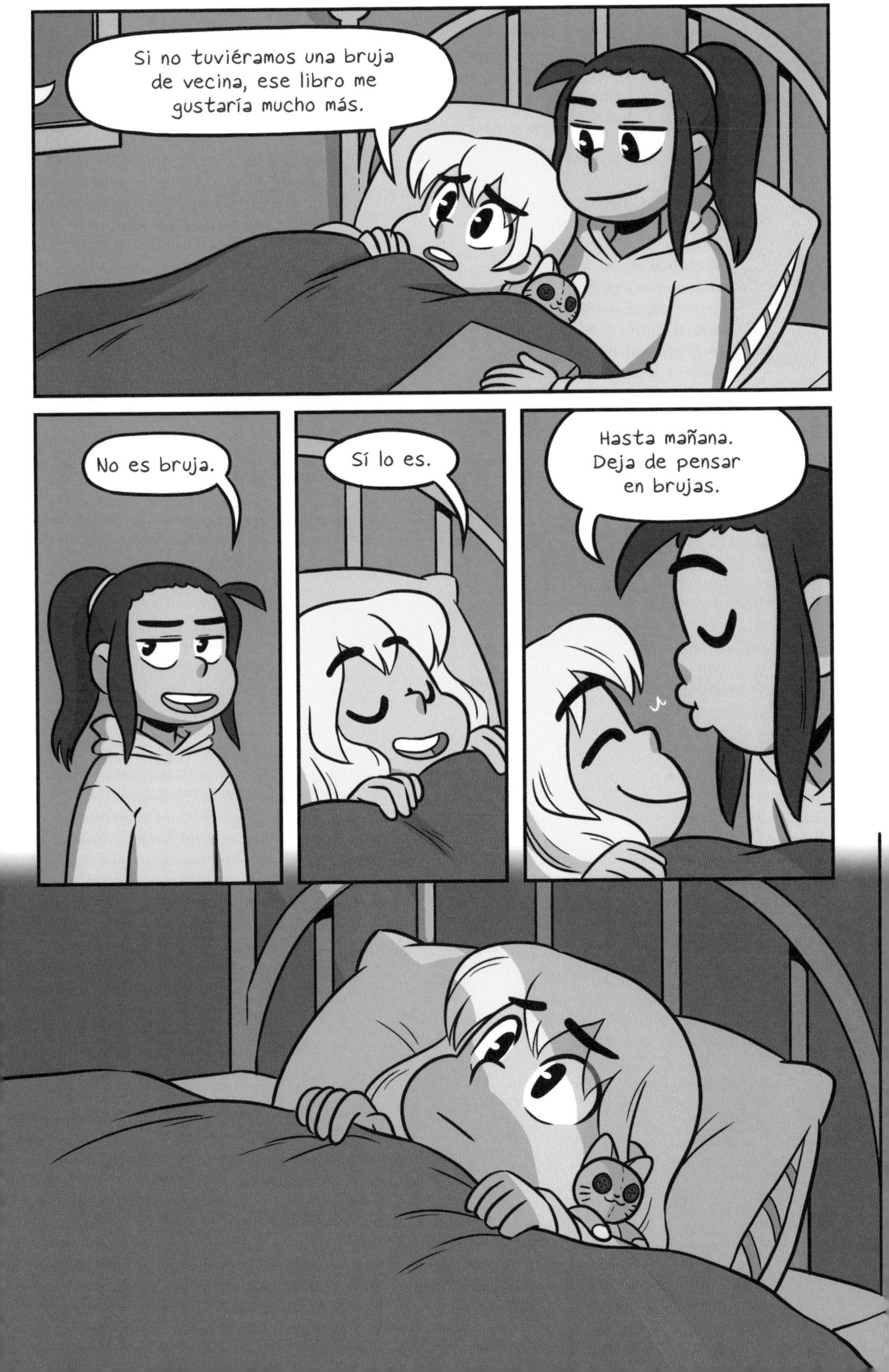
Si no tuviéramos una bruja de vecina, ese libro me gustaría mucho más.
No es bruja.
Sí lo es.
Hasta mañana. Deja de pensar en brujas.

CAPÍTULO 3

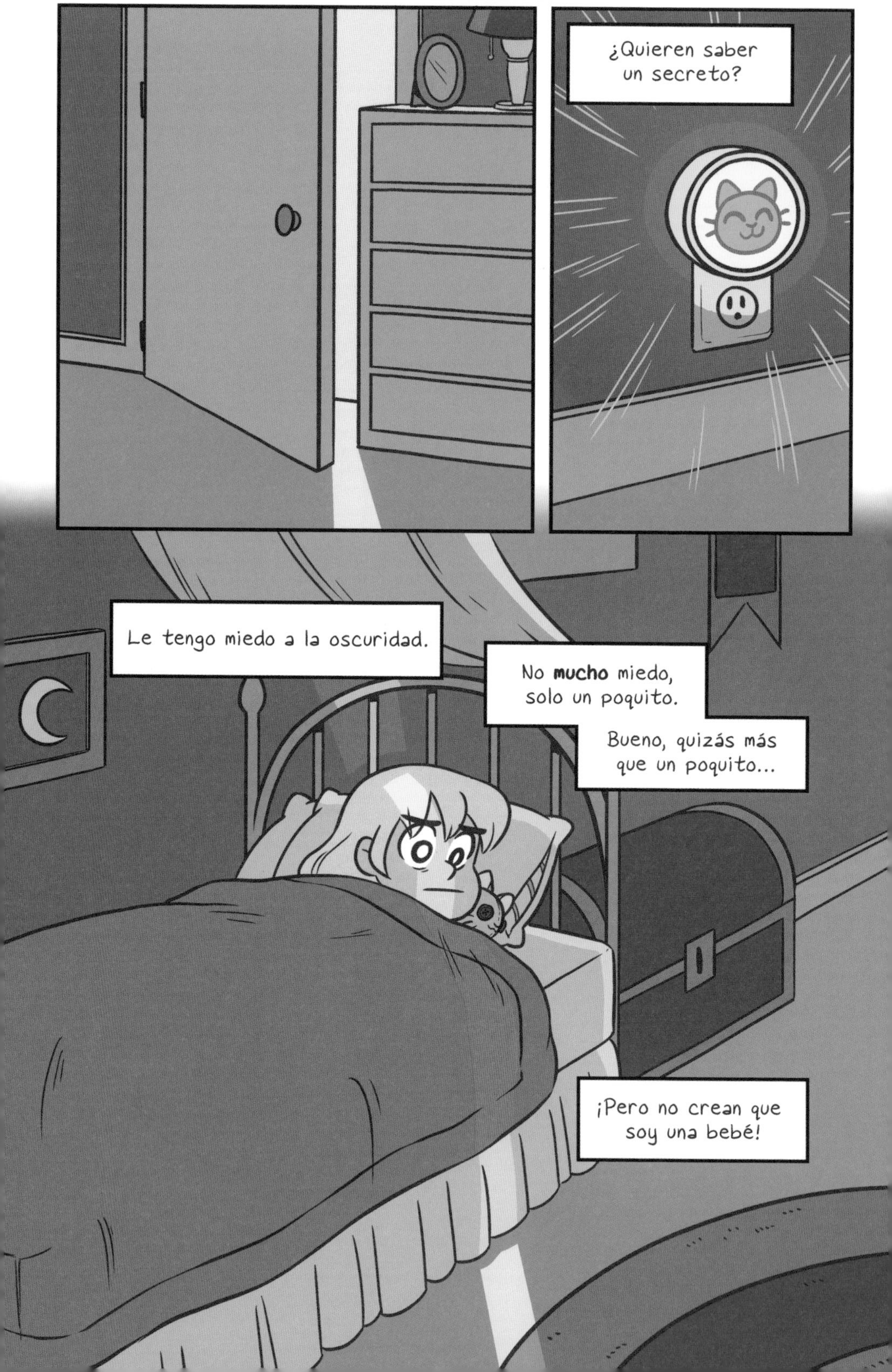
¿Quieren saber un secreto?
Le tengo miedo a la oscuridad.
No **mucho** miedo, solo un poquito.
Bueno, quizás más que un poquito...
¡Pero no crean que soy una bebé!

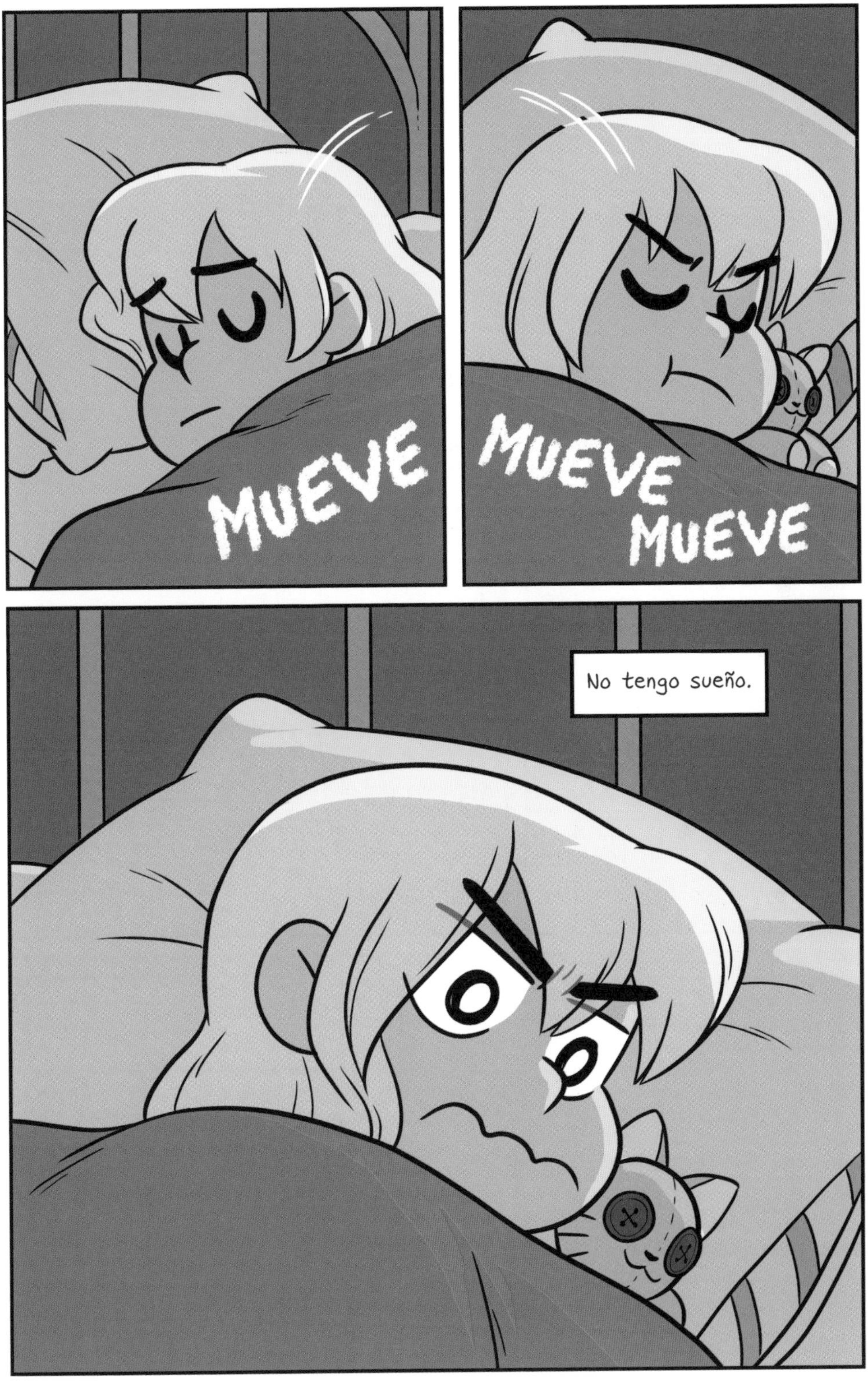
MUEVE
MUEVE
MUEVE
No tengo sueño.

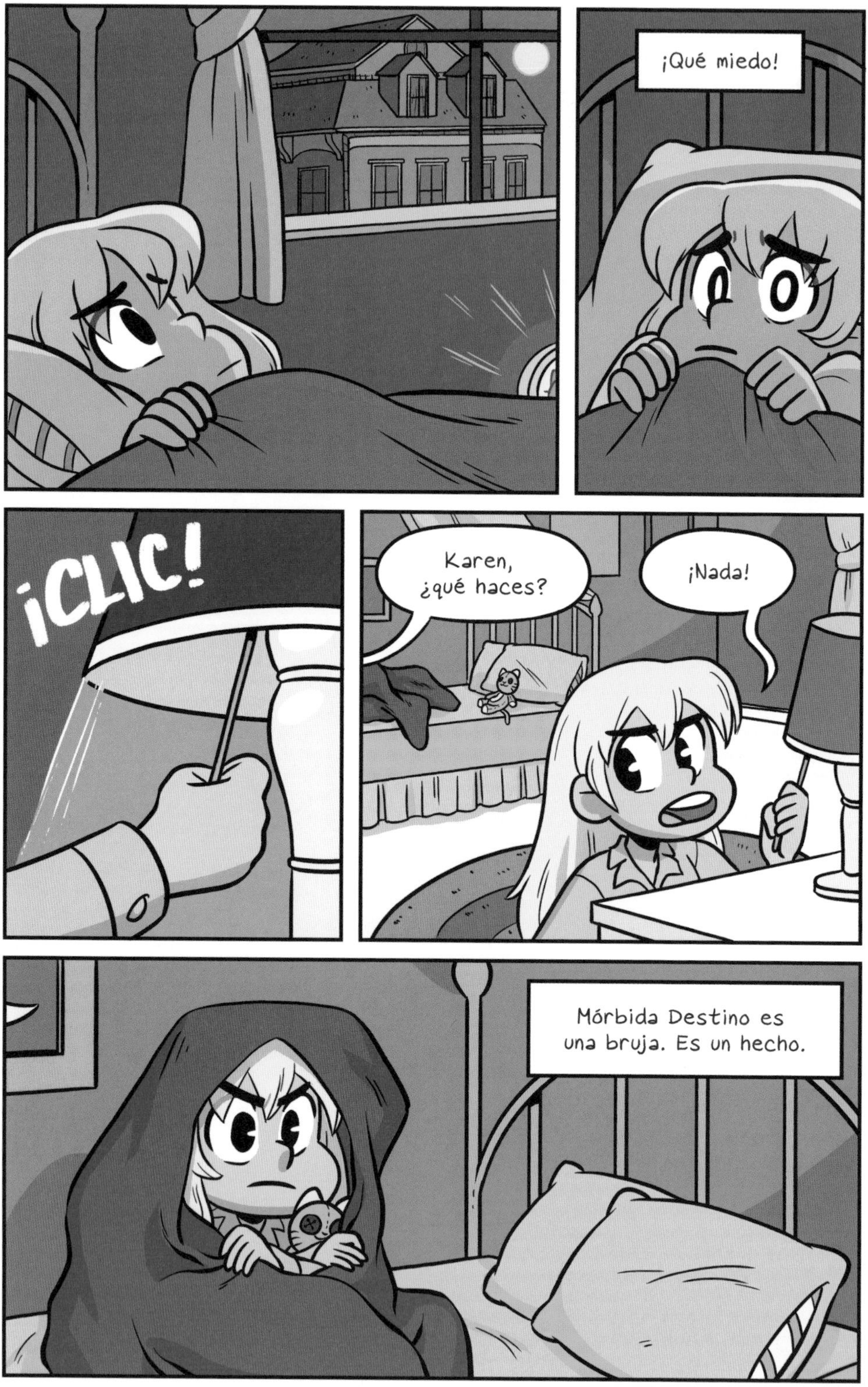
¡Qué miedo!
¡CLIC!
Karen, ¿qué haces?
¡Nada!
Mórbida Destino es una bruja. Es un hecho.

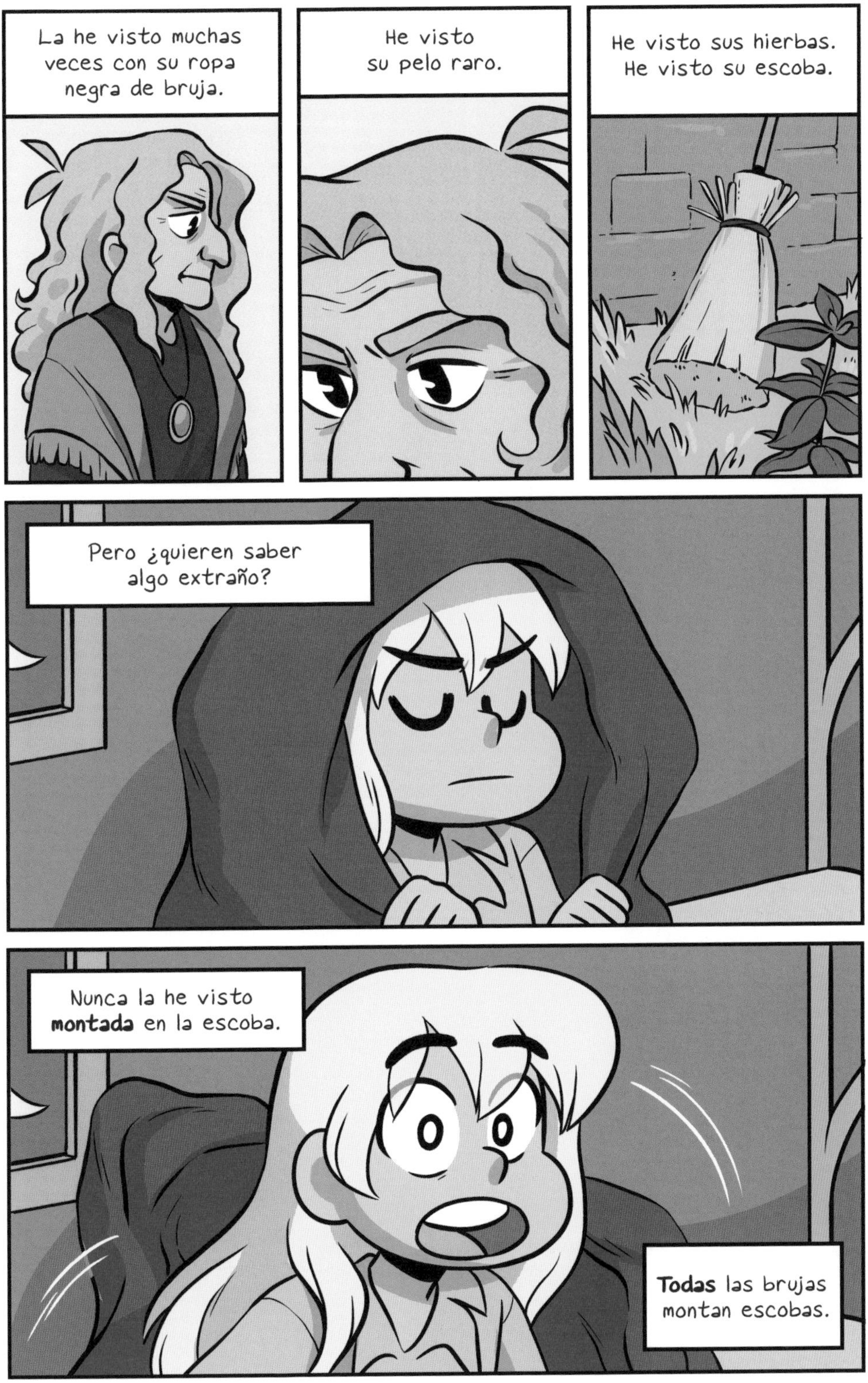
La he visto muchas veces con su ropa negra de bruja.
He visto su pelo raro.
He visto sus hierbas. He visto su escoba.
Pero ¿quieren saber algo extraño?
Nunca la he visto **montada** en la escoba.
Todas las brujas montan escobas.

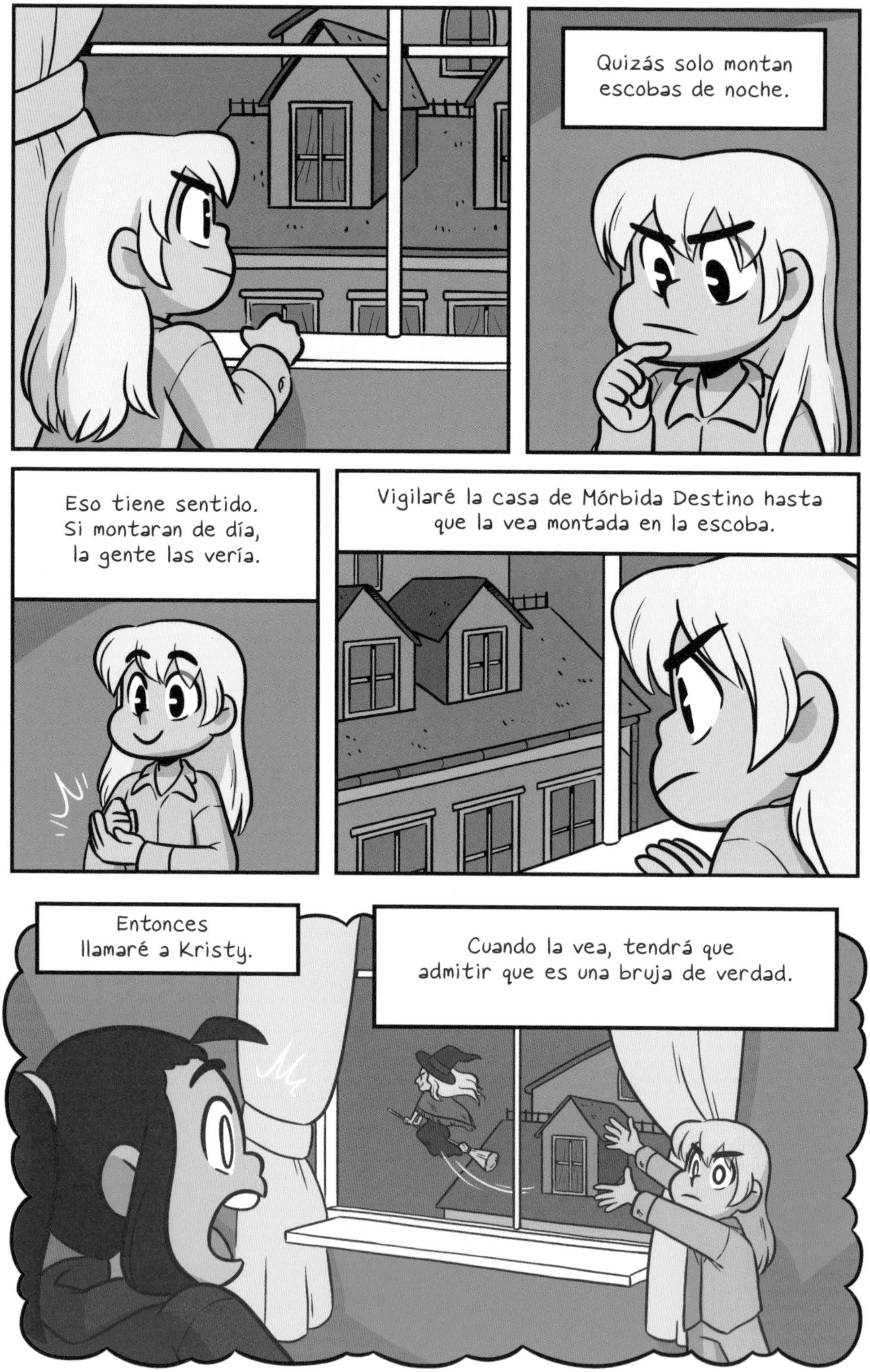
Quizás solo montan escobas de noche.
Eso tiene sentido. Si montaran de día, la gente las vería.
Vigilaré la casa de Mórbida Destino hasta que la vea montada en la escoba.
Entonces llamaré a Kristy.
Cuando la vea, tendrá que admitir que es una bruja de verdad.

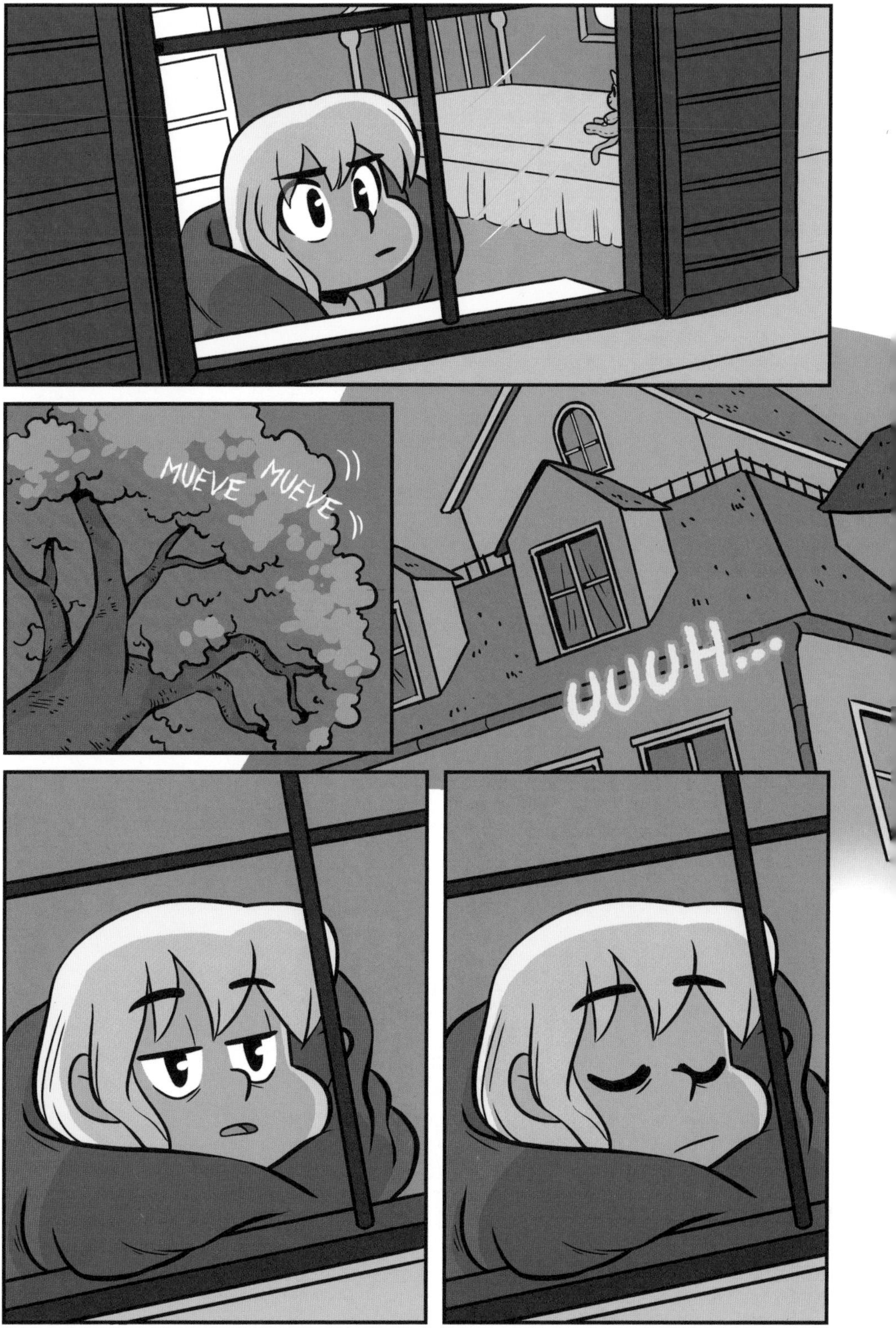
MUEVE MUEVE
UUUH...

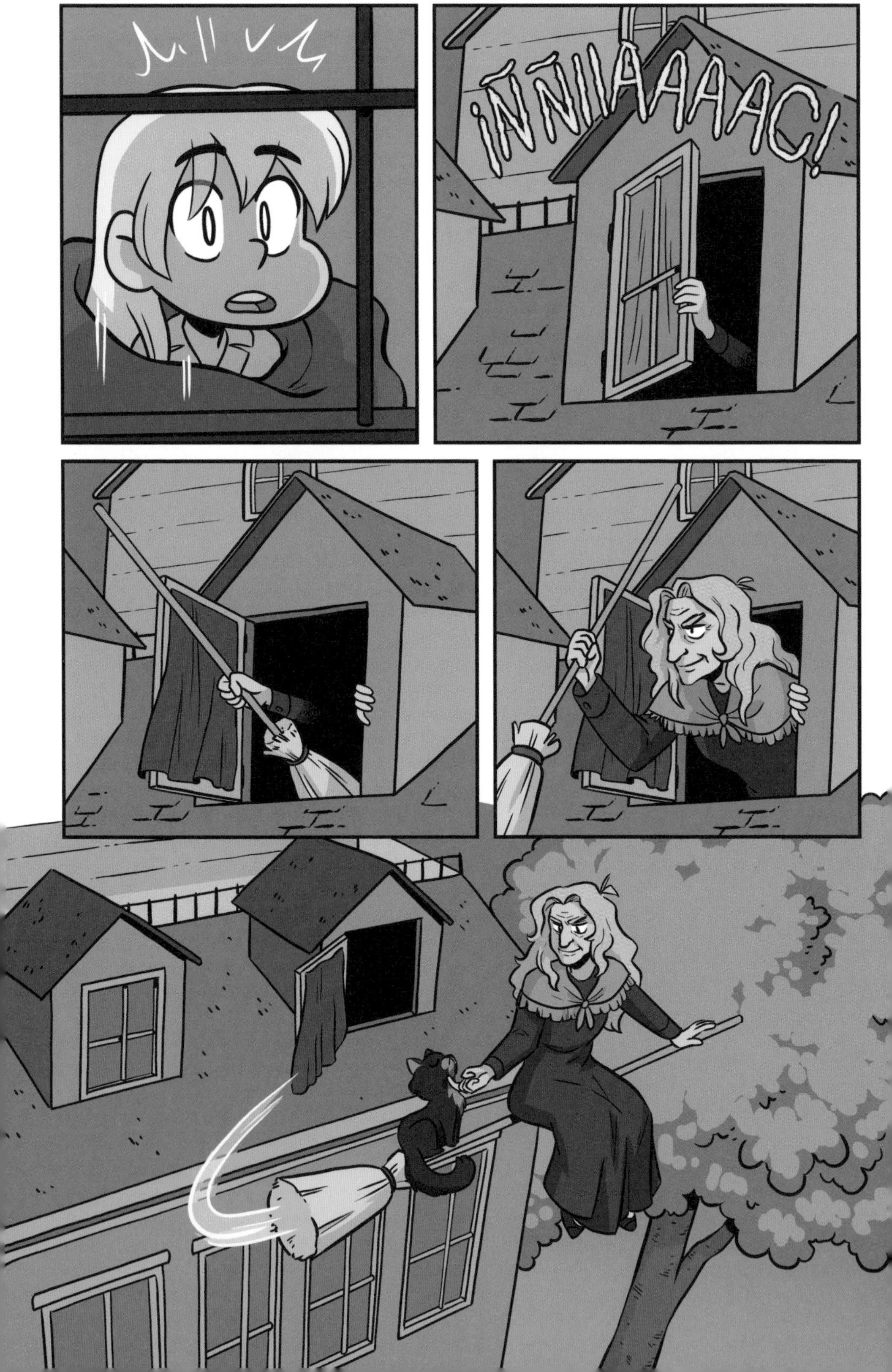

¡ÑÑIIÁAAAC!

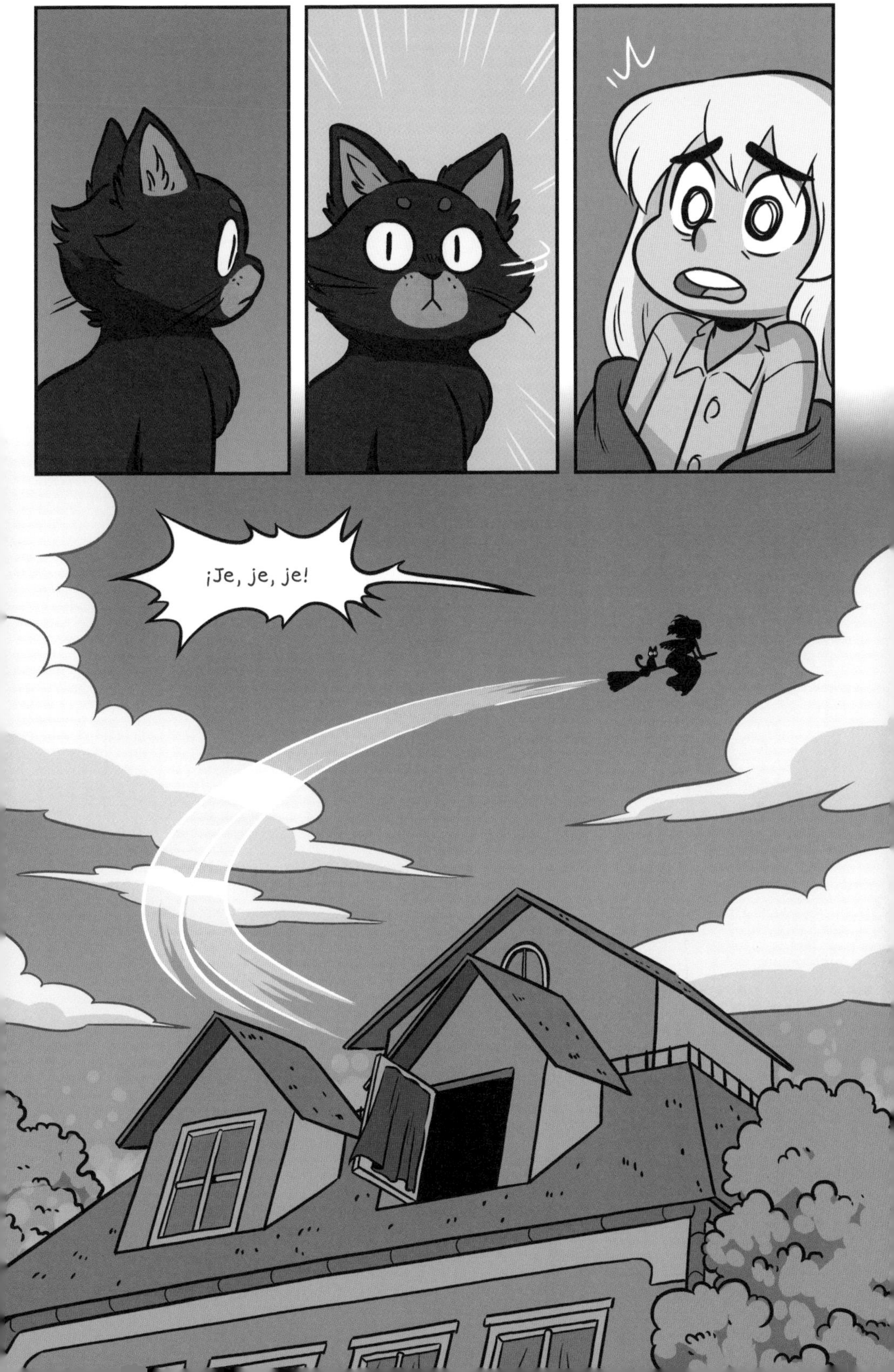
¡Je, je, je!

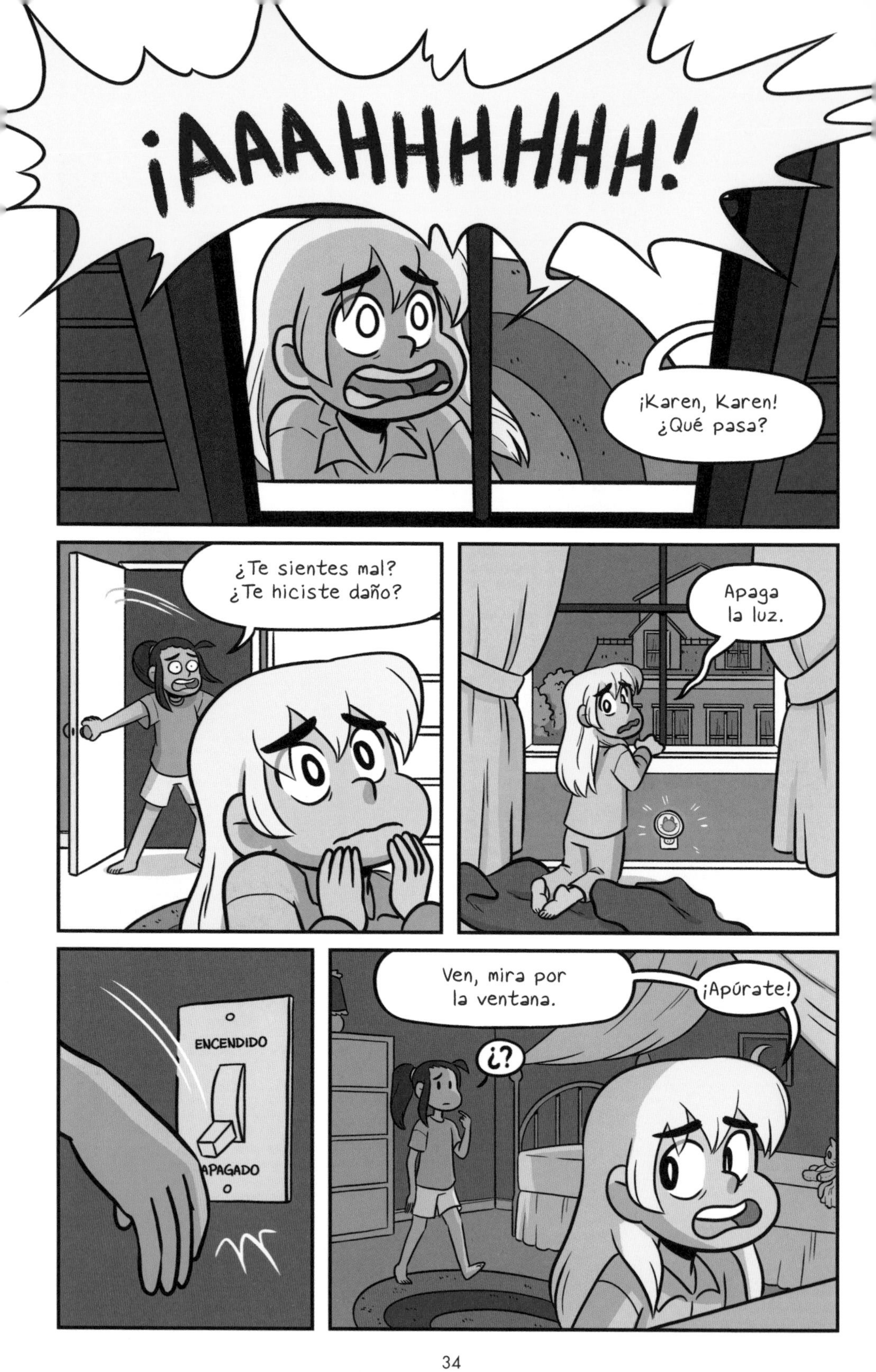
¡AAAHHHHHH!
¡Karen, Karen! ¿Qué pasa?
¿Te sientes mal? ¿Te hiciste daño?
Apaga la luz.
ENCENDIDO
APAGADO
Ven, mira por la ventana.
¡Apúrate!
¿?

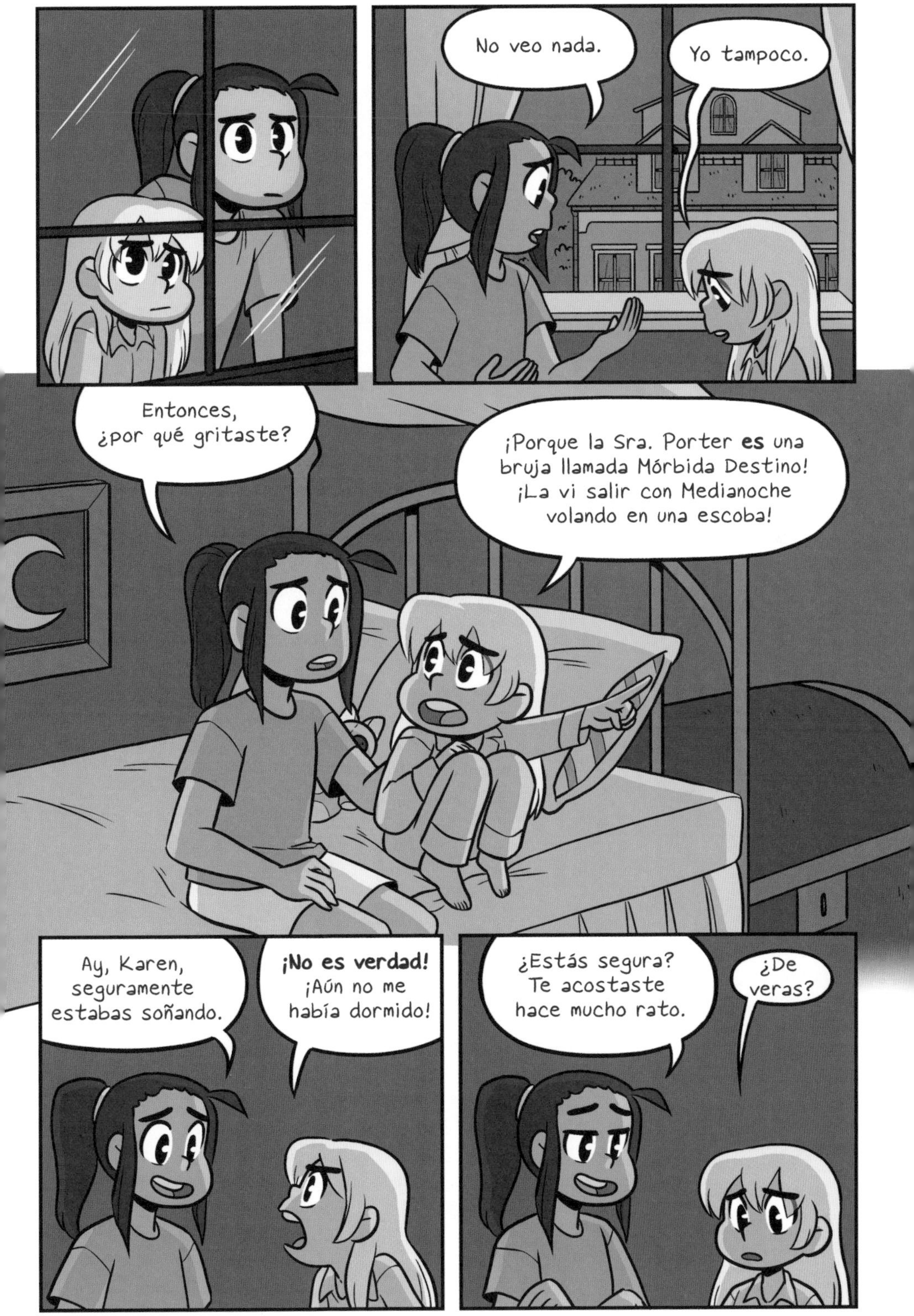

No veo nada.
Yo tampoco.
Entonces, ¿por qué gritaste?
¡Porque la Sra. Porter **es** una bruja llamada Mórbida Destino! ¡La vi salir con Medianoche volando en una escoba!
Ay, Karen, seguramente estabas soñando.
¡No es verdad! ¡Aún no me había dormido!
¿Estás segura? Te acostaste hace mucho rato.
¿De veras?

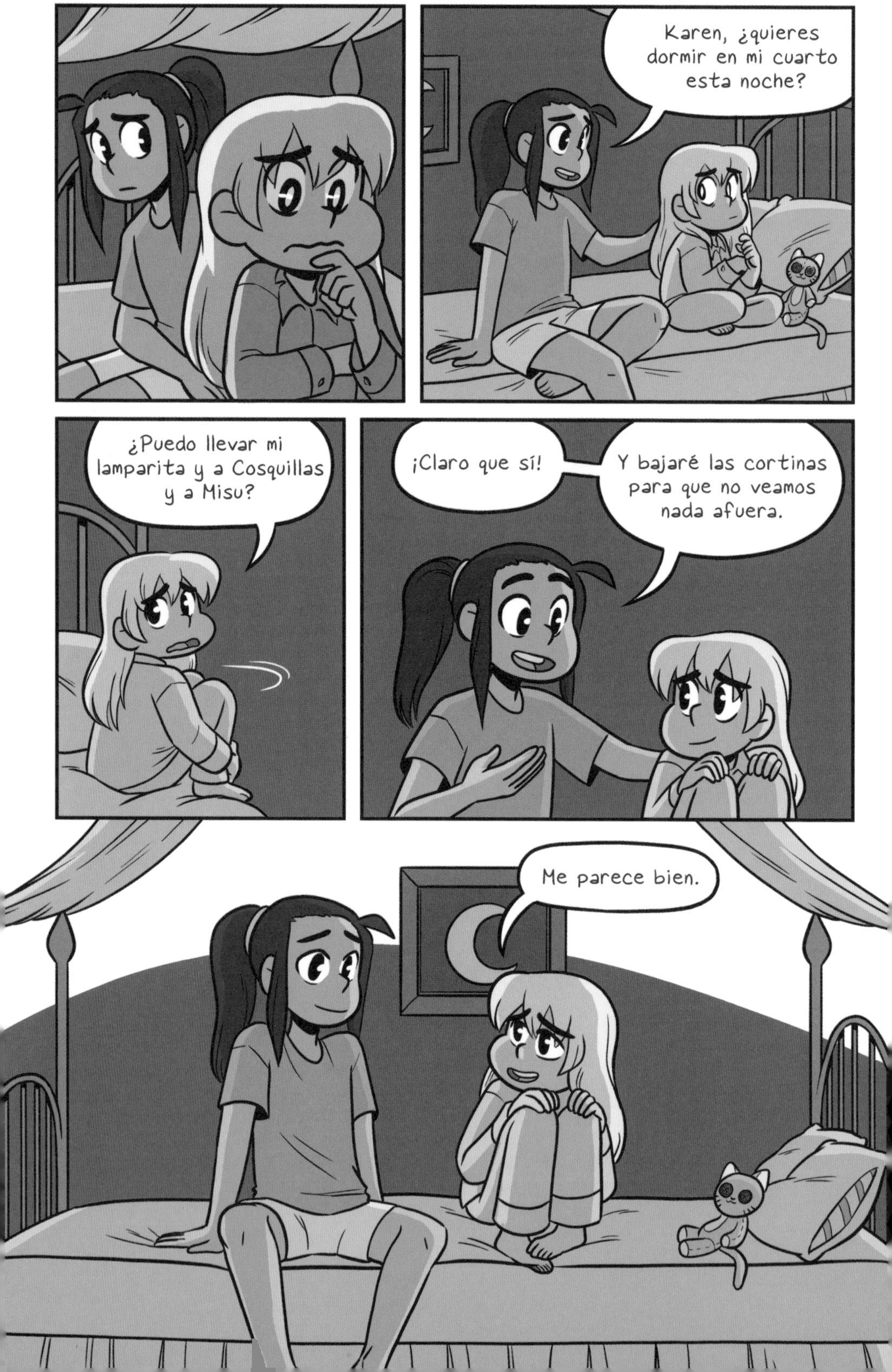
Karen, ¿quieres dormir en mi cuarto esta noche?
¿Puedo llevar mi lamparita y a Cosquillas y a Misu?
¡Claro que sí!
Y bajaré las cortinas para que no veamos nada afuera.
Me parece bien.

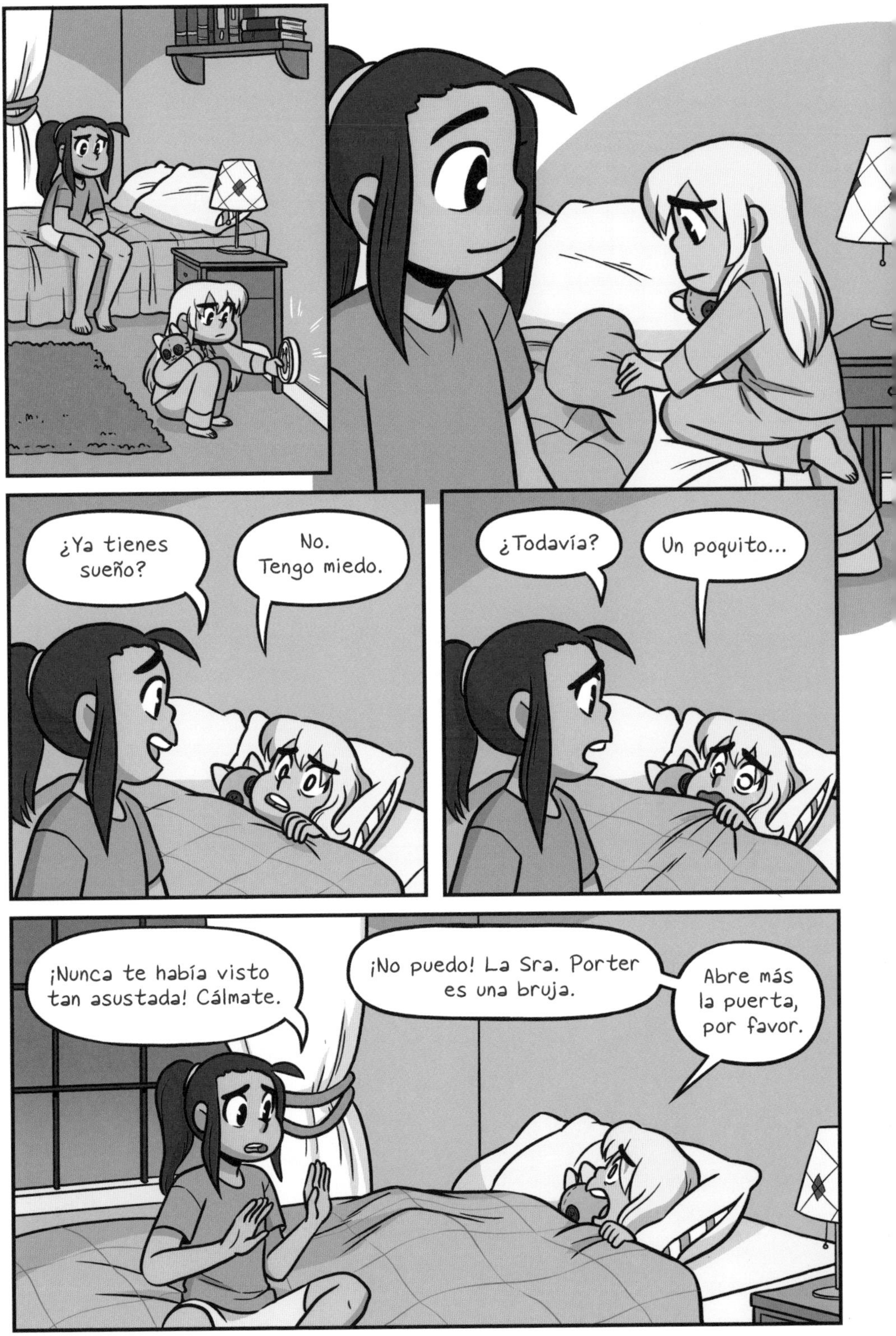
¿Ya tienes sueño?
No. Tengo miedo.
¿Todavía?
Un poquito...
¡Nunca te había visto tan asustada! Cálmate.
¡No puedo! La Sra. Porter es una bruja.
Abre más la puerta, por favor.

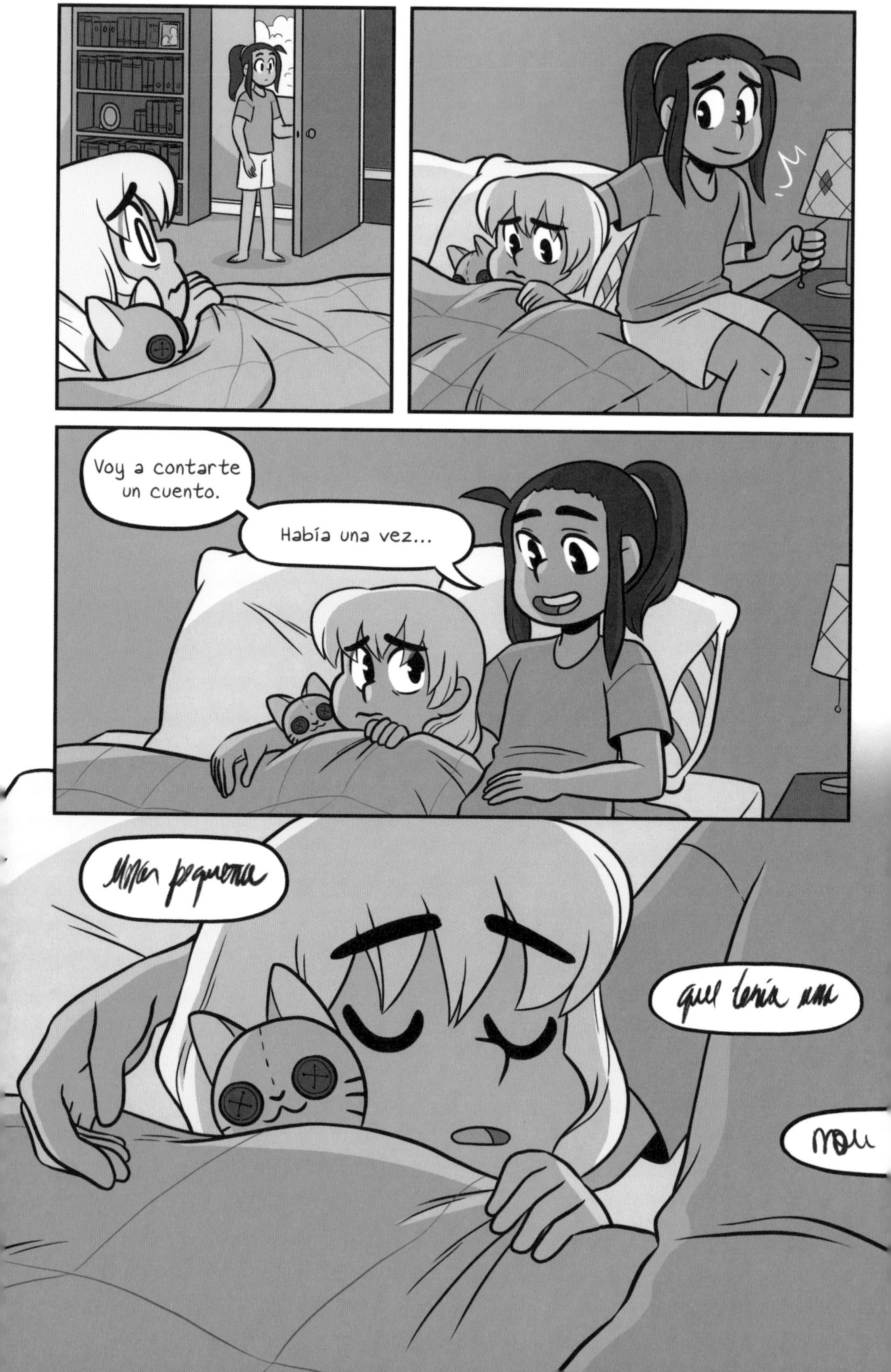
Voy a contarte un cuento.
Había una vez...

CAPÍTULO 4

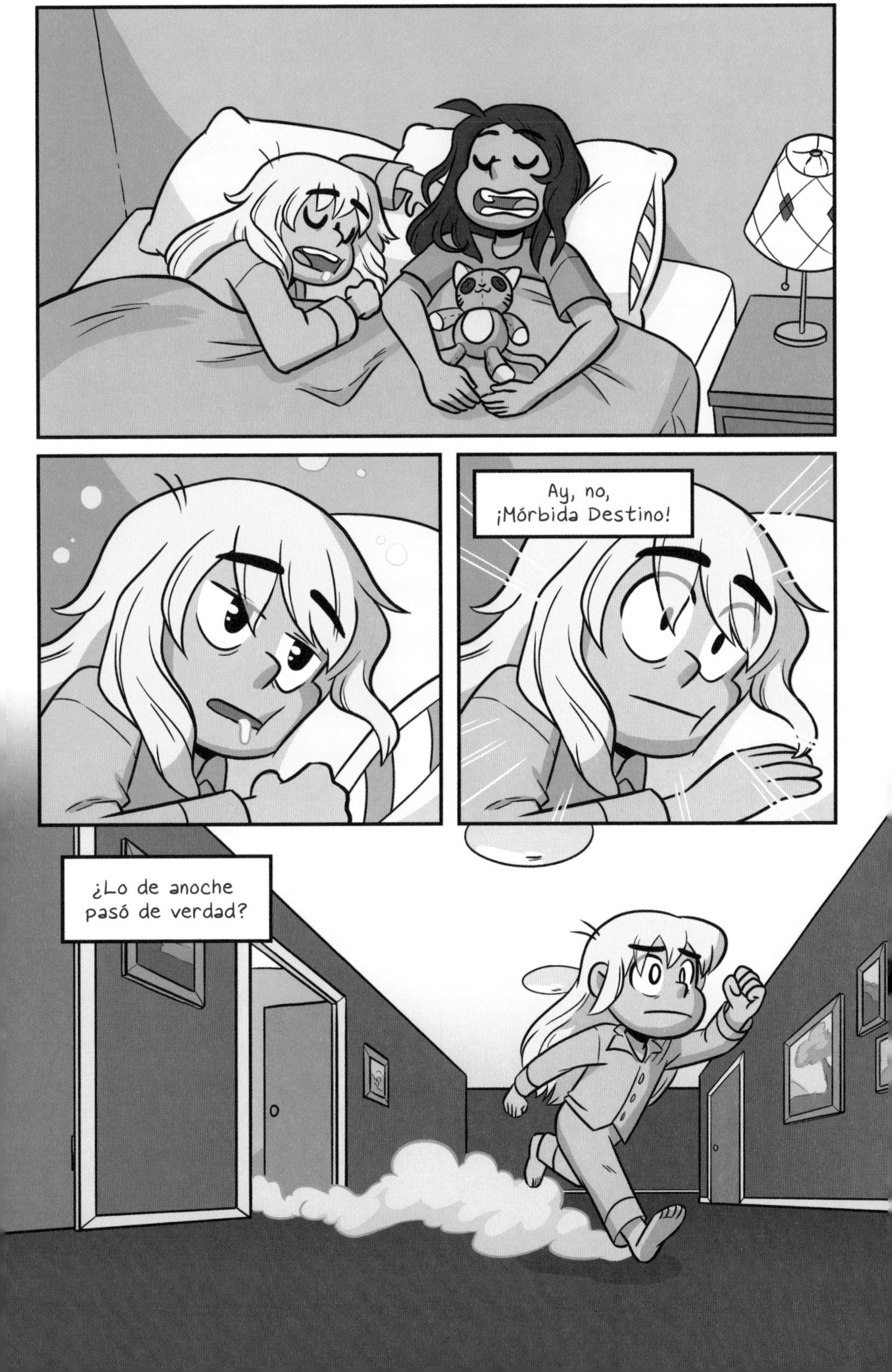
Ay, no,
¡Mórbida Destino!
¿Lo de anoche
pasó de verdad?

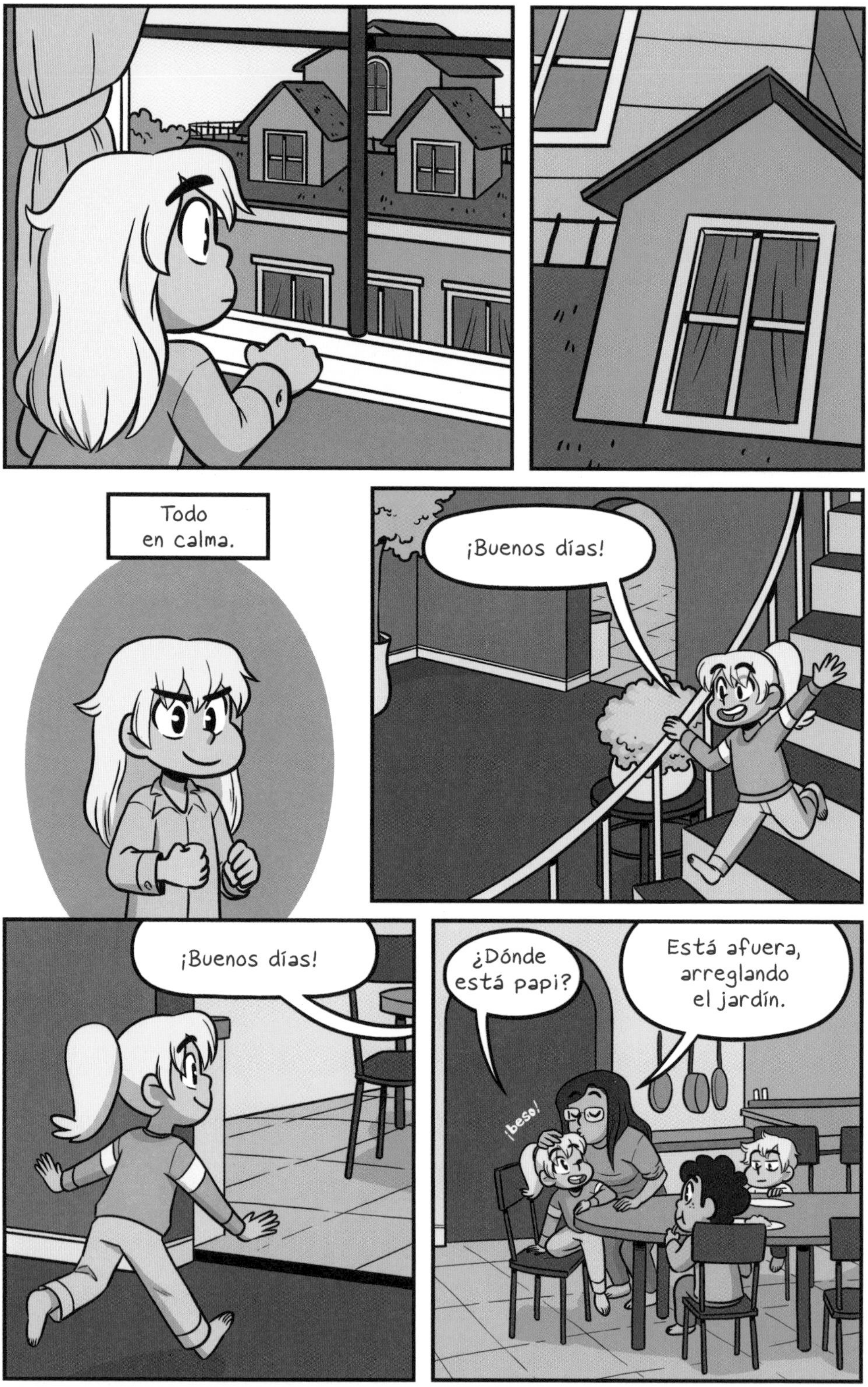
Todo
en calma.
¡Buenos días!
¡Buenos días!
¿Dónde
está papi?
Está afuera,
arreglando
el jardín.
¡beso!

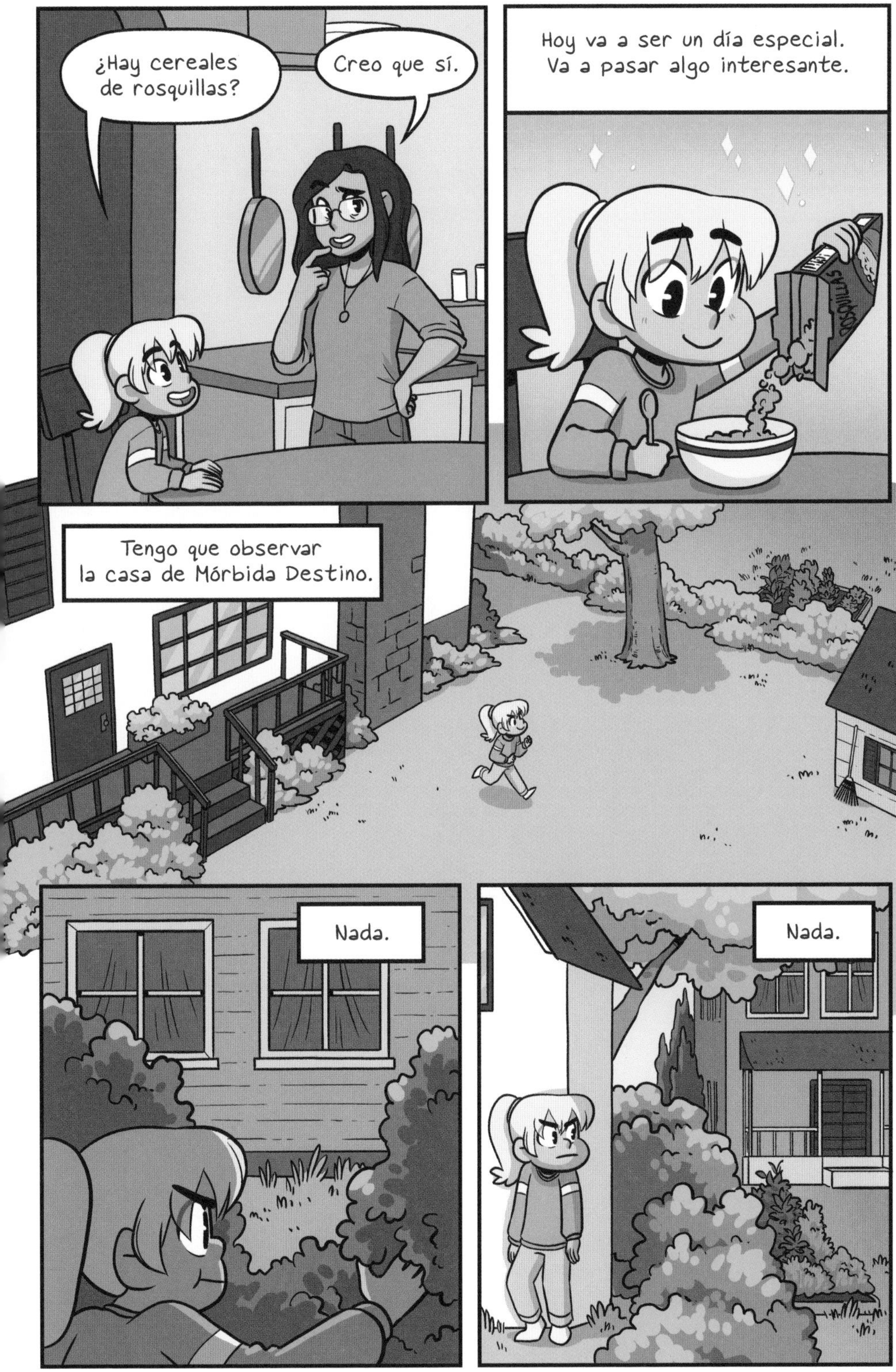
¿Hay cereales de rosquillas?
Creo que sí.
Hoy va a ser un día especial. Va a pasar algo interesante.
Tengo que observar la casa de Mórbida Destino.
Nada.
Nada.

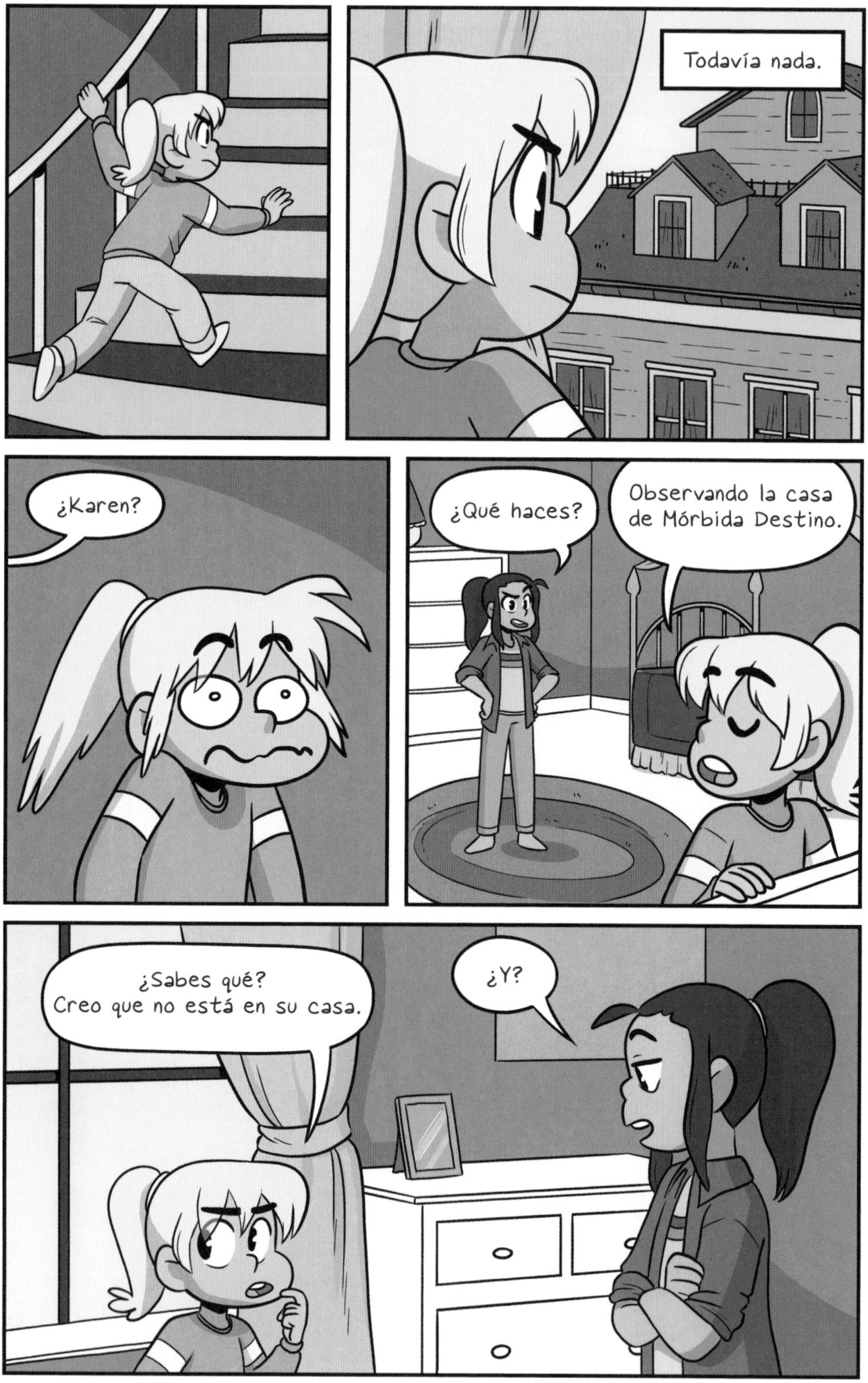
Todavía nada.
¿Karen?
¿Qué haces?
Observando la casa de Mórbida Destino.
¿Sabes qué? Creo que no está en su casa.
¿Y?

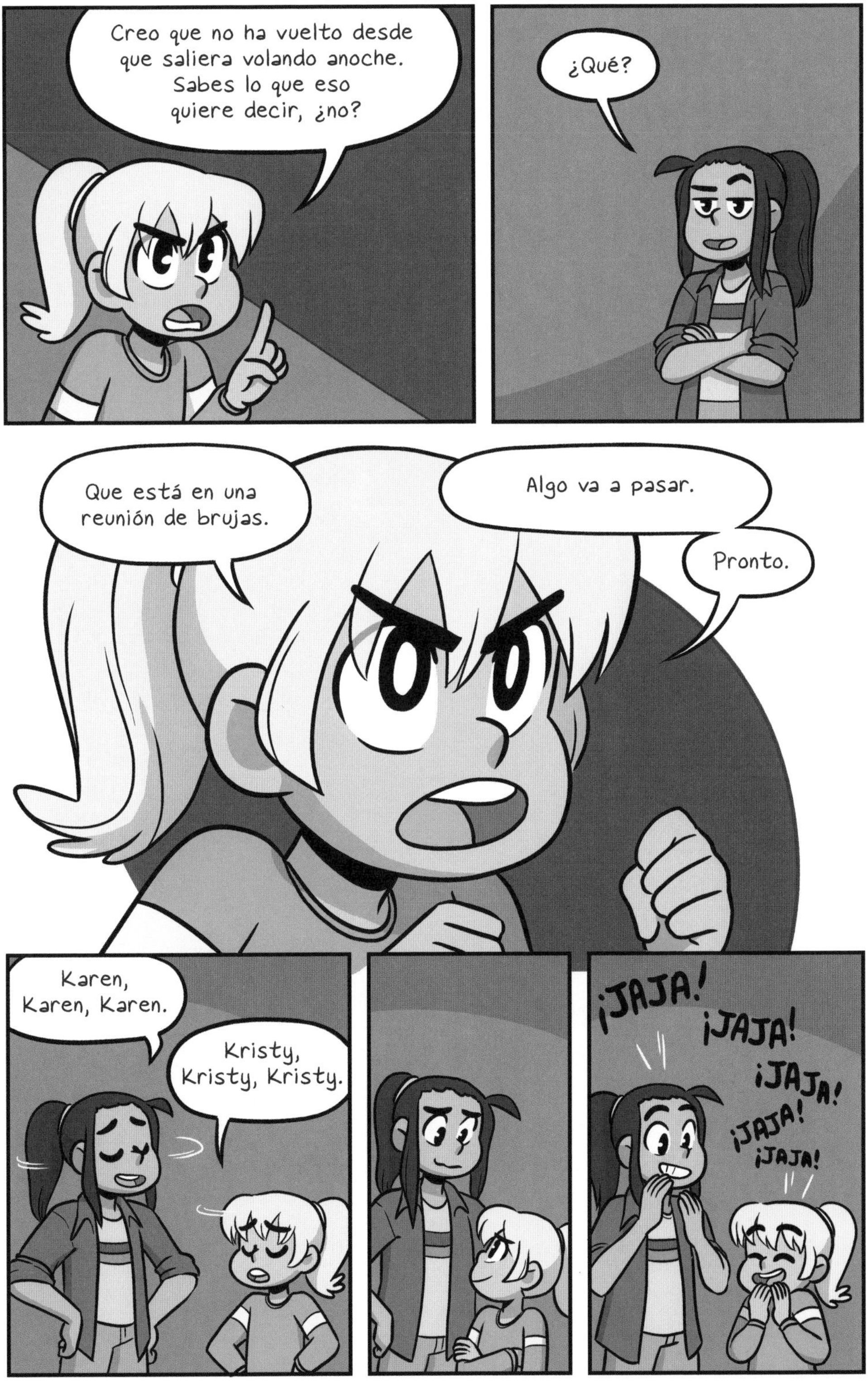
Creo que no ha vuelto desde que saliera volando anoche. Sabes lo que eso quiere decir, ¿no?
¿Qué?
Que está en una reunión de brujas.
Algo va a pasar.
Pronto.
Karen, Karen, Karen.
Kristy, Kristy, Kristy.
¡JAJA!
¡JAJA!
¡JAJA!
¡JAJA!
¡JAJA!

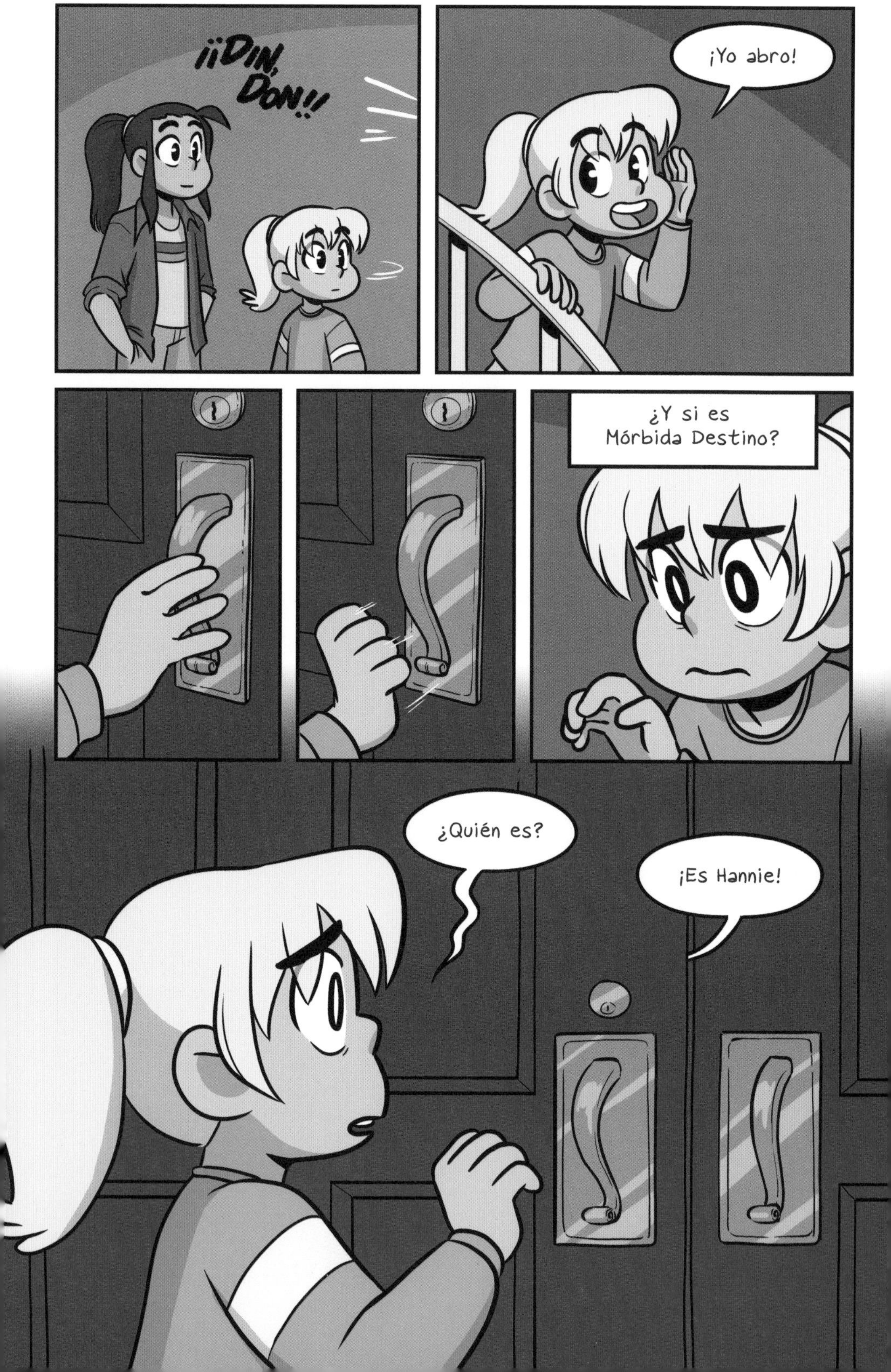
¡¡DIN, DON!!
¡Yo abro!
¿Y si es Mórbida Destino?
¿Quién es?
¡Es Hannie!

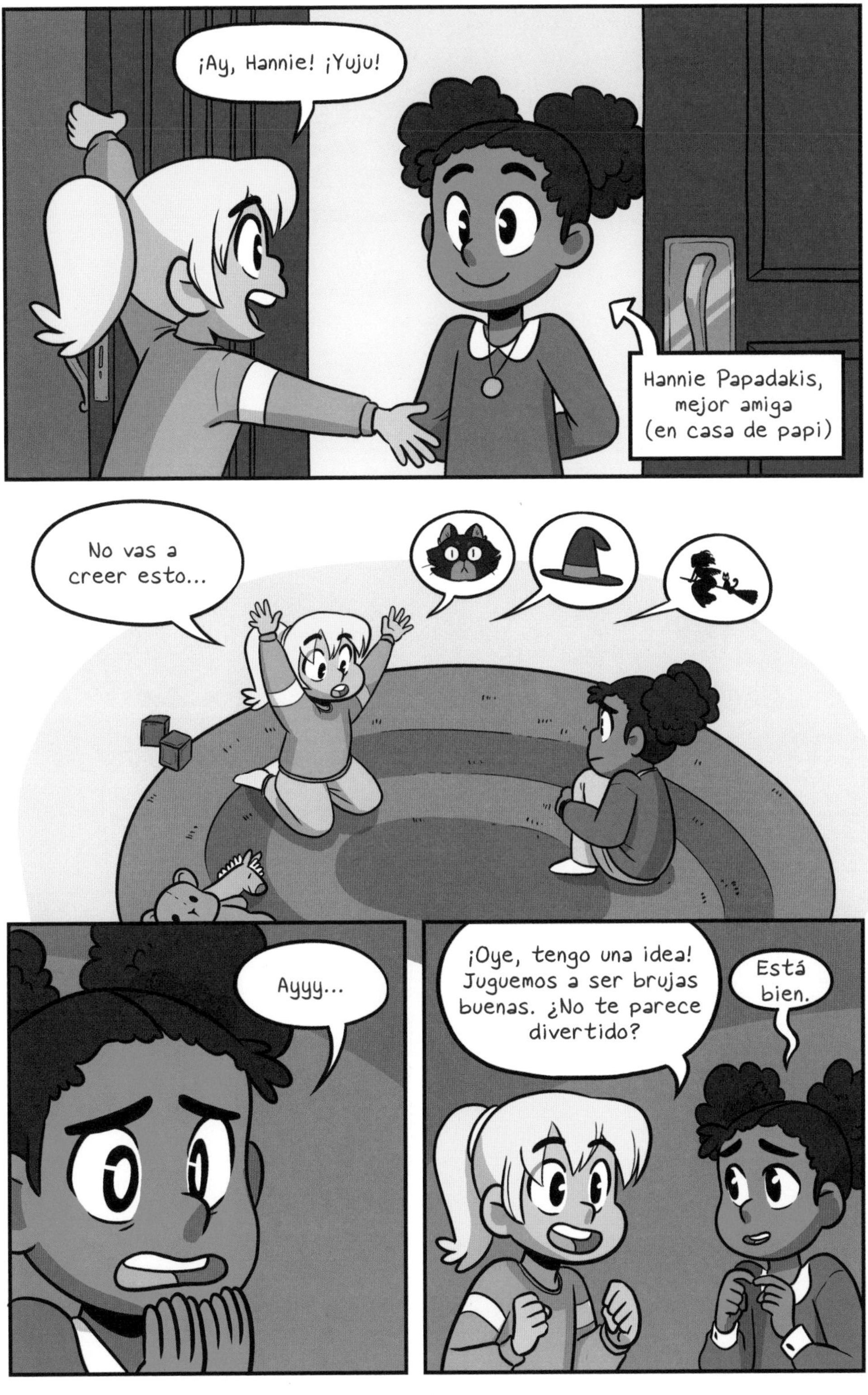
¡Ay, Hannie! ¡Yuju!
Hannie Papadakis, mejor amiga (en casa de papi)
No vas a creer esto...
Ayyy...
¡Oye, tengo una idea! Juguemos a ser brujas buenas. ¿No te parece divertido?
Está bien.

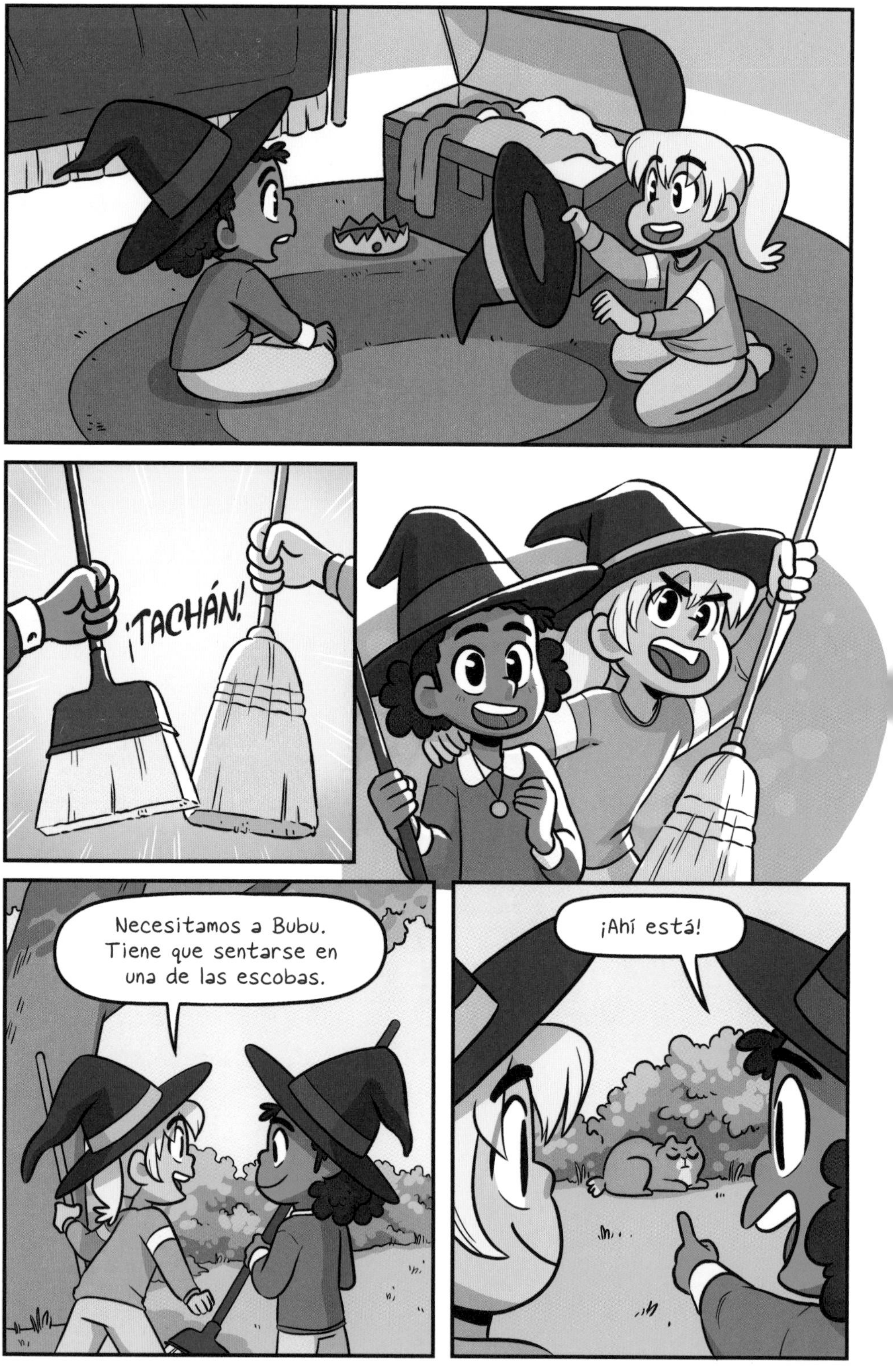
¡TACHÁN!
Necesitamos a Bubu. Tiene que sentarse en una de las escobas.
¡Ahí está!

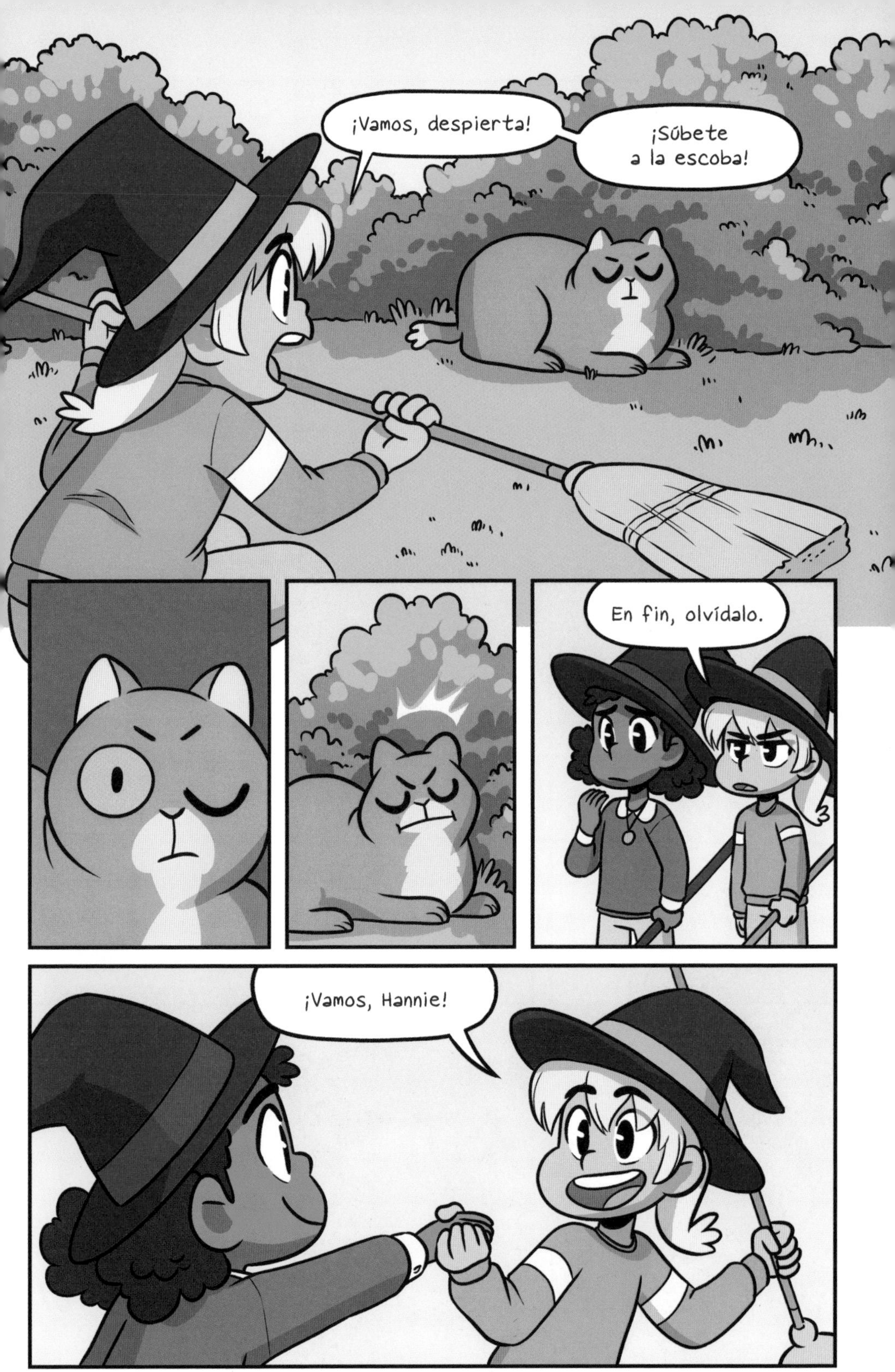
¡Vamos, despierta!
¡Súbete a la escoba!
En fin, olvídalo.
¡Vamos, Hannie!

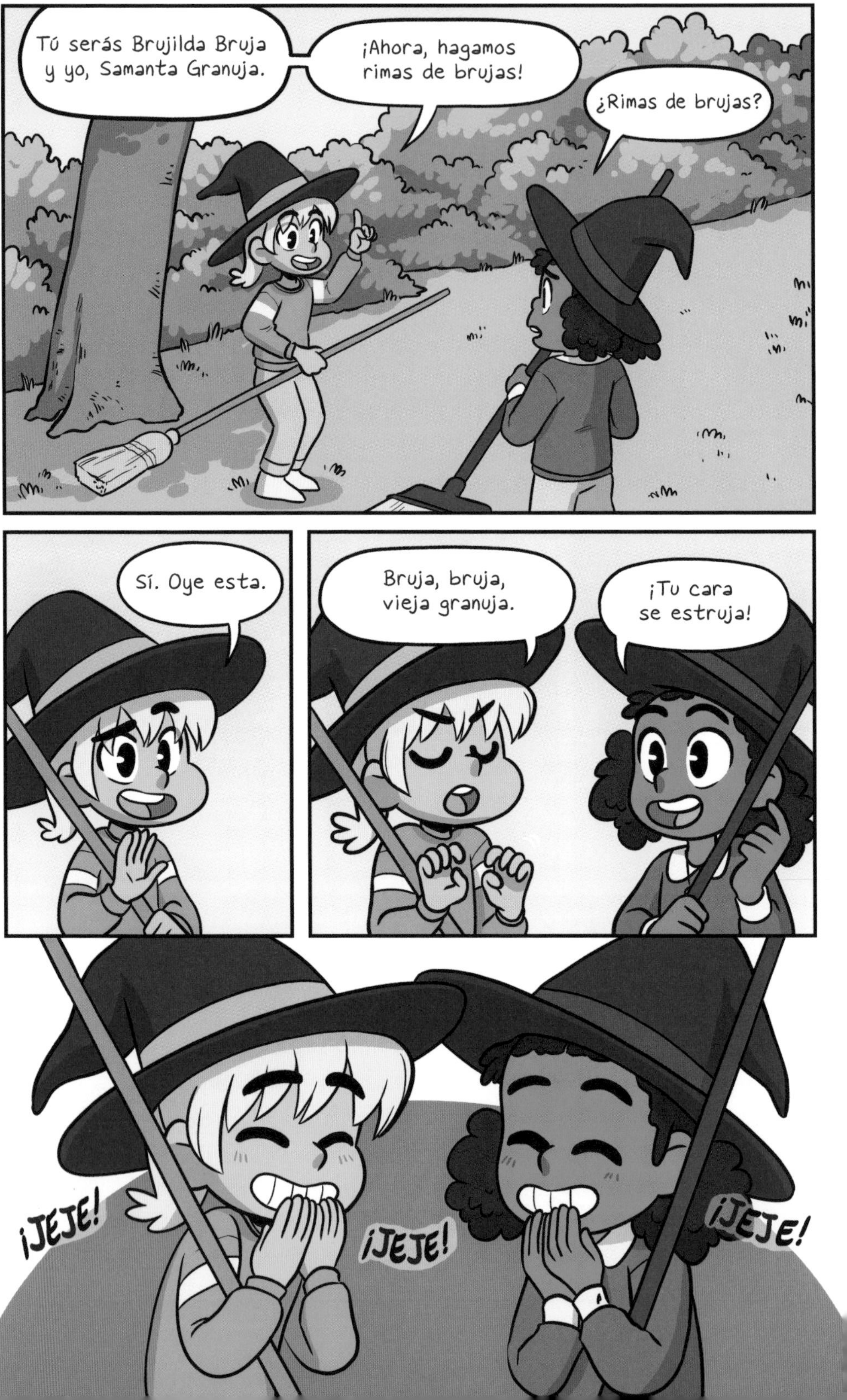
Tú serás Brujilda Bruja y yo, Samanta Granuja.
¡Ahora, hagamos rimas de brujas!
¿Rimas de brujas?
Sí. Oye esta.
Bruja, bruja, vieja granuja.
¡Tu cara se estruja!
¡JEJE!
¡JEJE!
¡JEJE!

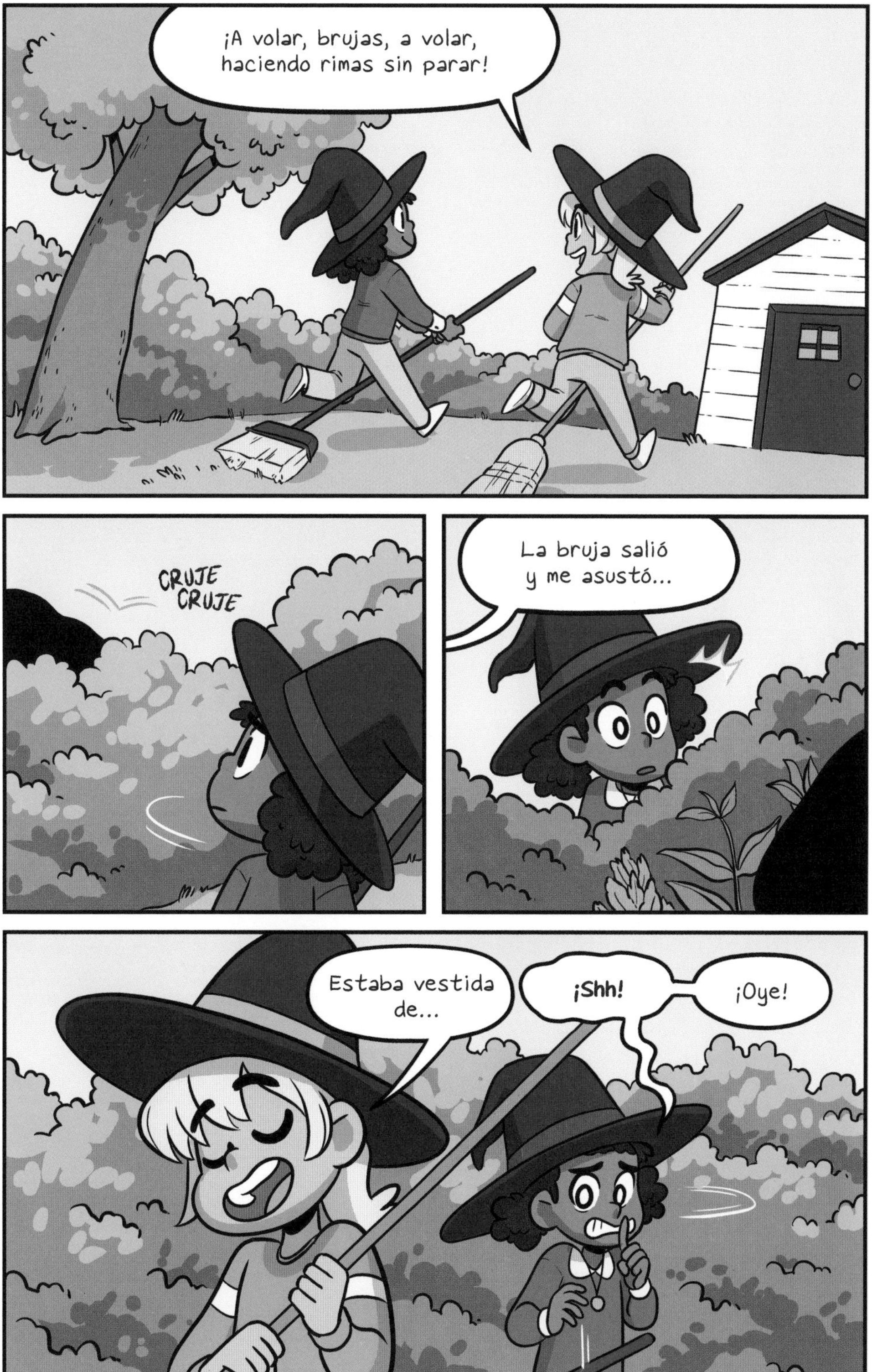
¡A volar, brujas, a volar, haciendo rimas sin parar!
CRUJE CRUJE
La bruja salió y me asustó...
Estaba vestida de...
¡Shh!
¡Oye!

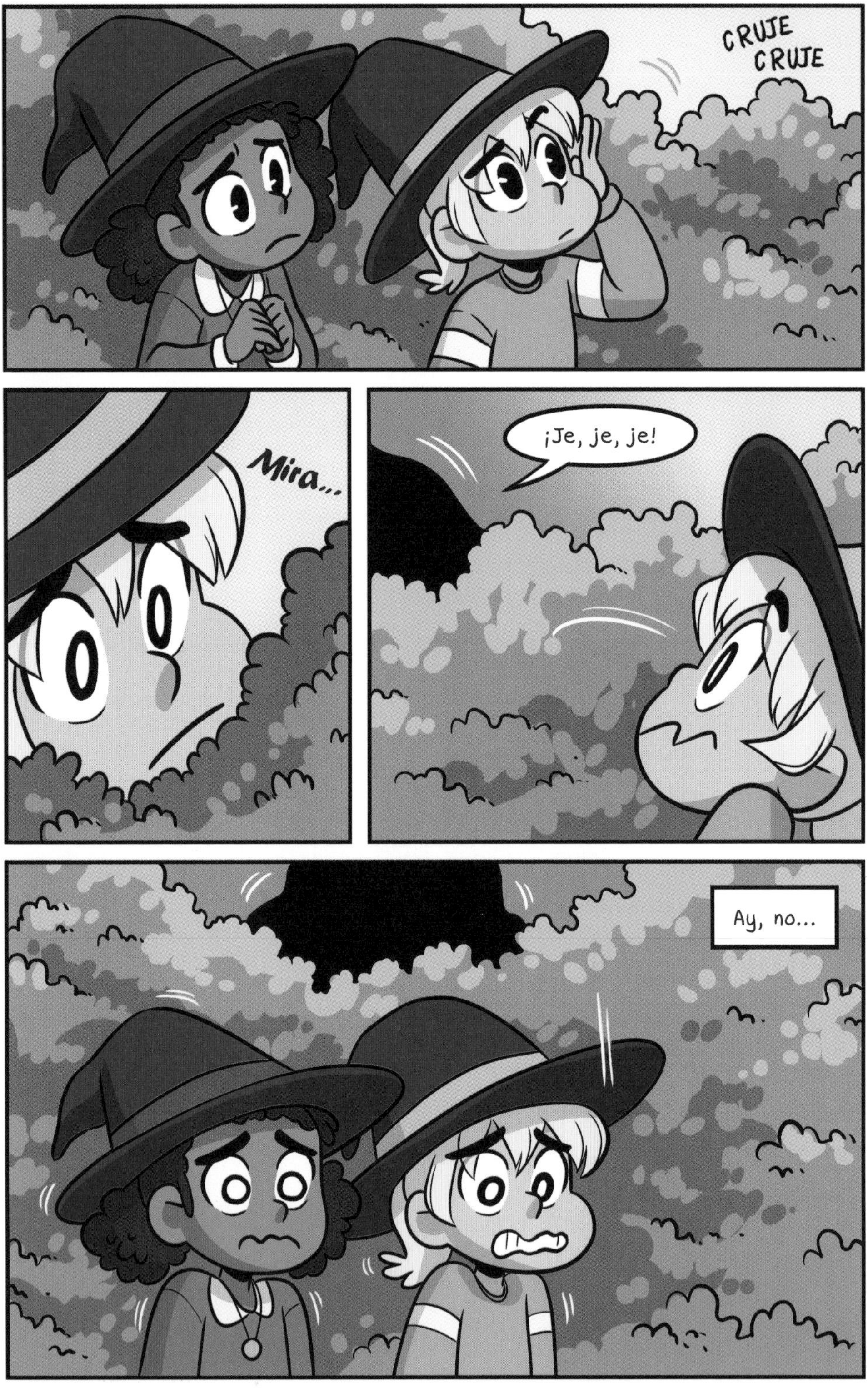
CRUJE
CRUJE
Mira...
¡Je, je, je!
Ay, no...

CAPÍTULO 5

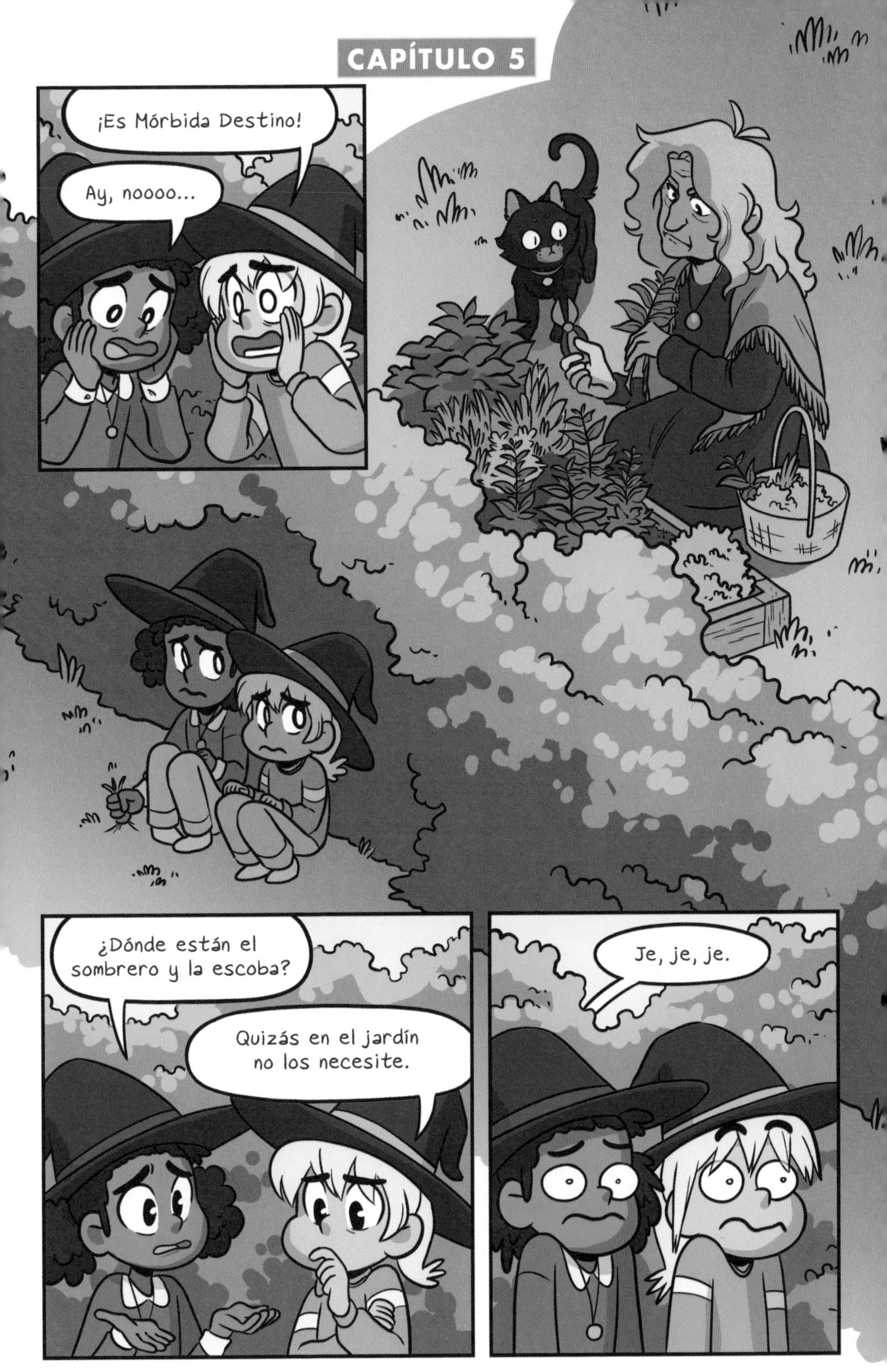
¡Es Mórbida Destino!
Ay, noooo...
¿Dónde están el sombrero y la escoba?
Quizás en el jardín no los necesite.
Je, je, je.

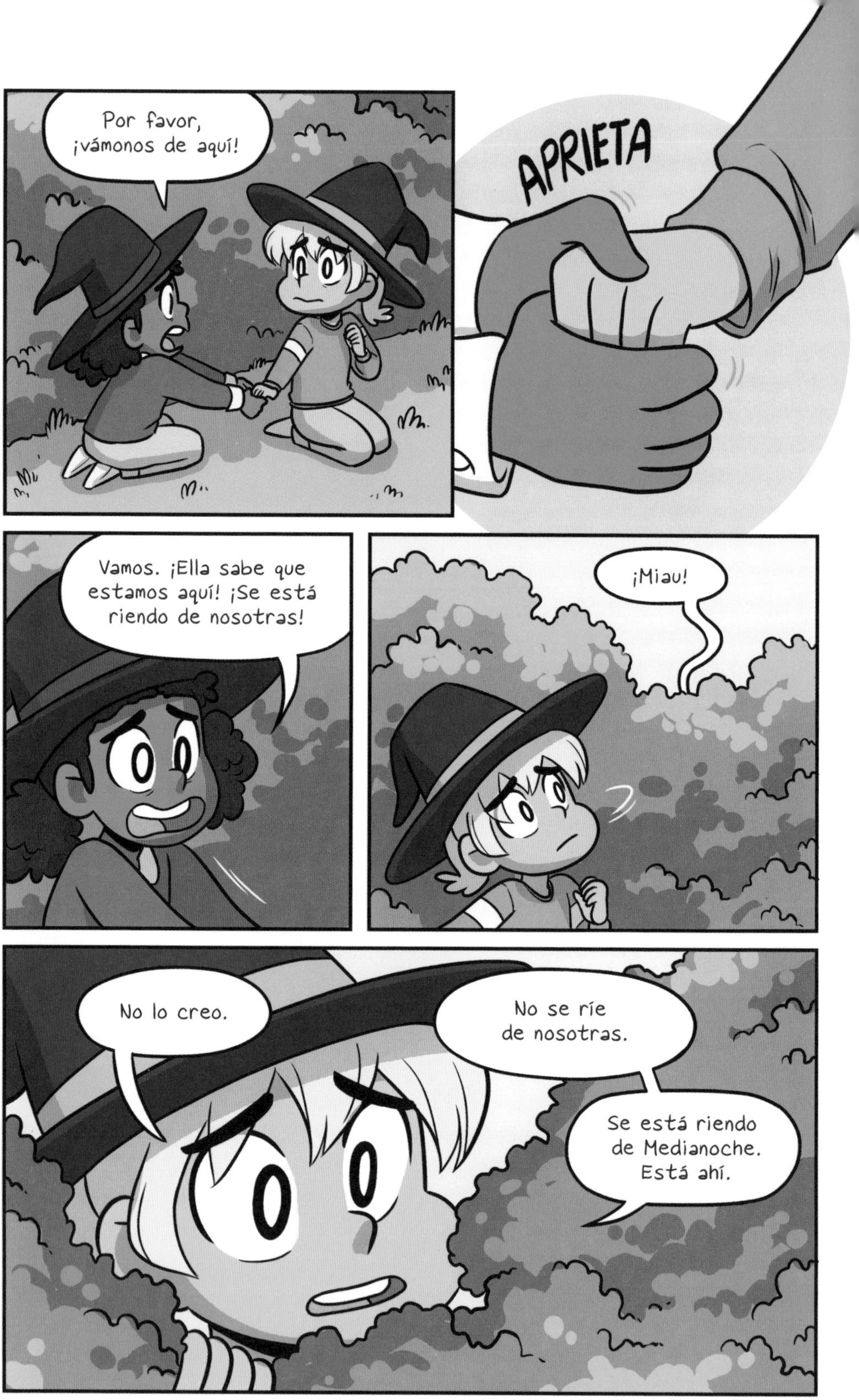
Por favor, ¡vámonos de aquí!
APRIETA
Vamos. ¡Ella sabe que estamos aquí! ¡Se está riendo de nosotras!
¡Miau!
No lo creo.
No se ríe de nosotras.
Se está riendo de Medianoche. Está ahí.

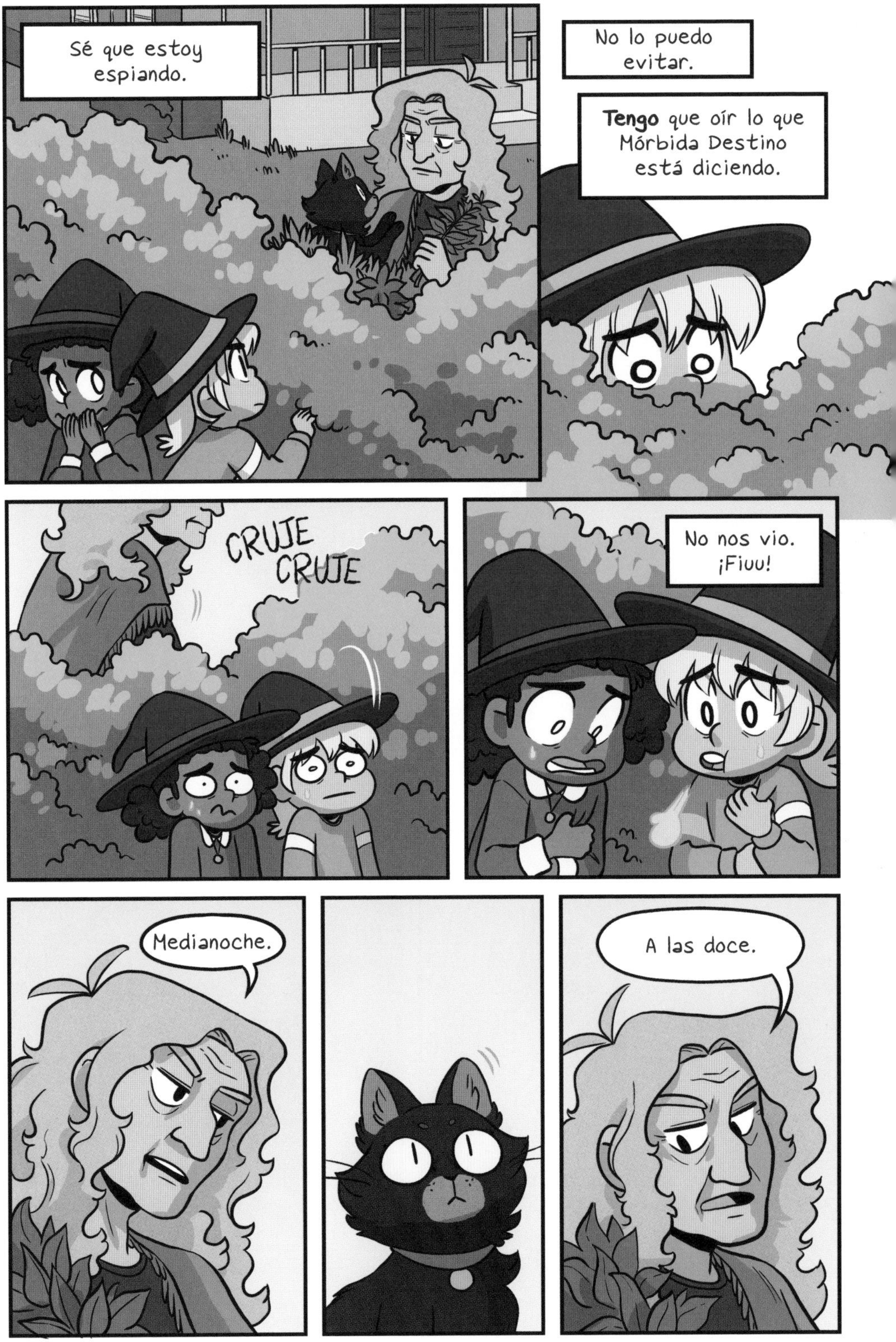
Sé que estoy espiando.
No lo puedo evitar.
Tengo que oír lo que Mórbida Destino está diciendo.
CRUJE CRUJE
No nos vio. ¡Fiuu!
Medianoche.
A las doce.

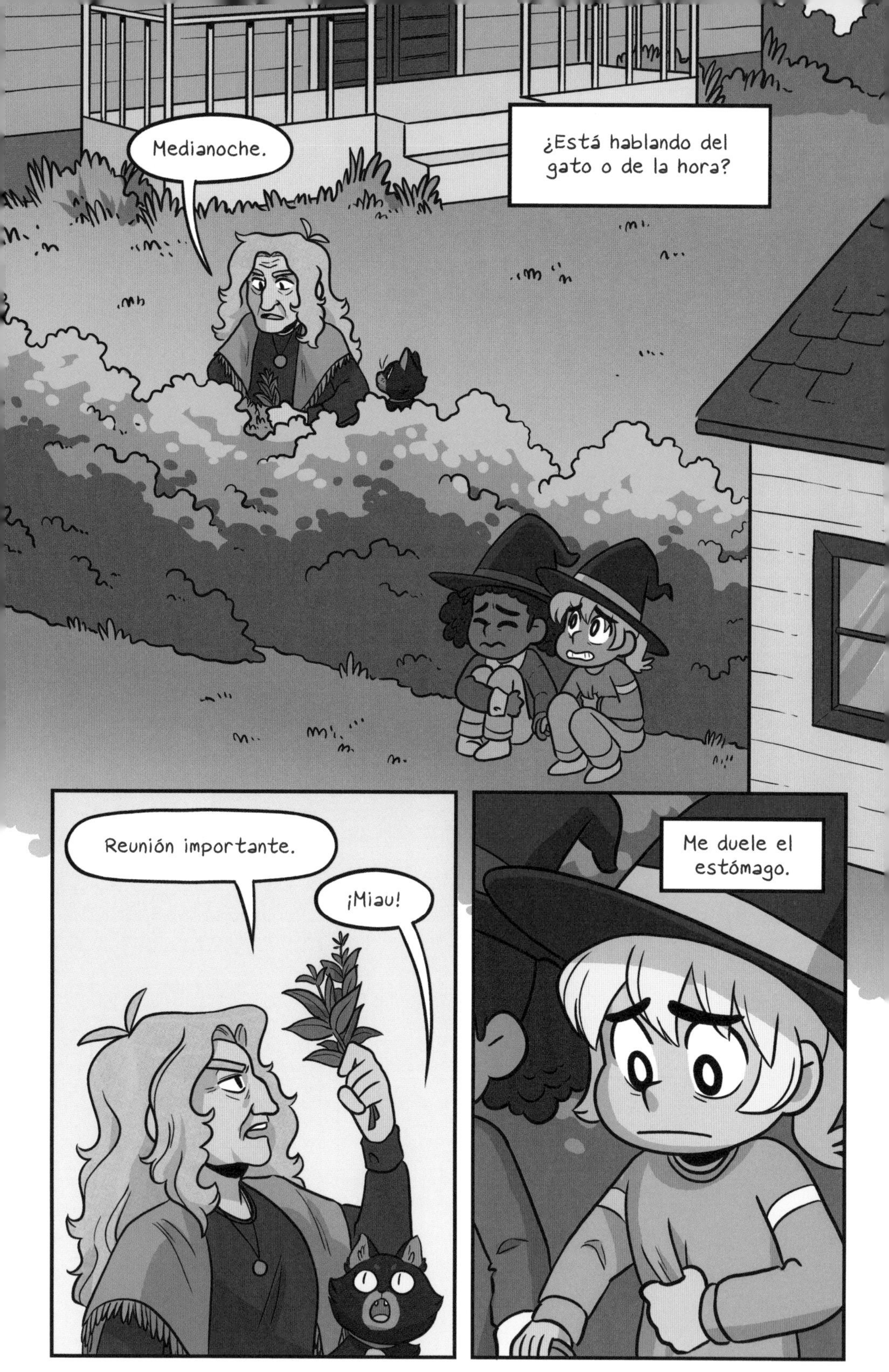
Medianoche.
¿Está hablando del gato o de la hora?
Reunión importante.
¡Miau!
Me duele el estómago.

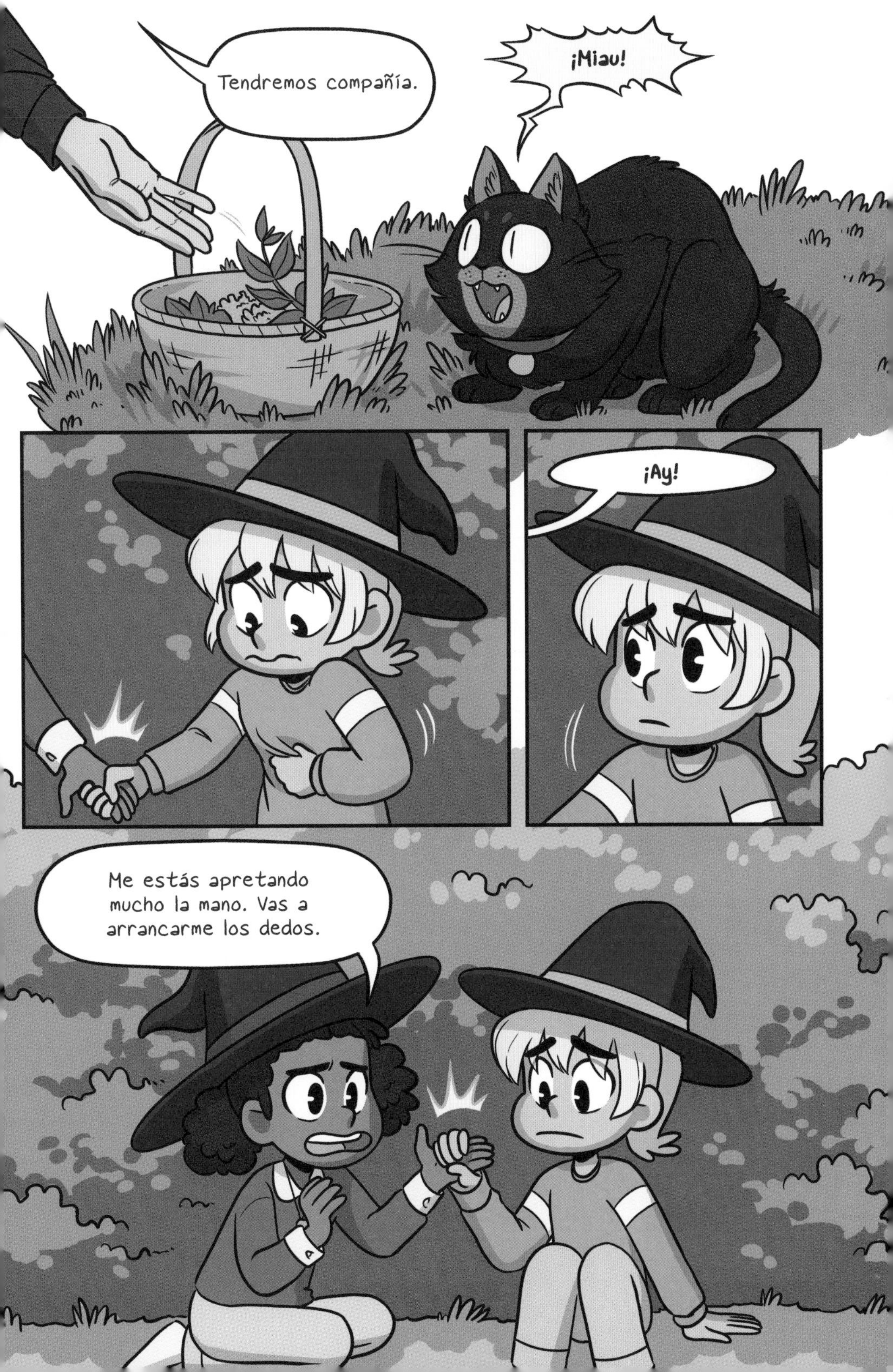
Tendremos compañía.
¡Miau!
¡Ay!
Me estás apretando mucho la mano. Vas a arrancarme los dedos.

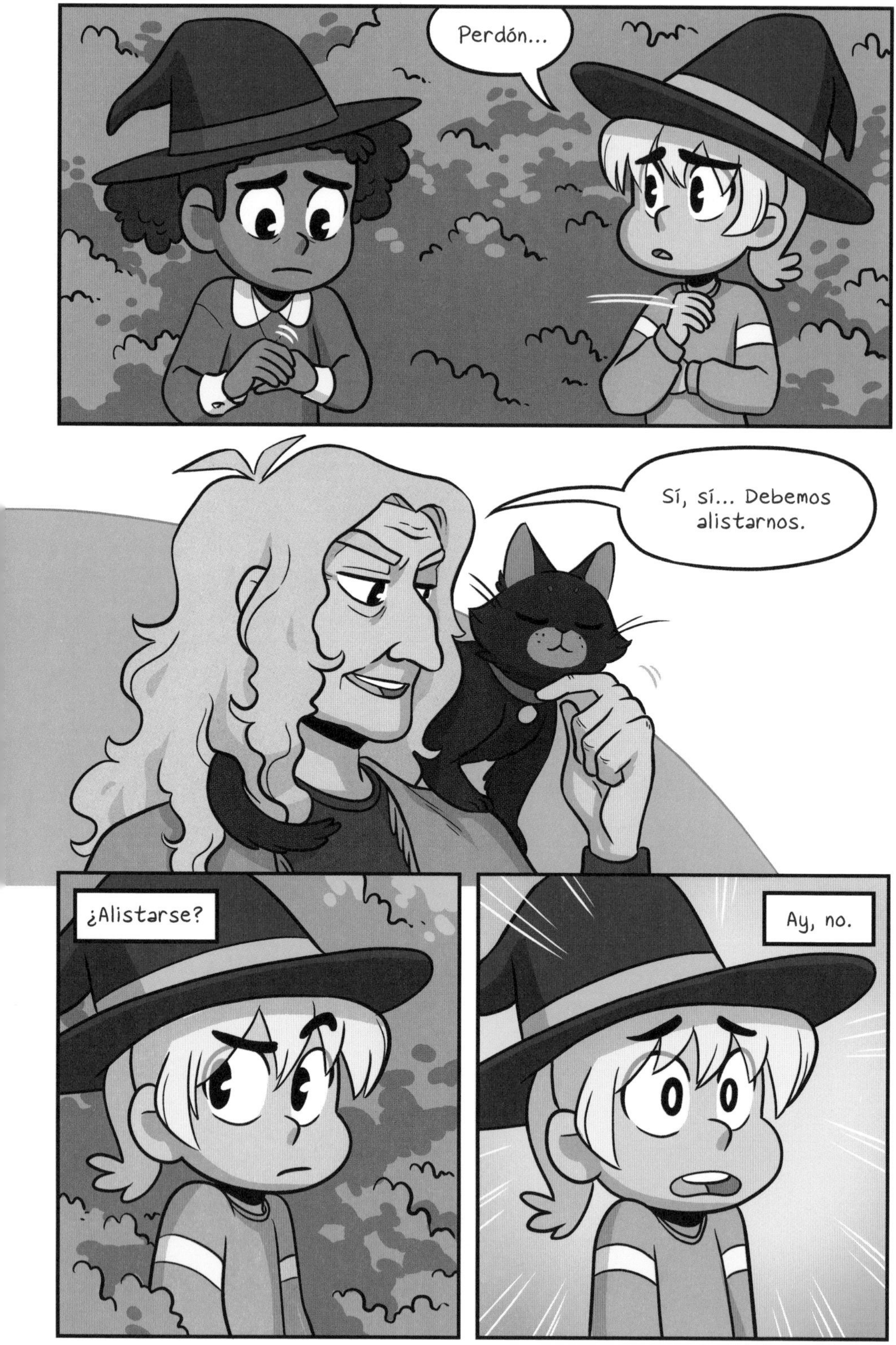
Perdón...
Sí, sí... Debemos alistarnos.
¿Alistarse?
Ay, no.

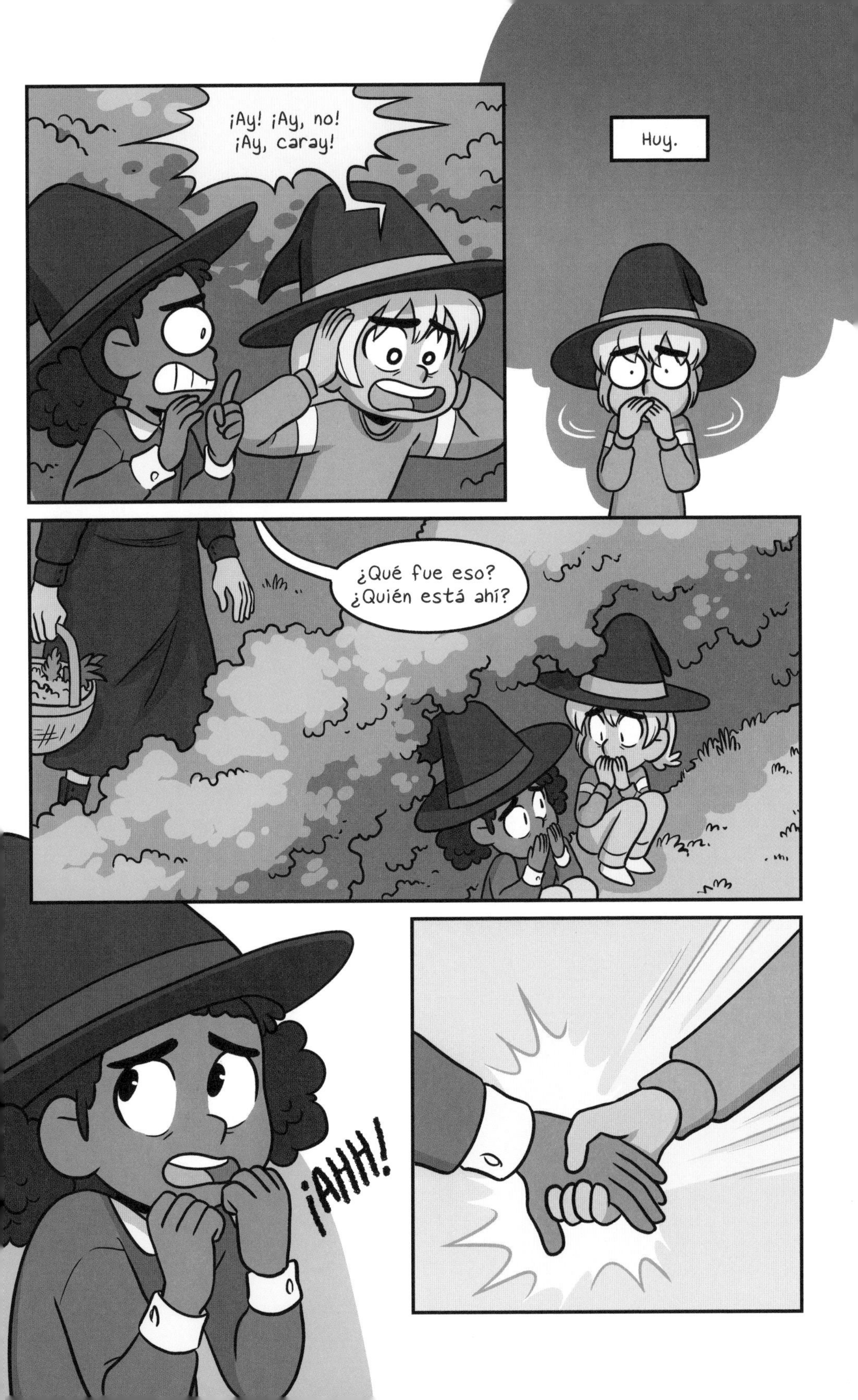
¡Ay! ¡Ay, no!
¡Ay, caray!
Huy.
¿Qué fue eso?
¿Quién está ahí?
¡AHH!

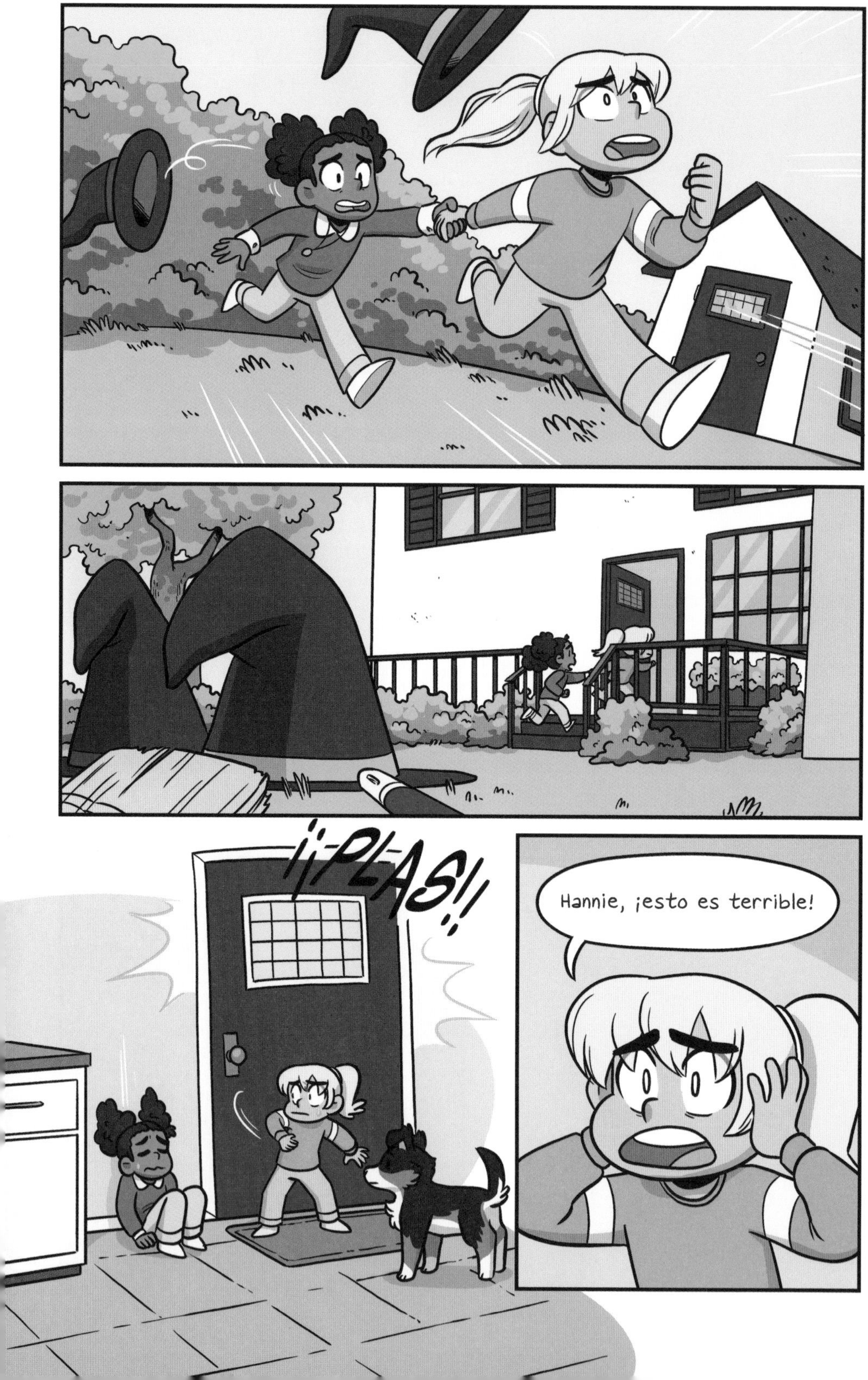
¡¡PLAS!!
Hannie, ¡esto es terrible!

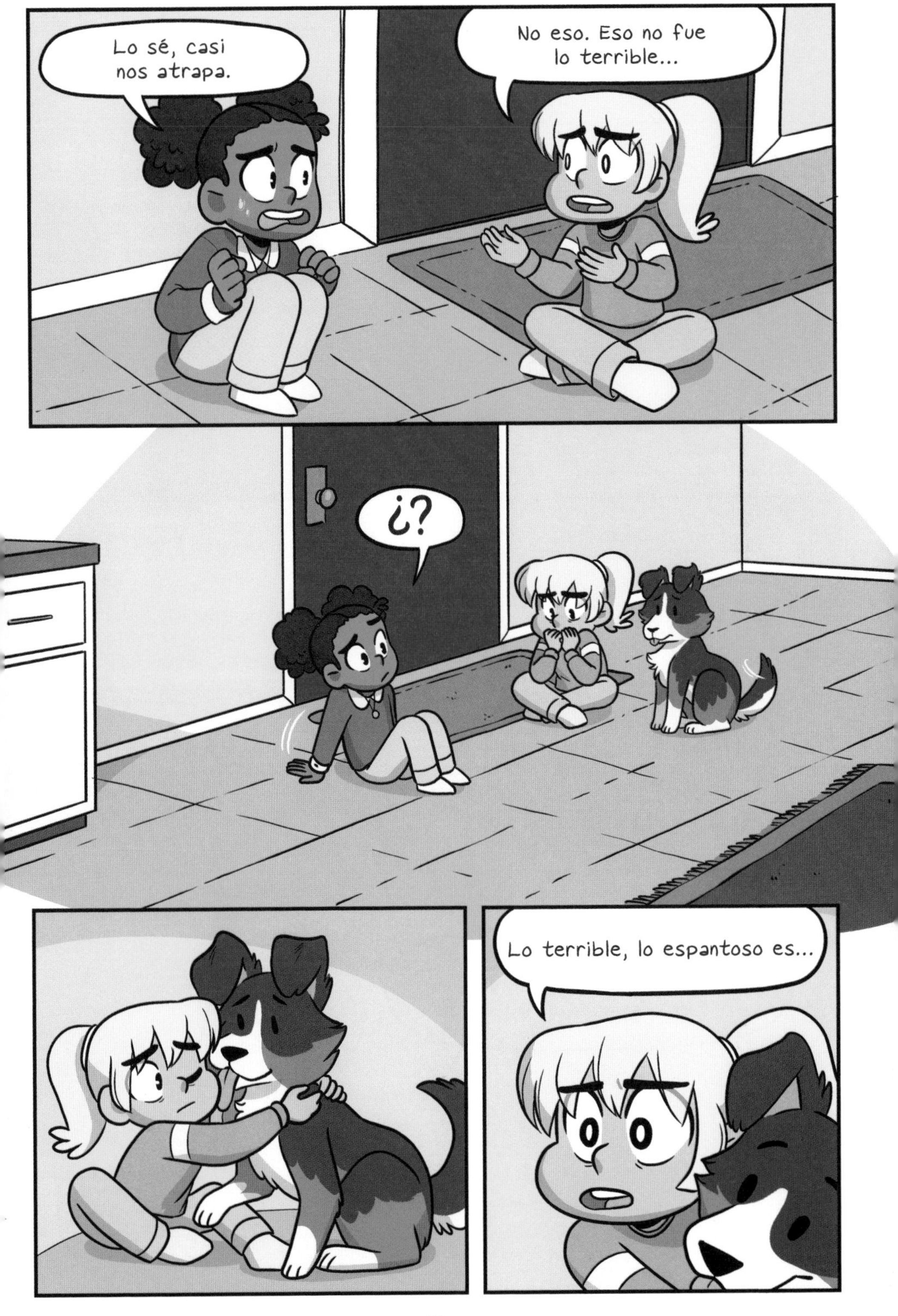
Lo sé, casi nos atrapa.
No eso. Eso no fue lo terrible...
¿?
Lo terrible, lo espantoso es...

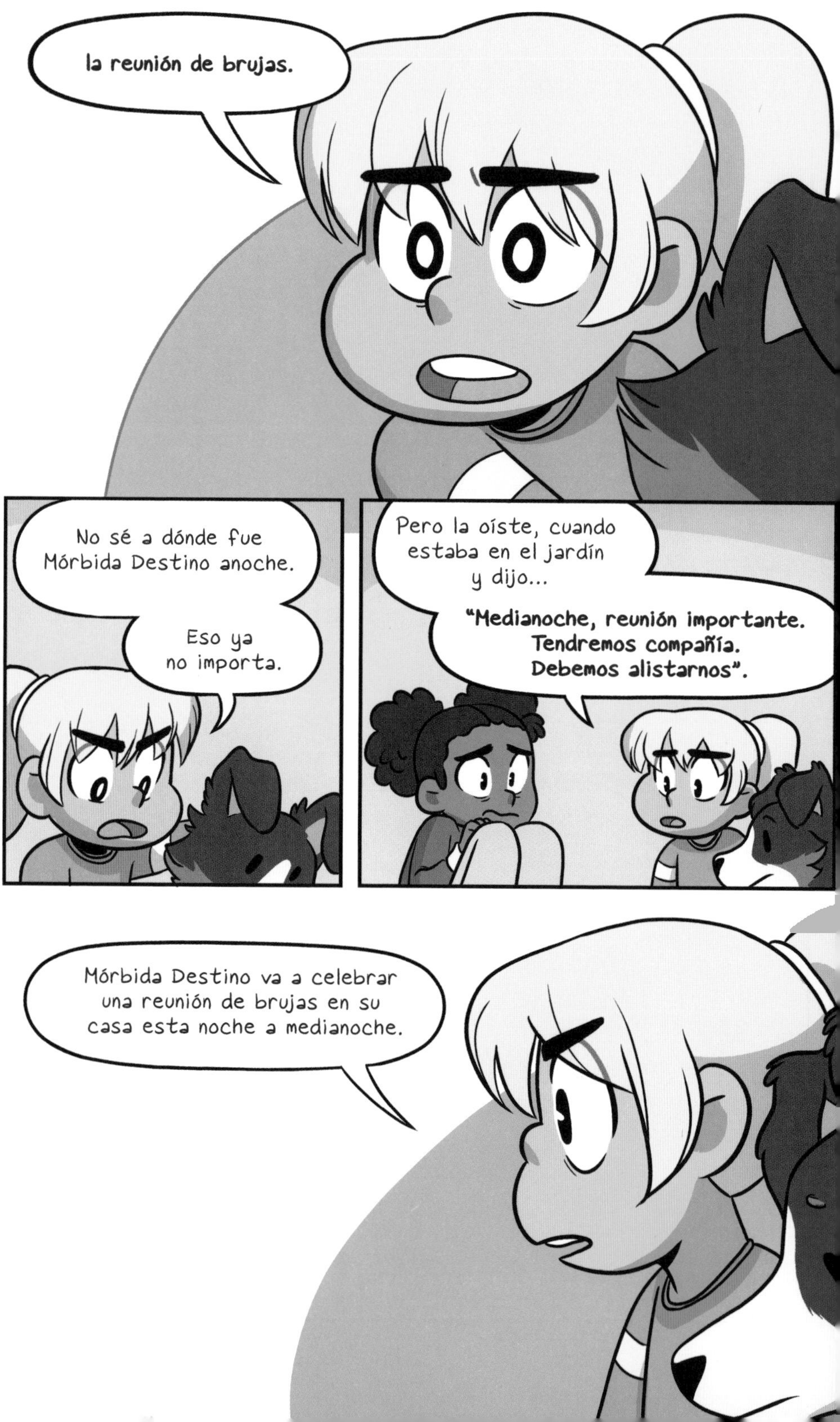
la reunión de brujas.
No sé a dónde fue Mórbida Destino anoche.
Eso ya no importa.
Pero la oíste, cuando estaba en el jardín y dijo...
"Medianoche, reunión importante. Tendremos compañía. Debemos alistarnos".
Mórbida Destino va a celebrar una reunión de brujas en su casa esta noche a medianoche.

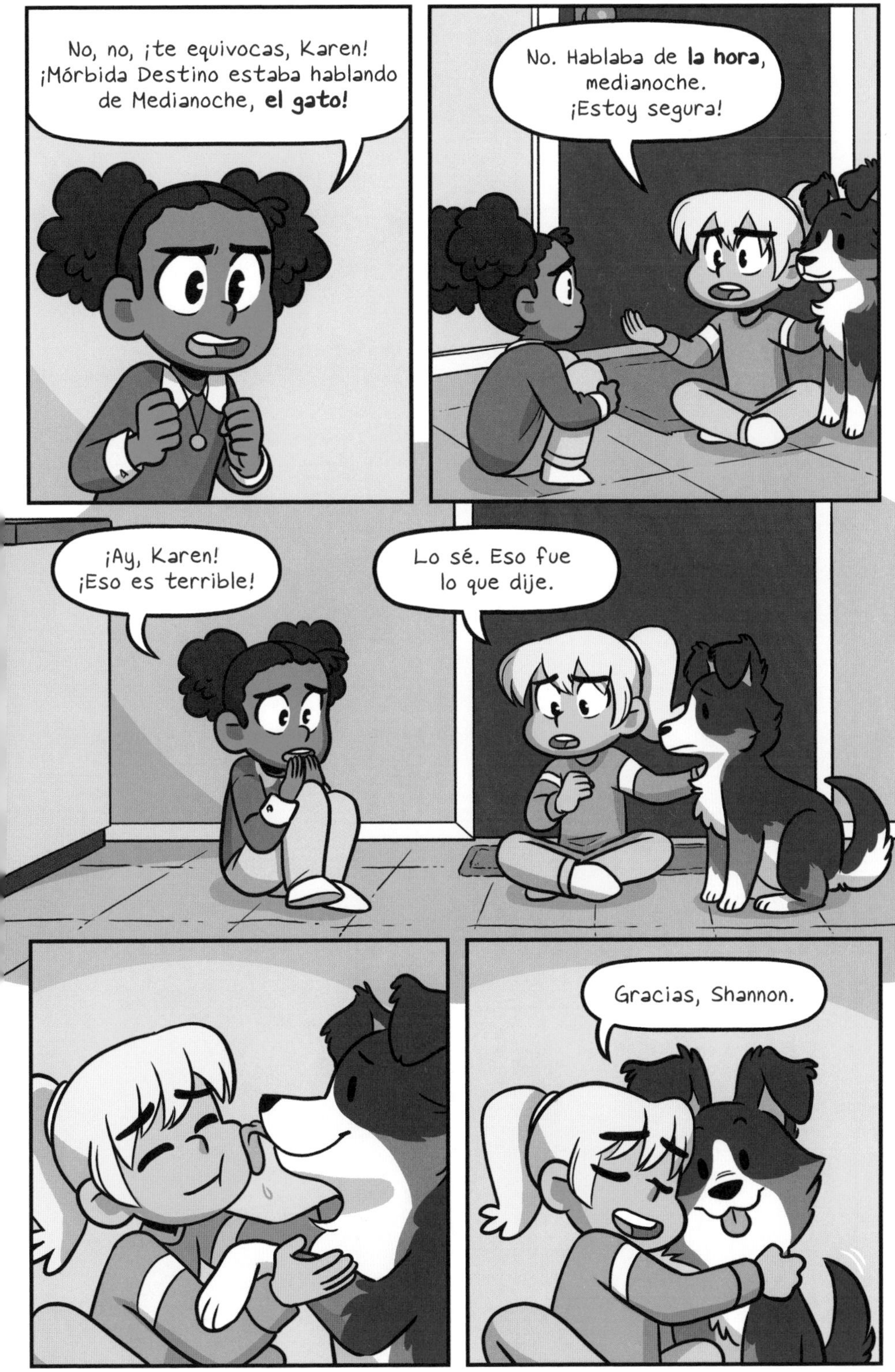
No, no, ¡te equivocas, Karen! ¡Mórbida Destino estaba hablando de Medianoche, **el gato!**
No. Hablaba de **la hora**, medianoche. ¡Estoy segura!
¡Ay, Karen! ¡Eso es terrible!
Lo sé. Eso fue lo que dije.
Gracias, Shannon.

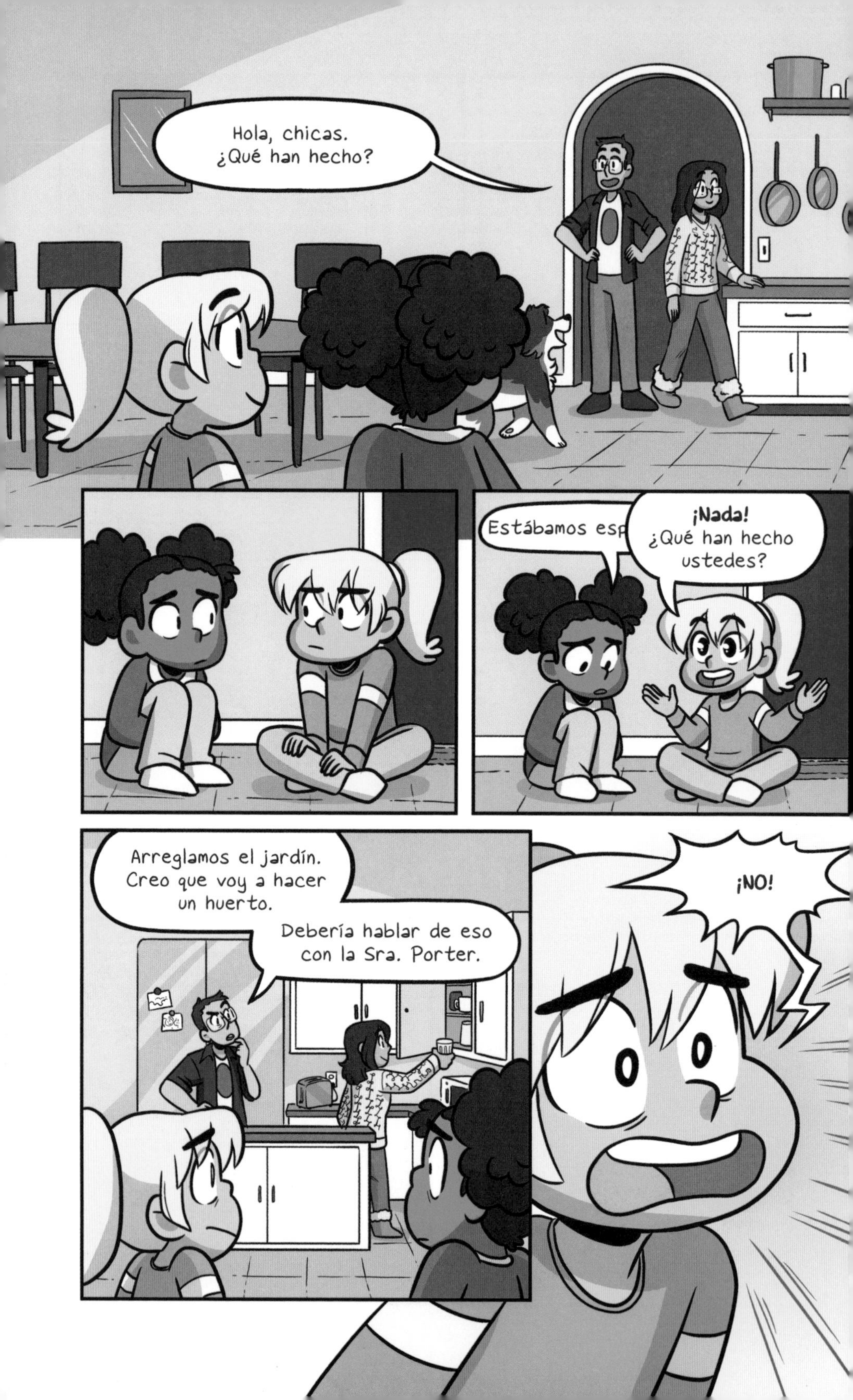
Hola, chicas.
¿Qué han hecho?
Estábamos esp
¡Nada!
¿Qué han hecho ustedes?
Arreglamos el jardín. Creo que voy a hacer un huerto.
Debería hablar de eso con la Sra. Porter.
¡NO!

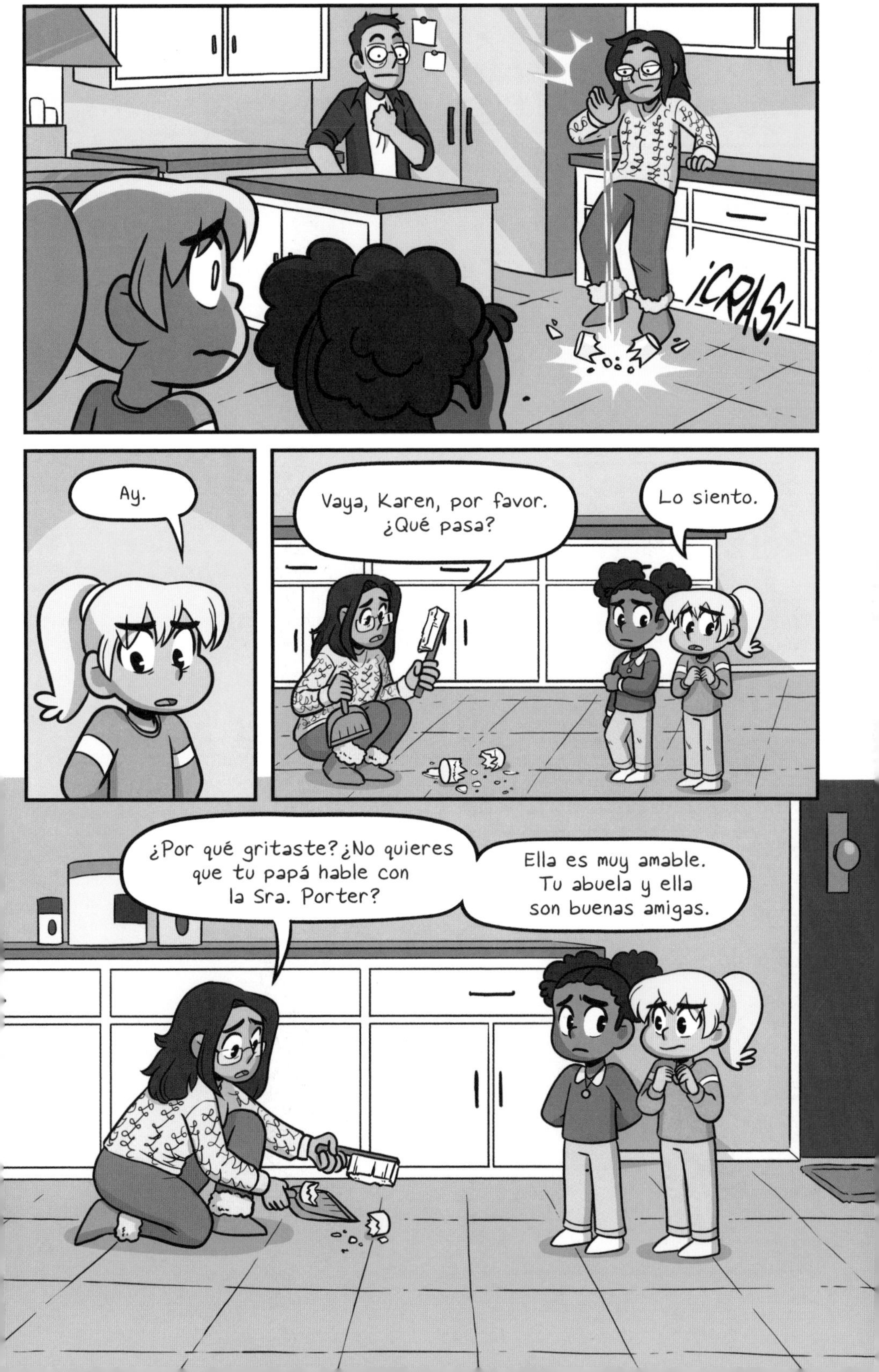
¡CRAS!
Ay.
Vaya, Karen, por favor. ¿Qué pasa?
Lo siento.
¿Por qué gritaste? ¿No quieres que tu papá hable con la Sra. Porter?
Ella es muy amable. Tu abuela y ella son buenas amigas.

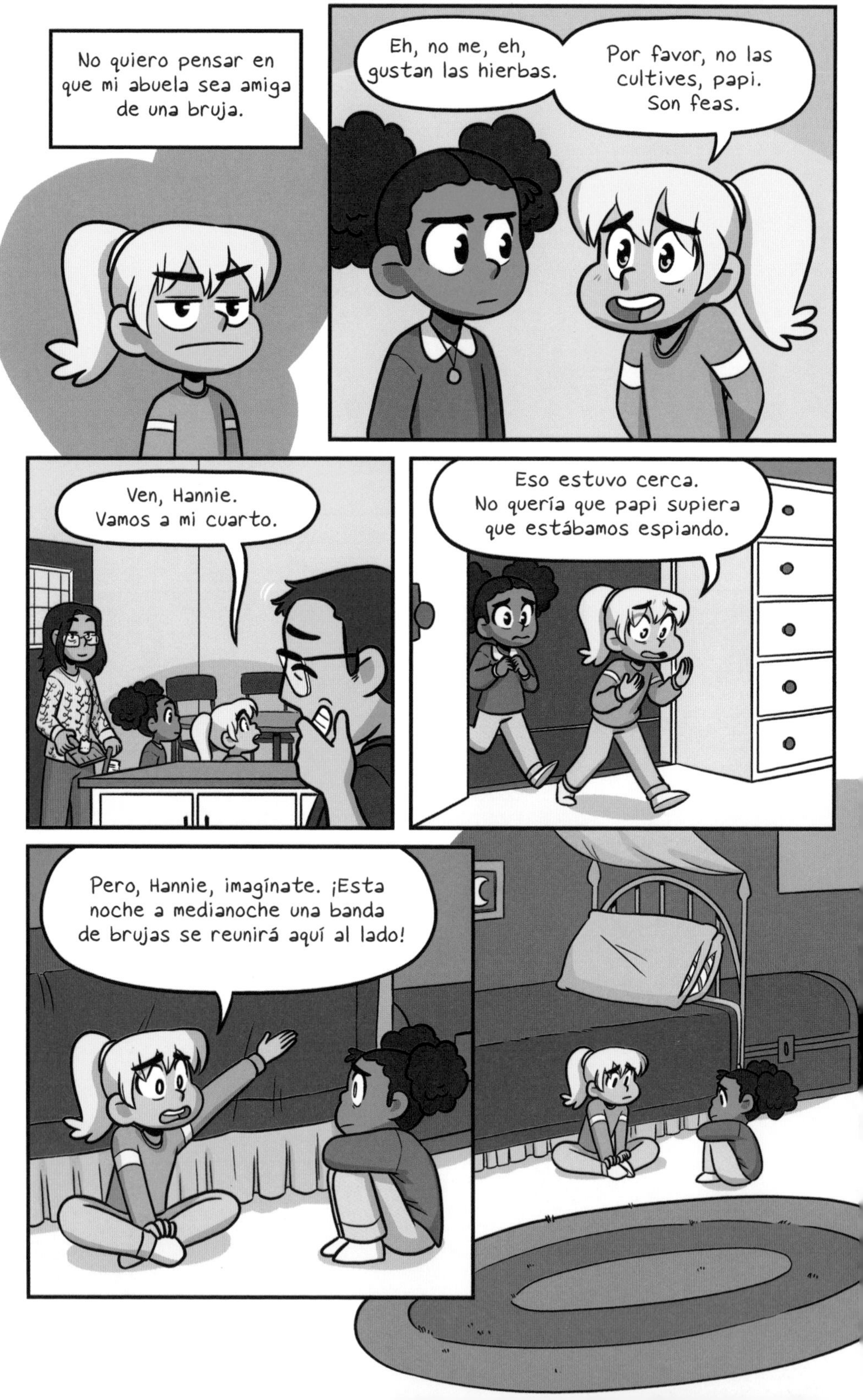
No quiero pensar en que mi abuela sea amiga de una bruja.
Eh, no me, eh, gustan las hierbas.
Por favor, no las cultives, papi. Son feas.
Ven, Hannie. Vamos a mi cuarto.
Eso estuvo cerca. No quería que papi supiera que estábamos espiando.
Pero, Hannie, imagínate. ¡Esta noche a medianoche una banda de brujas se reunirá aquí al lado!

CAPÍTULO 6

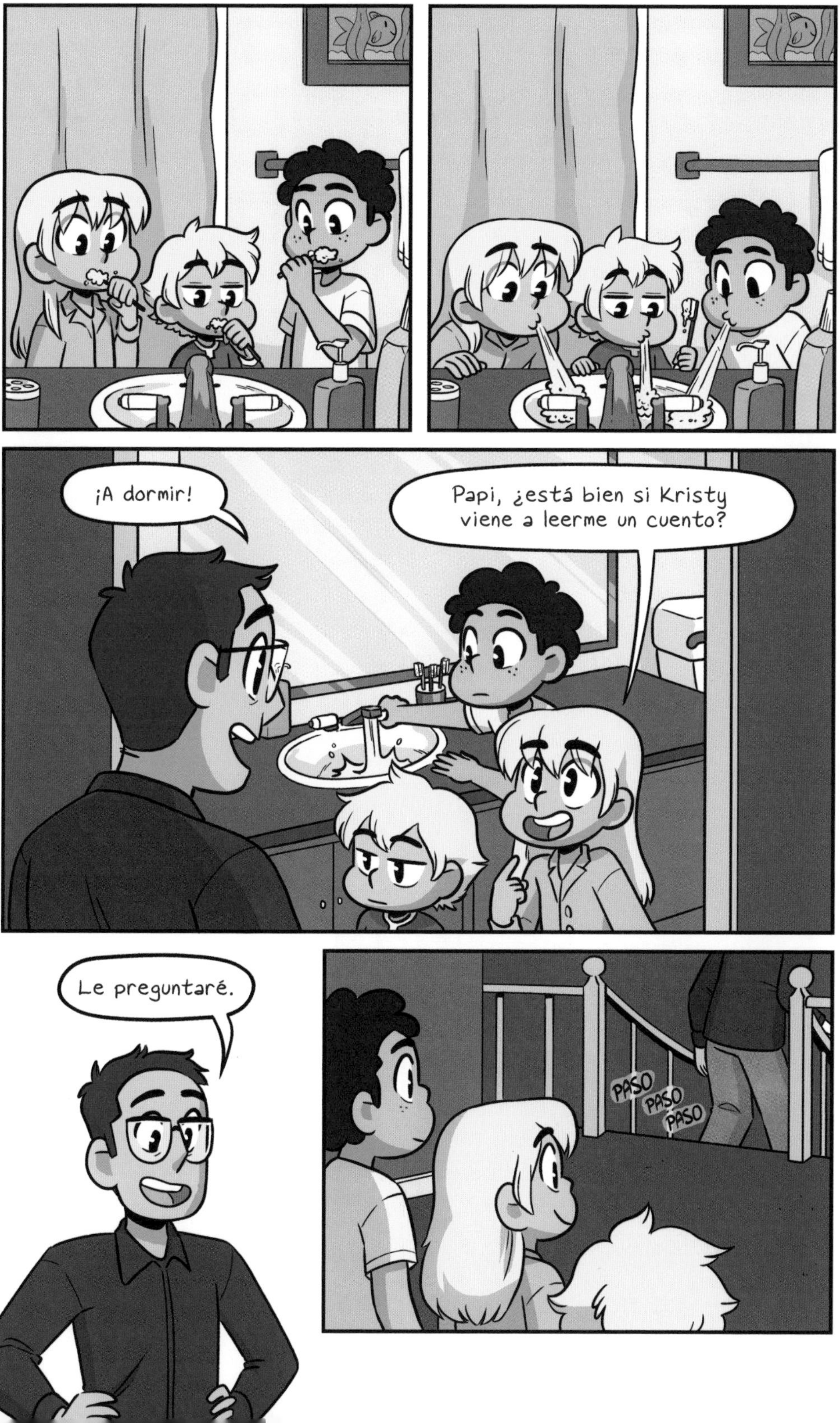
¡A dormir!
Papi, ¿está bien si Kristy viene a leerme un cuento?
Le preguntaré.
PASO
PASO
PASO

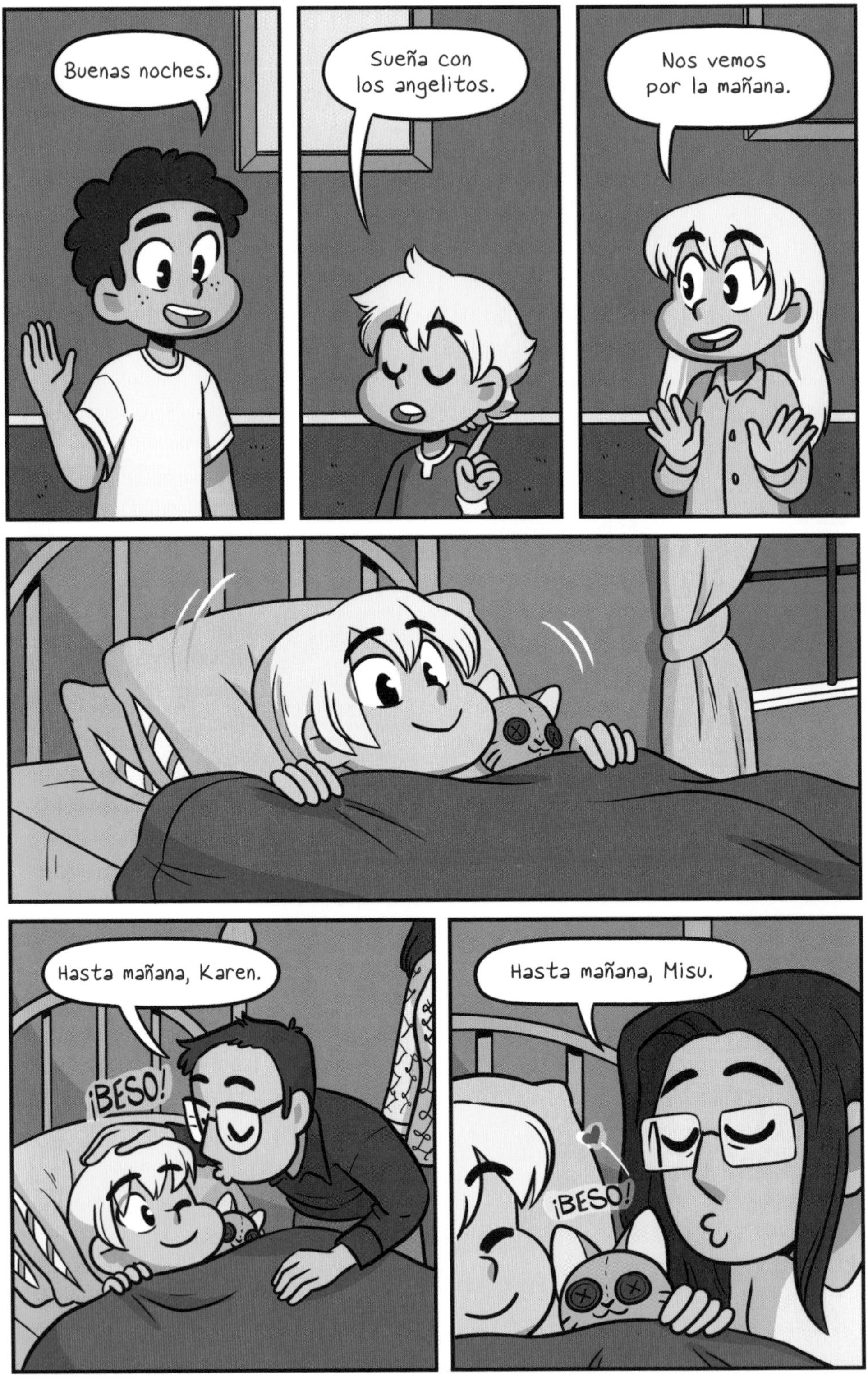
Buenas noches.
Sueña con los angelitos.
Nos vemos por la mañana.
Hasta mañana, Karen.
¡BESO!
Hasta mañana, Misu.
¡BESO!

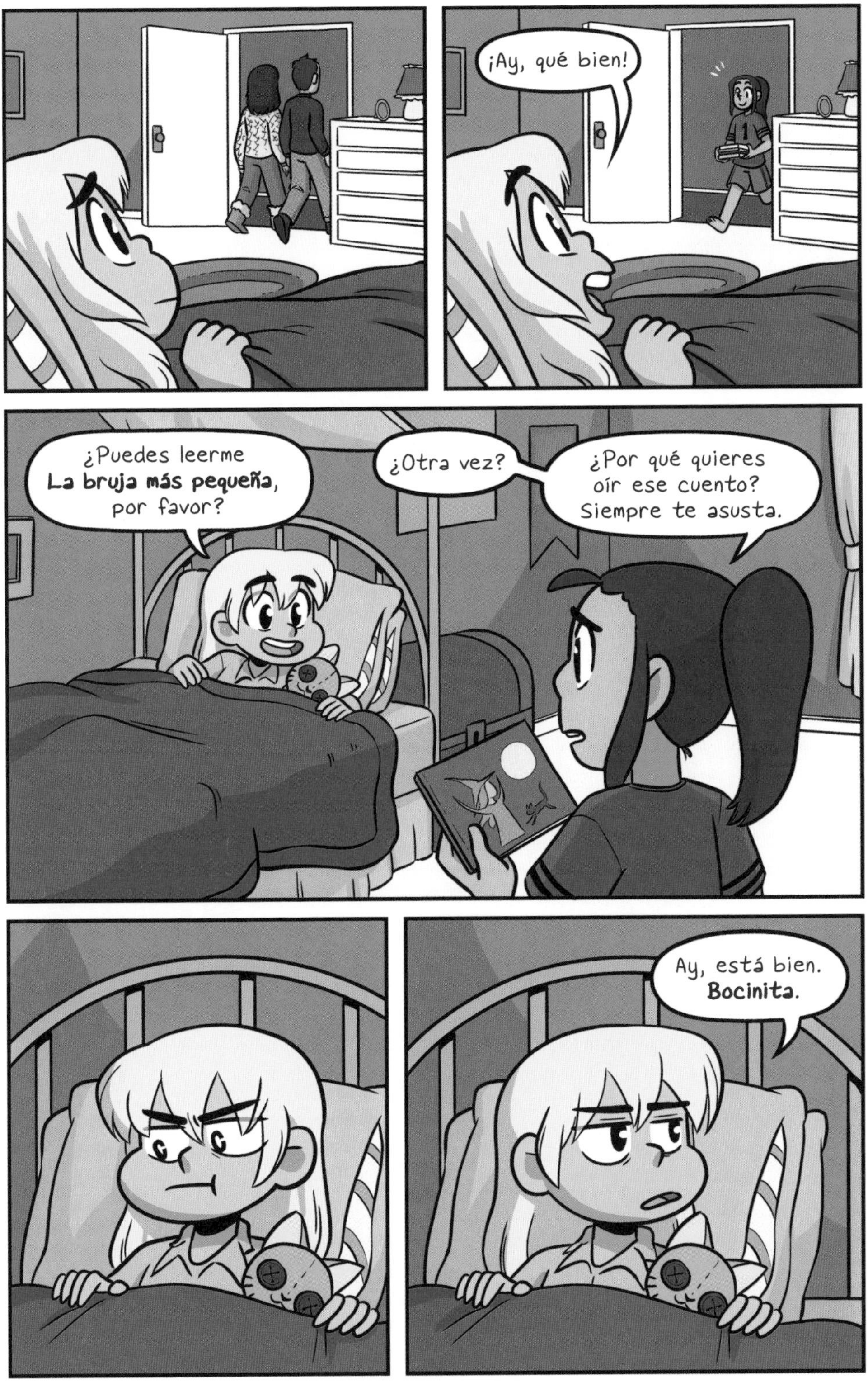
¡Ay, qué bien!
¿Puedes leerme **La bruja más pequeña**, por favor?
¿Otra vez?
¿Por qué quieres oír ese cuento? Siempre te asusta.
Ay, está bien. **Bocinita**.

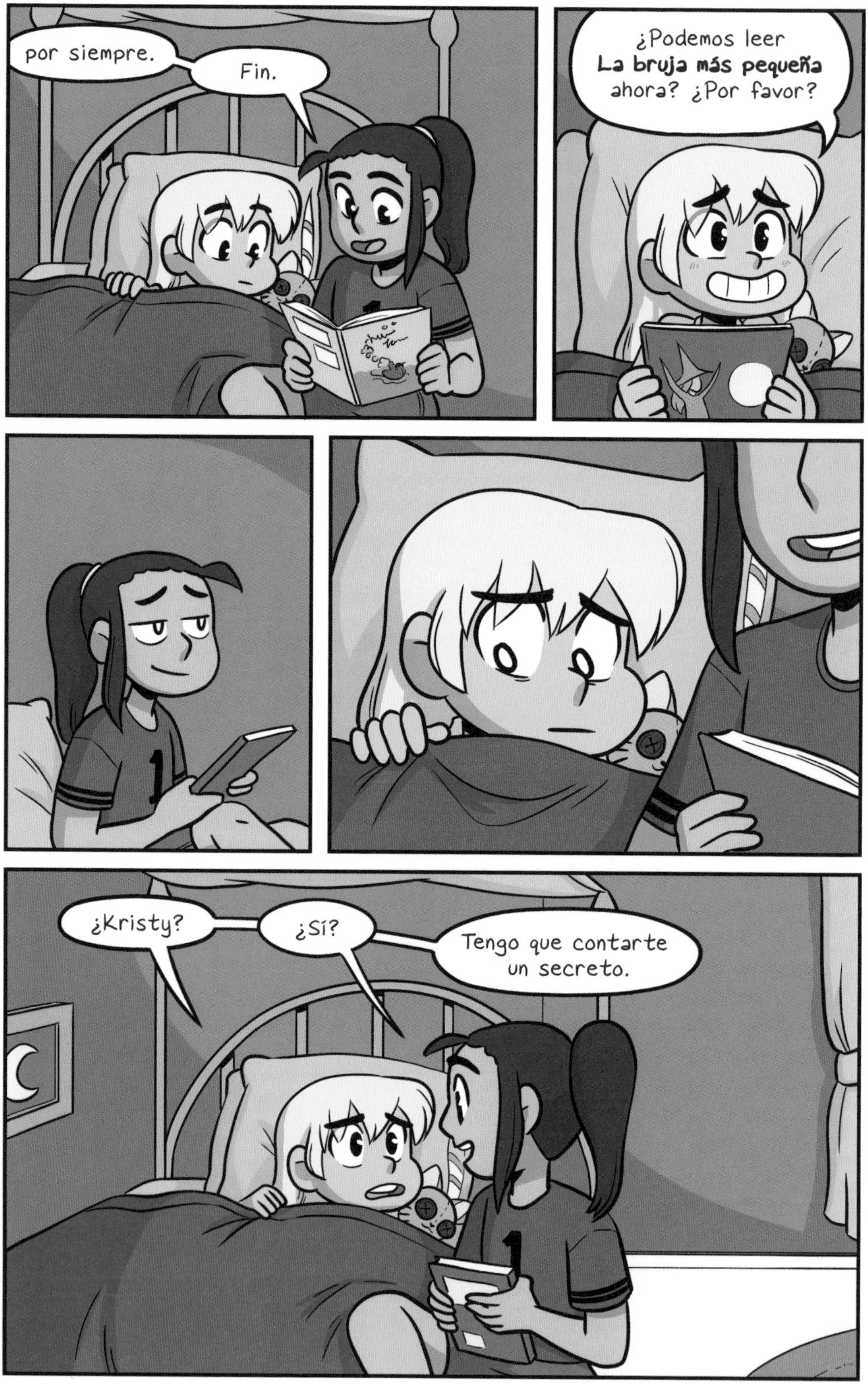
por siempre.
Fin.
¿Podemos leer **La bruja más pequeña** ahora? ¿Por favor?
¿Kristy?
¿Sí?
Tengo que contarte un secreto.

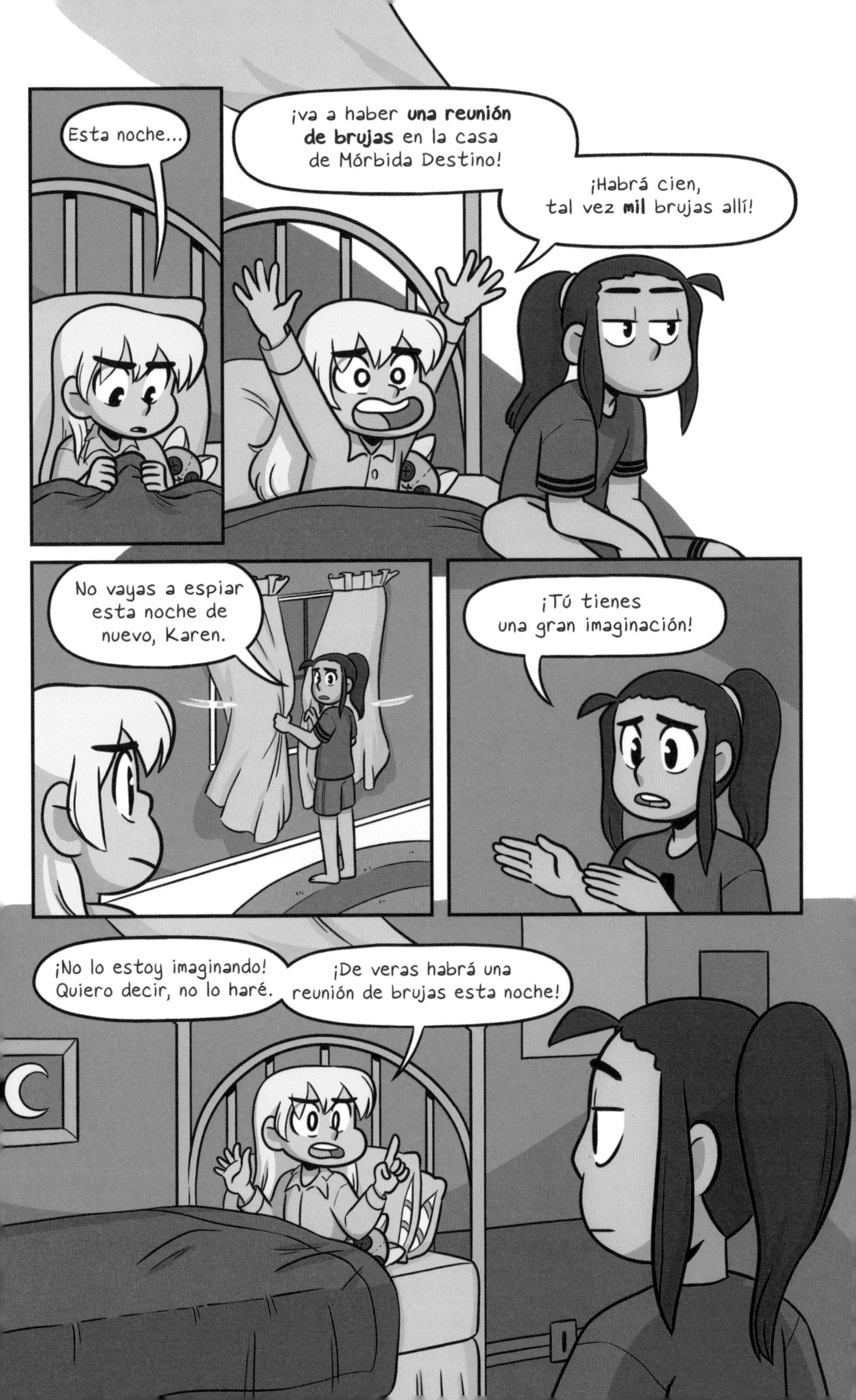
Esta noche...
¡va a haber **una reunión de brujas** en la casa de Mórbida Destino!
¡Habrá cien, tal vez **mil** brujas allí!
No vayas a espiar esta noche de nuevo, Karen.
¡Tú tienes una gran imaginación!
¡No lo estoy imaginando! Quiero decir, no lo haré.
¡De veras habrá una reunión de brujas esta noche!

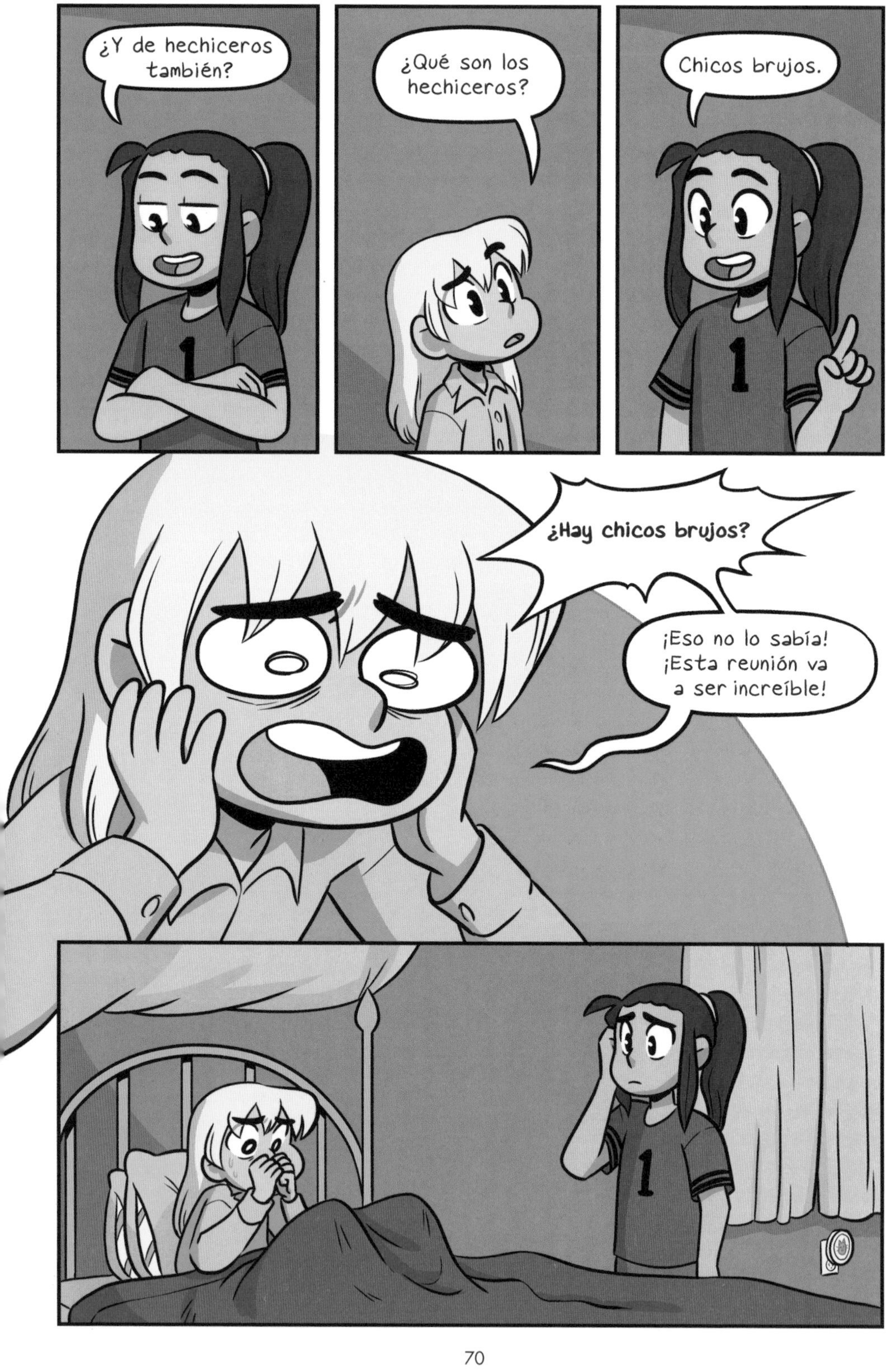
¿Y de hechiceros también?
¿Qué son los hechiceros?
Chicos brujos.
¿Hay chicos brujos?
¡Eso no lo sabía! ¡Esta reunión va a ser increíble!

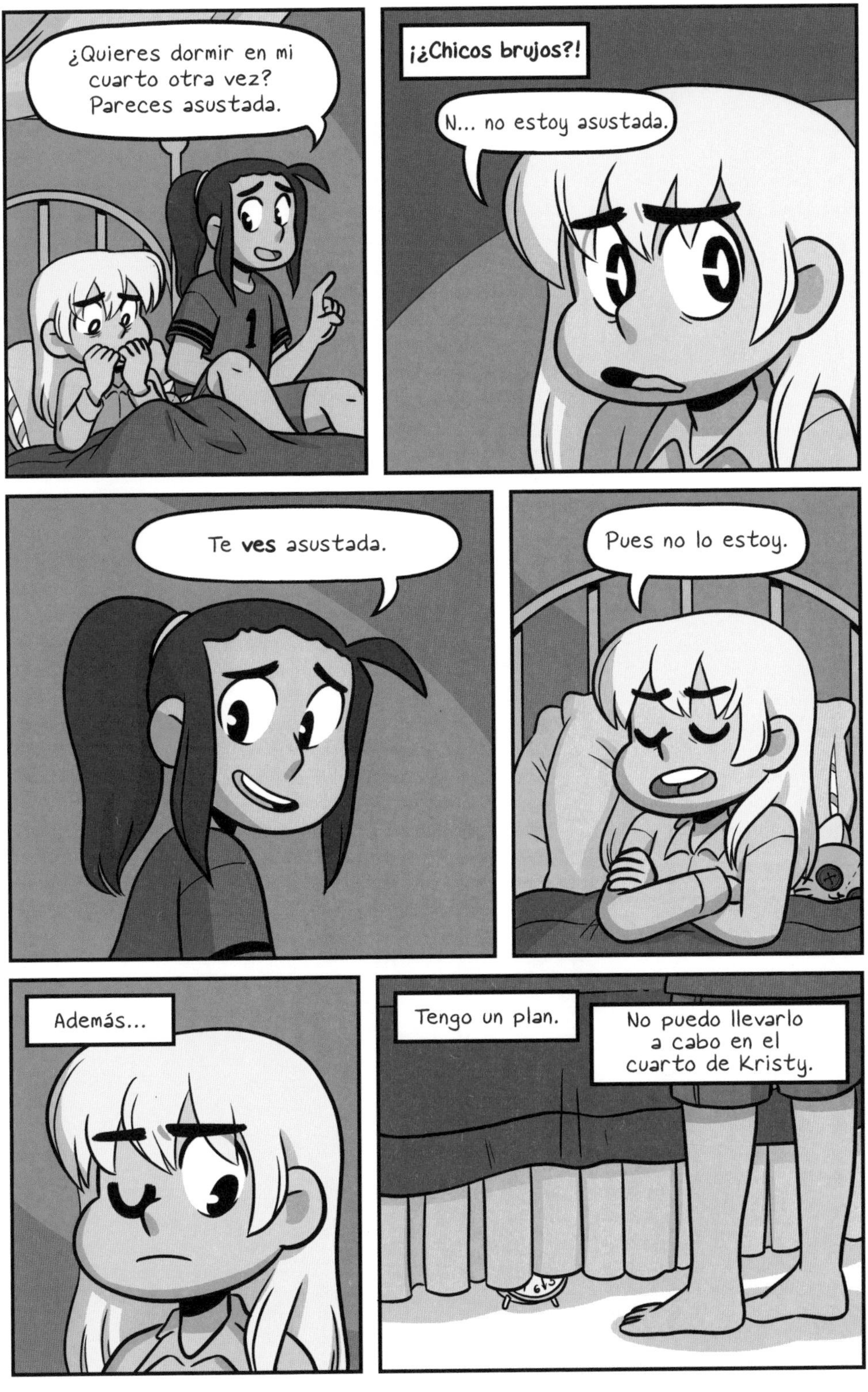
¿Quieres dormir en mi cuarto otra vez? Pareces asustada.
¡¿Chicos brujos?!
N... no estoy asustada.
Te **ves** asustada.
Pues no lo estoy.
Además...
Tengo un plan.
No puedo llevarlo a cabo en el cuarto de Kristy.

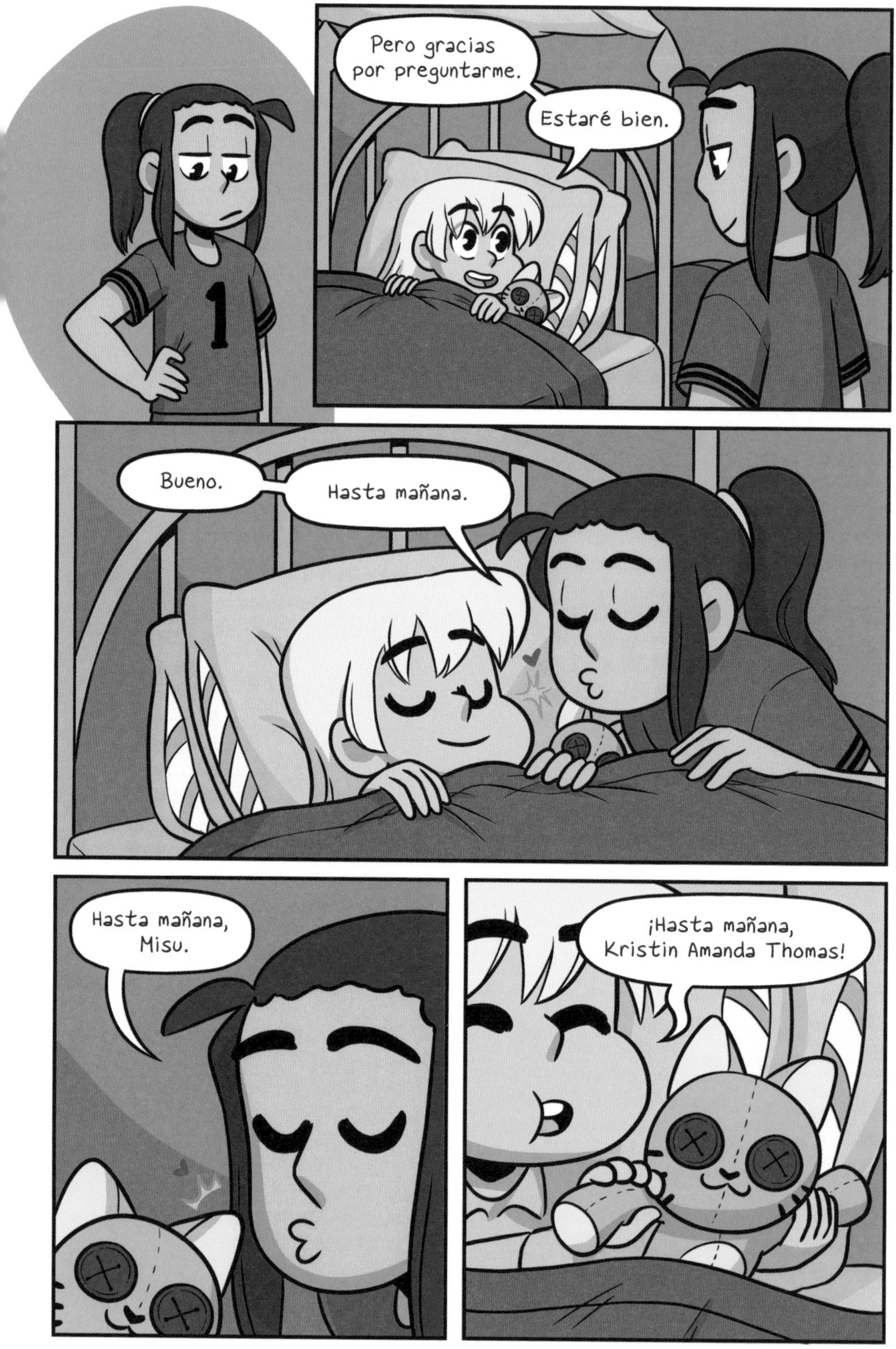
Pero gracias por preguntarme.
Estaré bien.
Bueno.
Hasta mañana.
Hasta mañana, Misu.
¡Hasta mañana, Kristin Amanda Thomas!

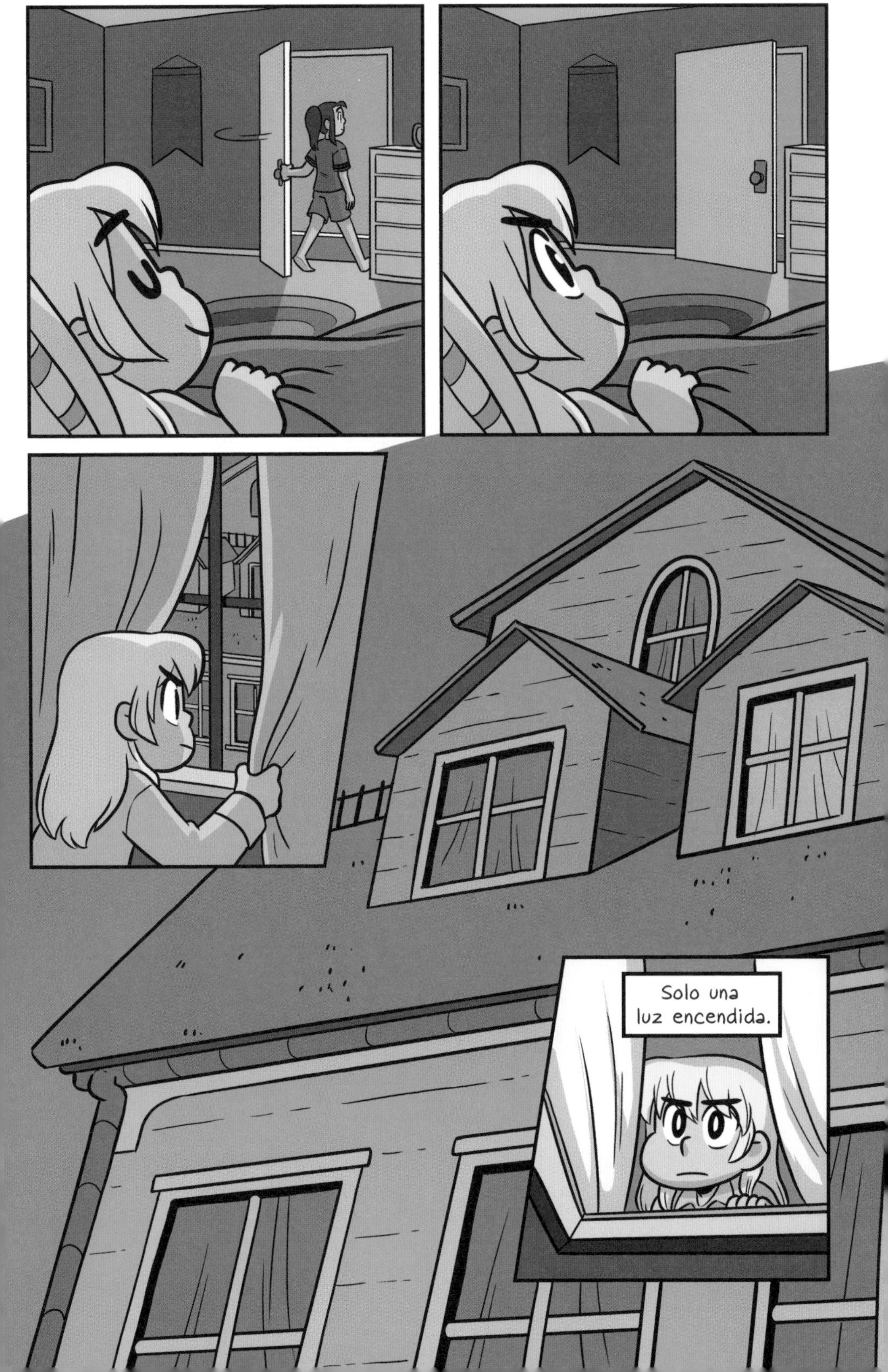
Solo una luz encendida.

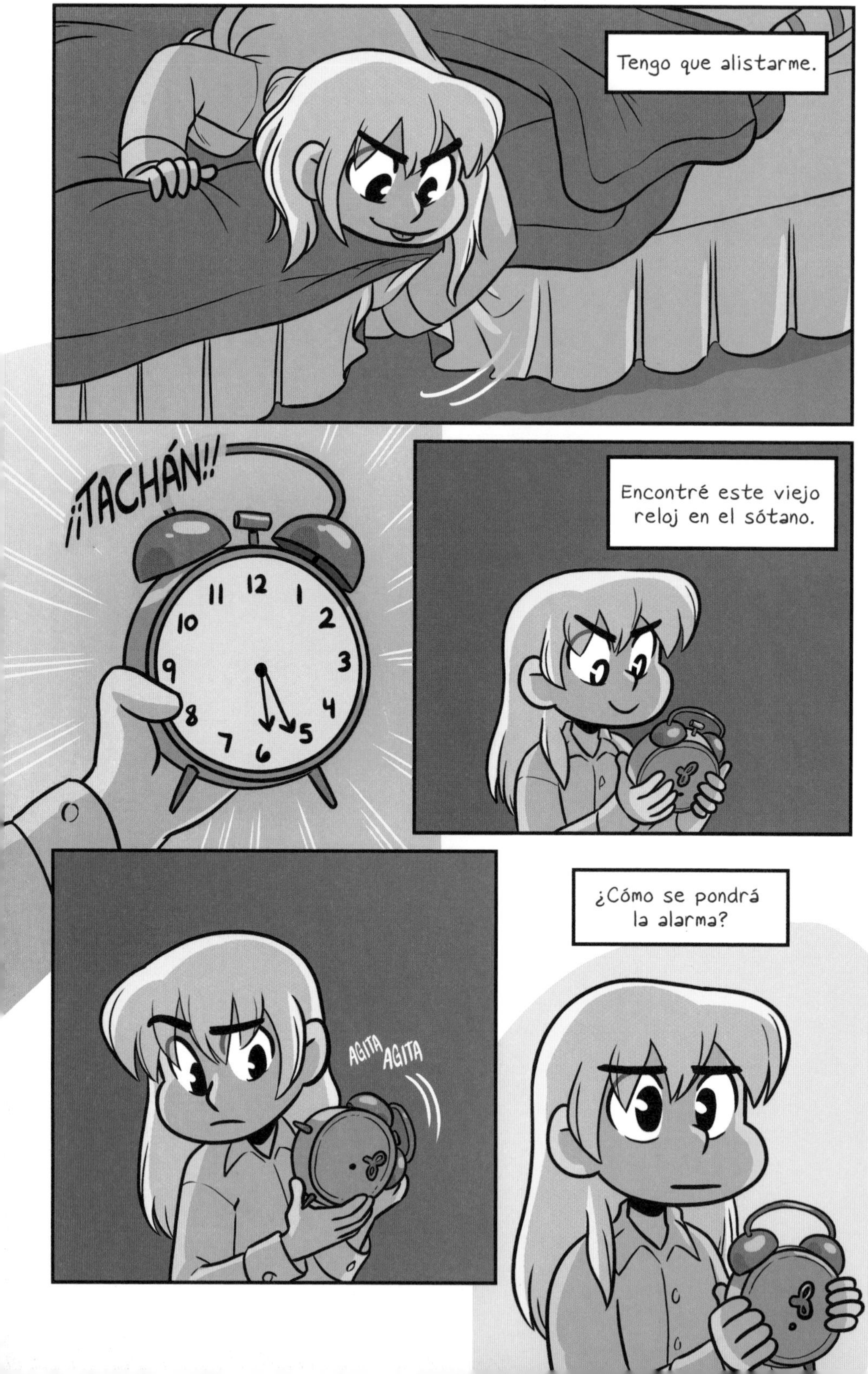
Tengo que alistarme.
¡¡TACHÁN!!
Encontré este viejo reloj en el sótano.
AGITA AGITA
¿Cómo se pondrá la alarma?

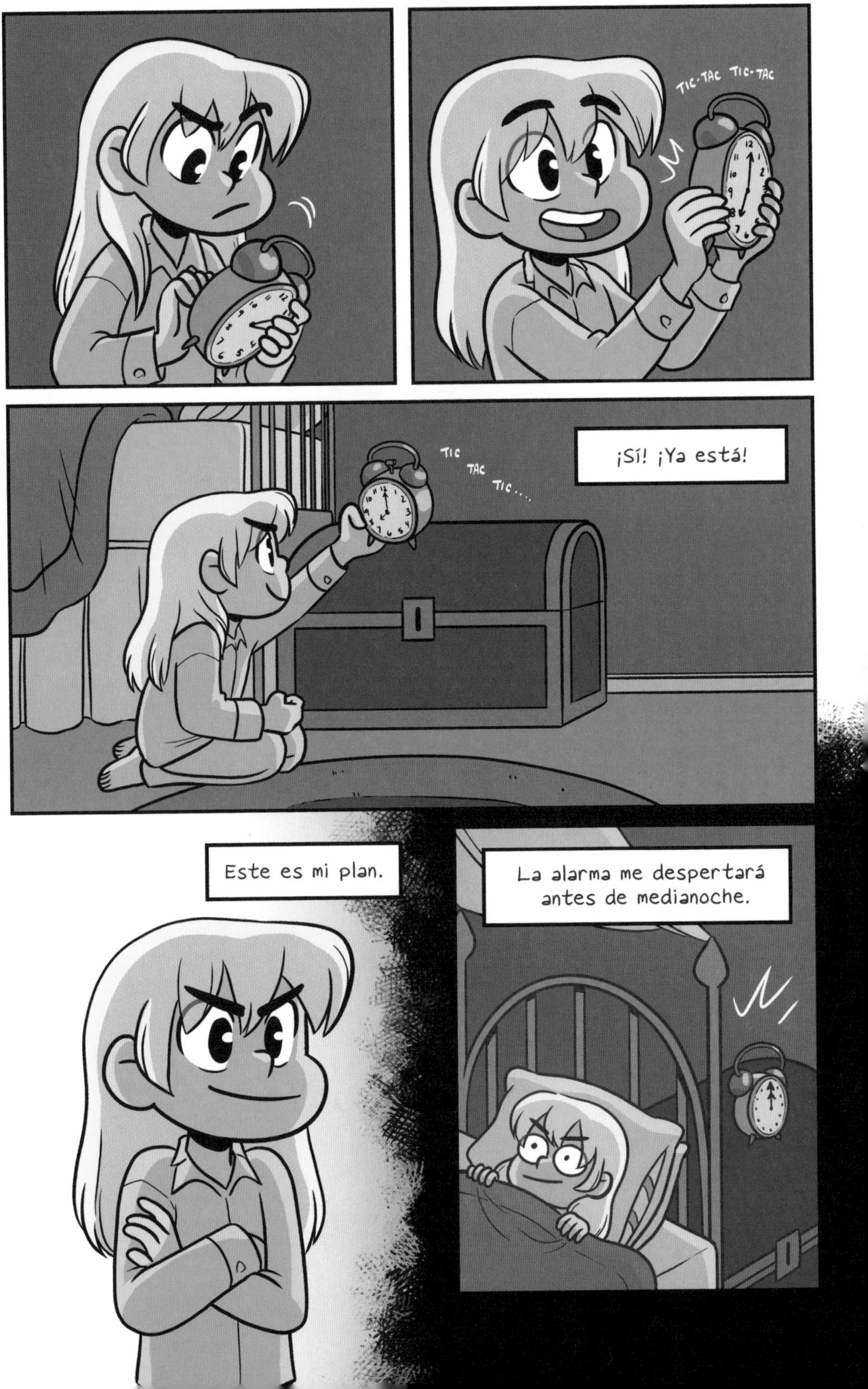
TIC-TAC TIC-TAC
TIC
TAC
TIC....
¡Sí! ¡Ya está!
Este es mi plan.
La alarma me despertará antes de medianoche.

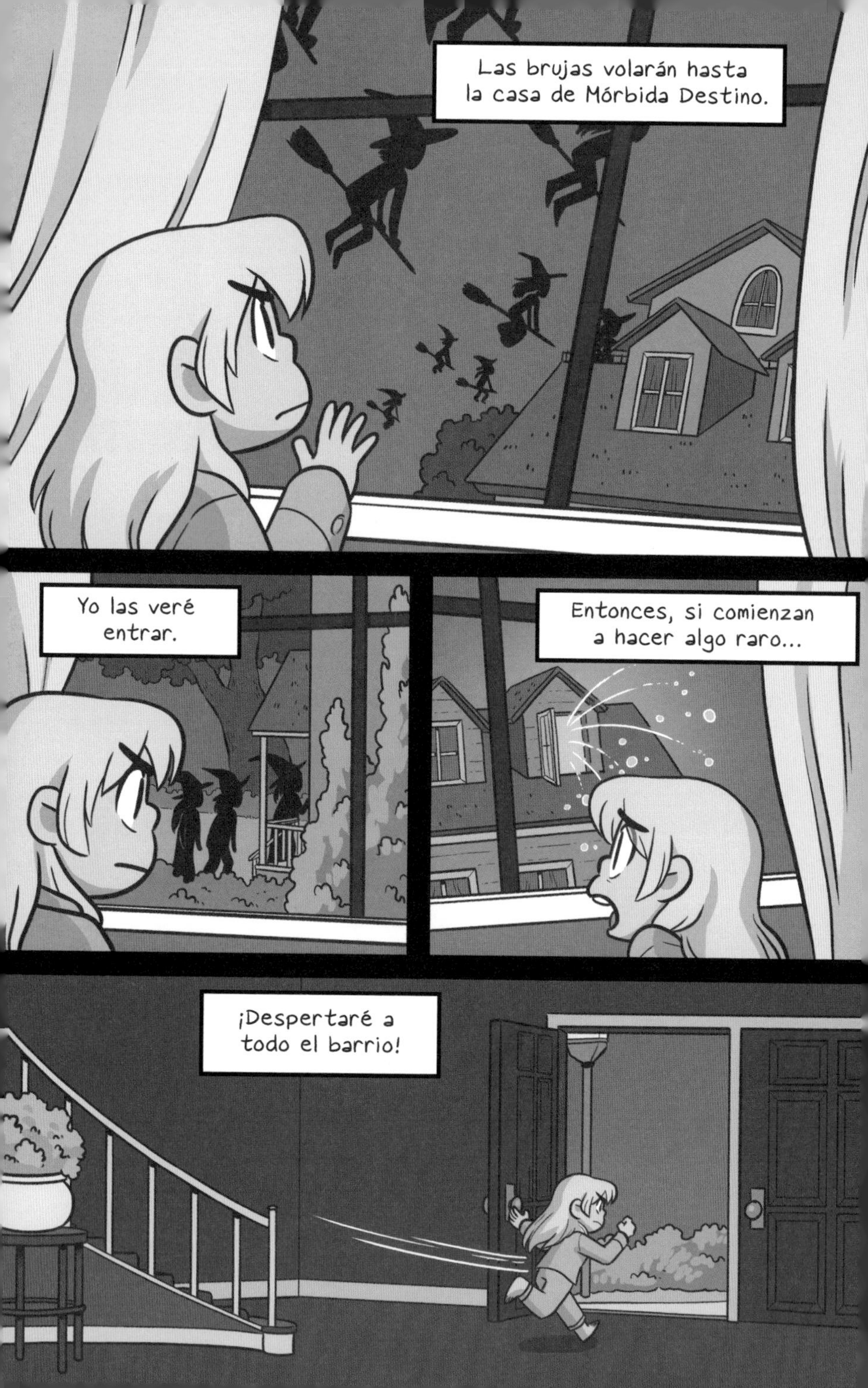
Las brujas volarán hasta la casa de Mórbida Destino.
Yo las veré entrar.
Entonces, si comienzan a hacer algo raro...
¡Despertaré a todo el barrio!

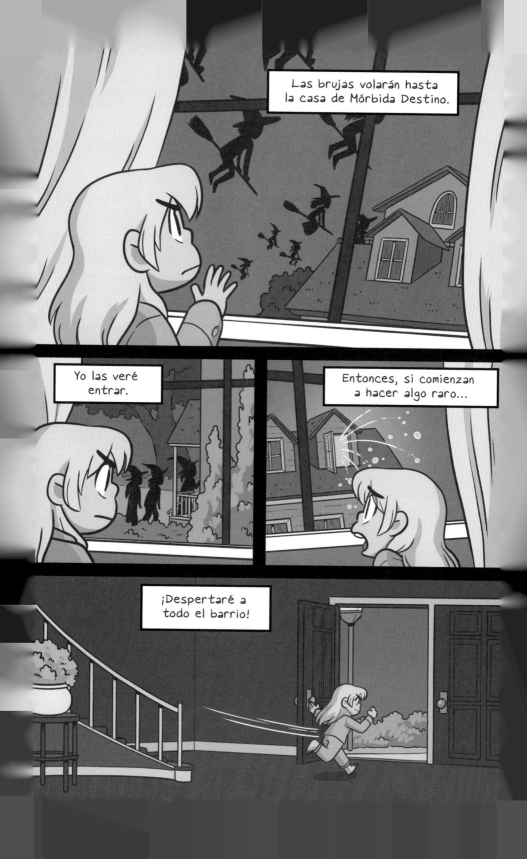

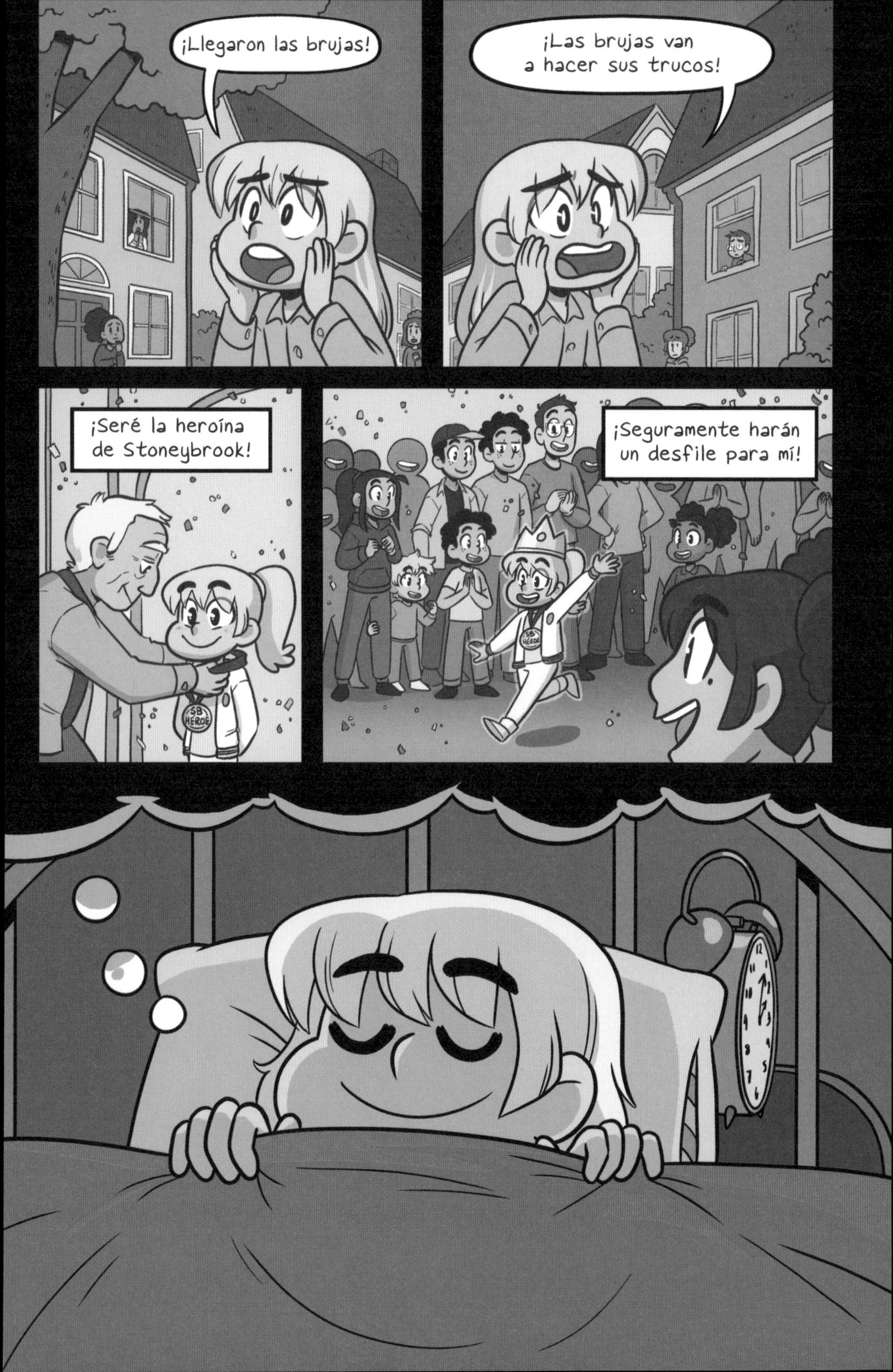
¡Llegaron las brujas!
¡Las brujas van a hacer sus trucos!
¡Seré la heroína de Stoneybrook!
SB HÉROE
¡Seguramente harán un desfile para mí!
SB HÉROE

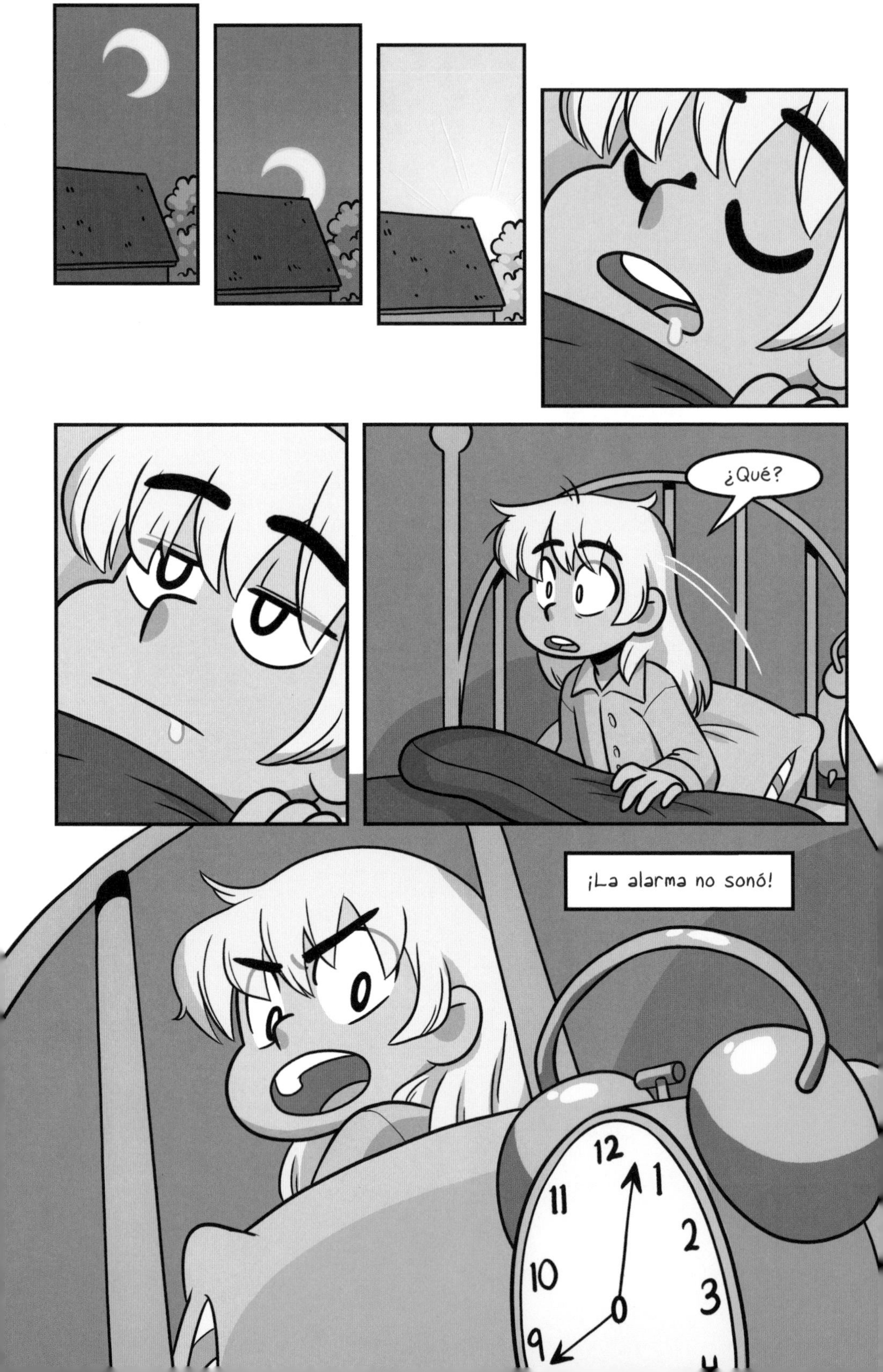
¿Qué?
¡La alarma no sonó!

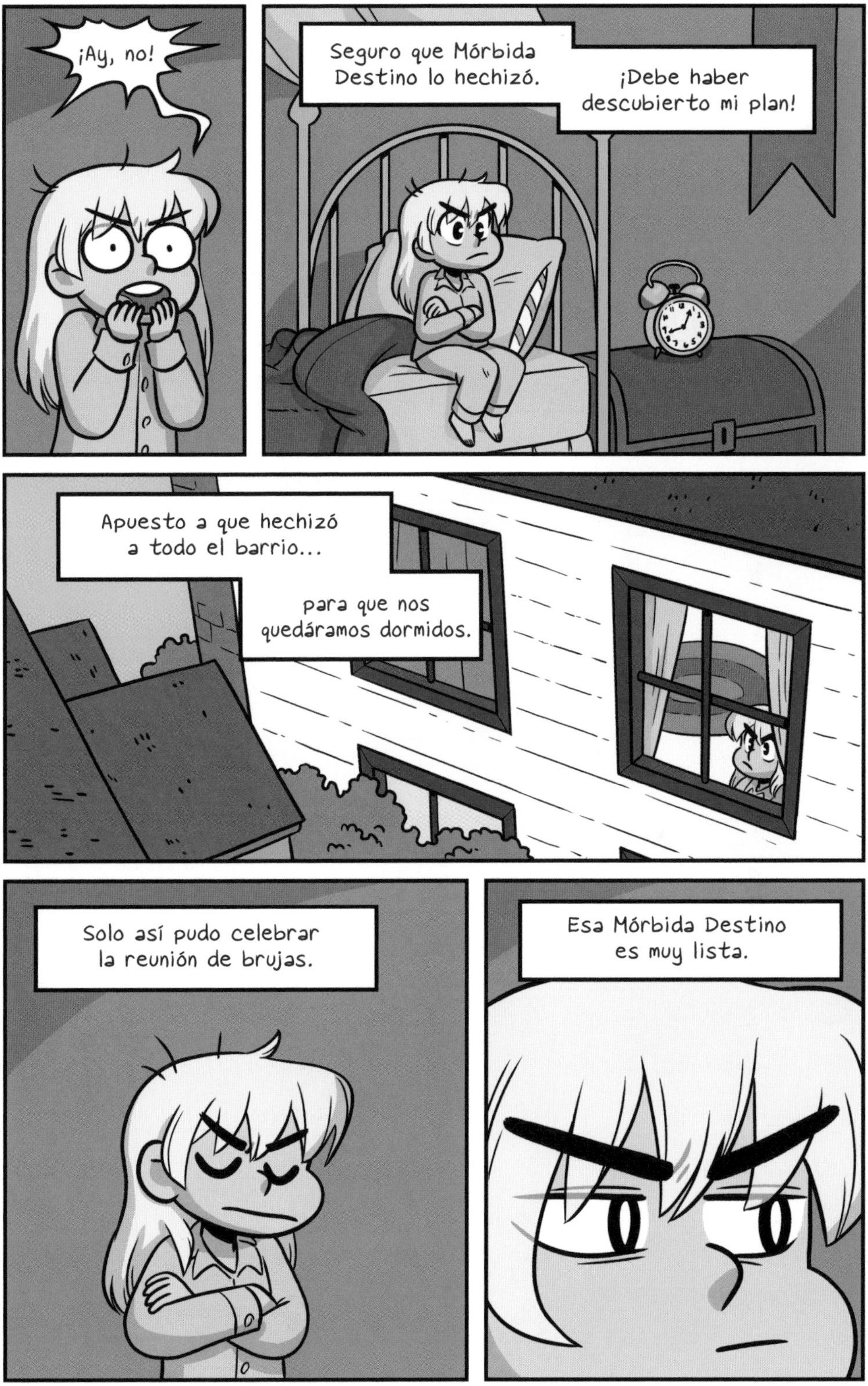
¡Ay, no!
Seguro que Mórbida Destino lo hechizó.
¡Debe haber descubierto mi plan!
Apuesto a que hechizó a todo el barrio...
para que nos quedáramos dormidos.
Solo así pudo celebrar la reunión de brujas.
Esa Mórbida Destino es muy lista.

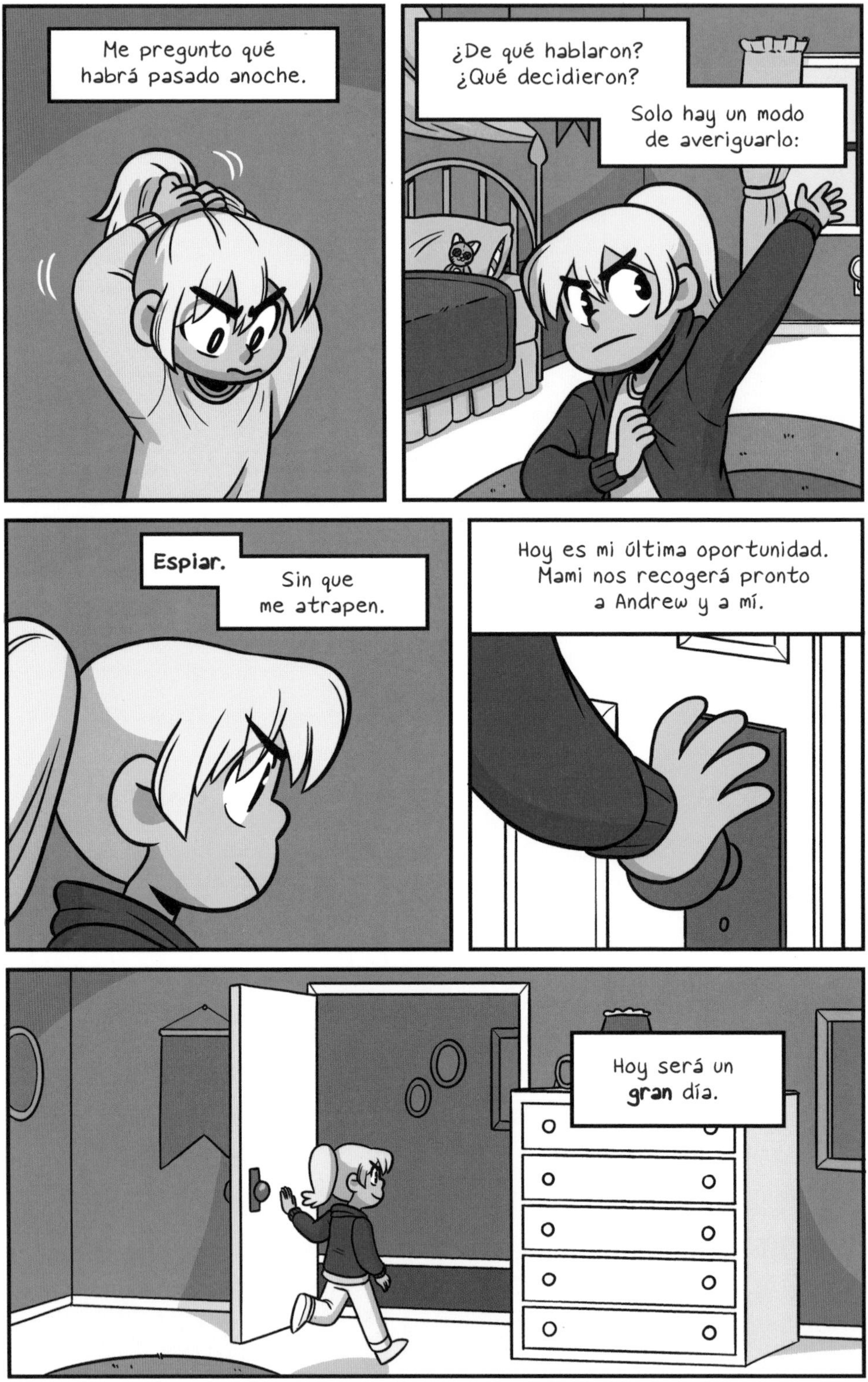
Me pregunto qué habrá pasado anoche.
¿De qué hablaron? ¿Qué decidieron?
Solo hay un modo de averiguarlo:
Espiar.
Sin que me atrapen.
Hoy es mi última oportunidad. Mami nos recogerá pronto a Andrew y a mí.
Hoy será un **gran** día.

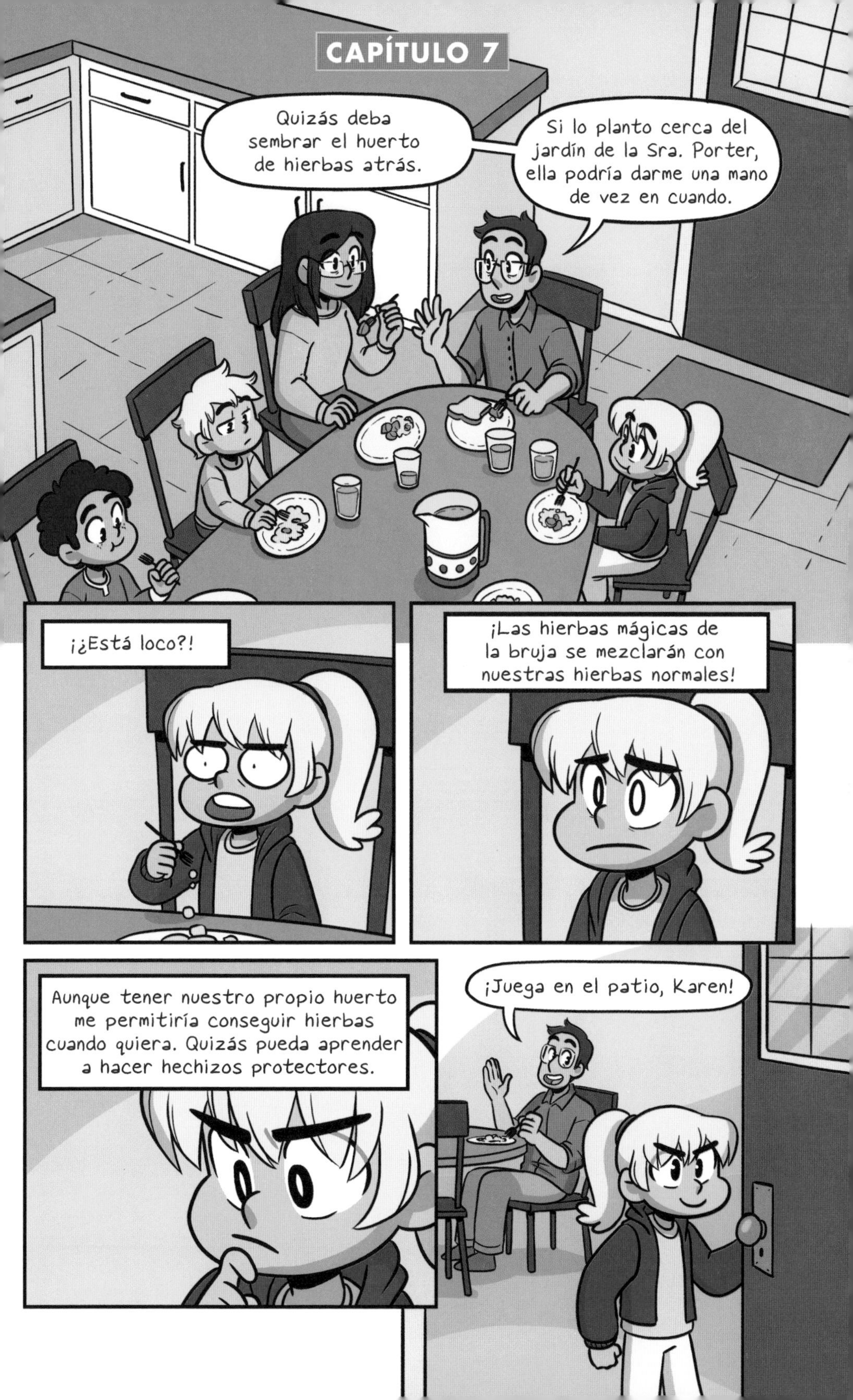
CAPÍTULO 7
Quizás deba sembrar el huerto de hierbas atrás.
Si lo planto cerca del jardín de la Sra. Porter, ella podría darme una mano de vez en cuando.
¡¿Está loco?!
¡Las hierbas mágicas de la bruja se mezclarán con nuestras hierbas normales!
Aunque tener nuestro propio huerto me permitiría conseguir hierbas cuando quiera. Quizás pueda aprender a hacer hechizos protectores.
¡Juega en el patio, Karen!

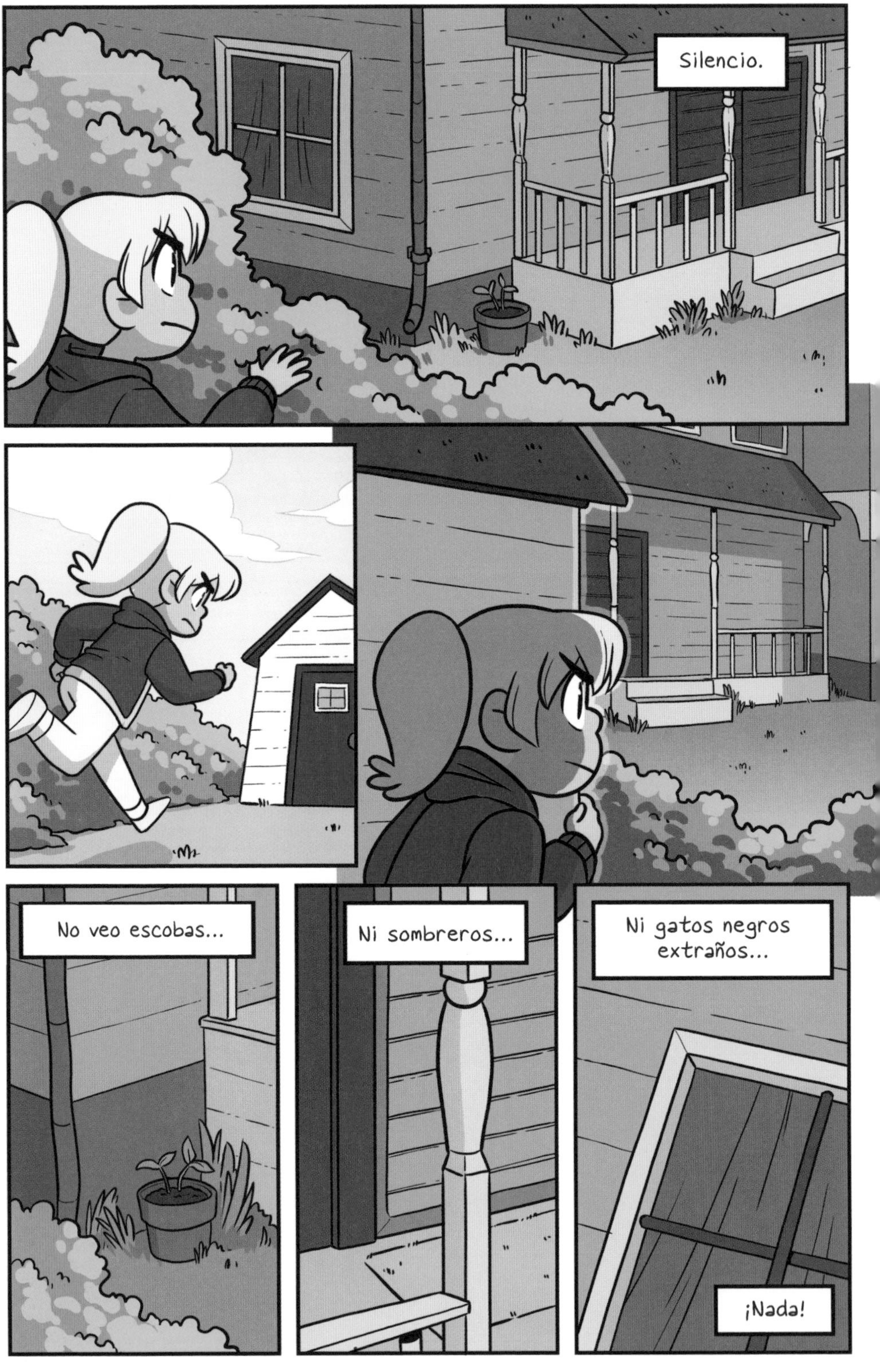
Silencio.
No veo escobas...
Ni sombreros...
Ni gatos negros extraños...
¡Nada!

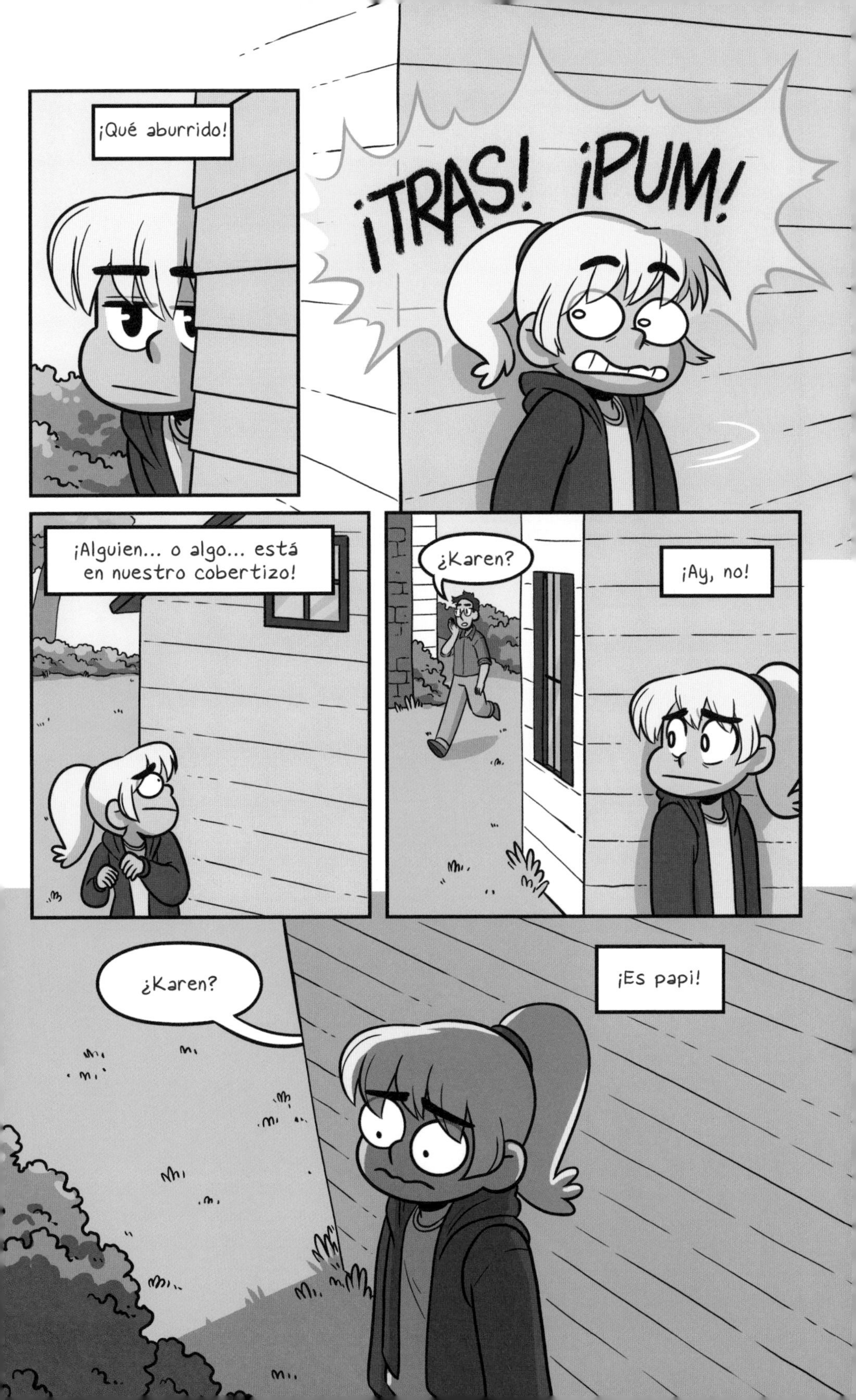
¡Qué aburrido!
¡TRAS! ¡PUM!
¡Alguien... o algo... está en nuestro cobertizo!
¿Karen?
¡Ay, no!
¿Karen?
¡Es papi!

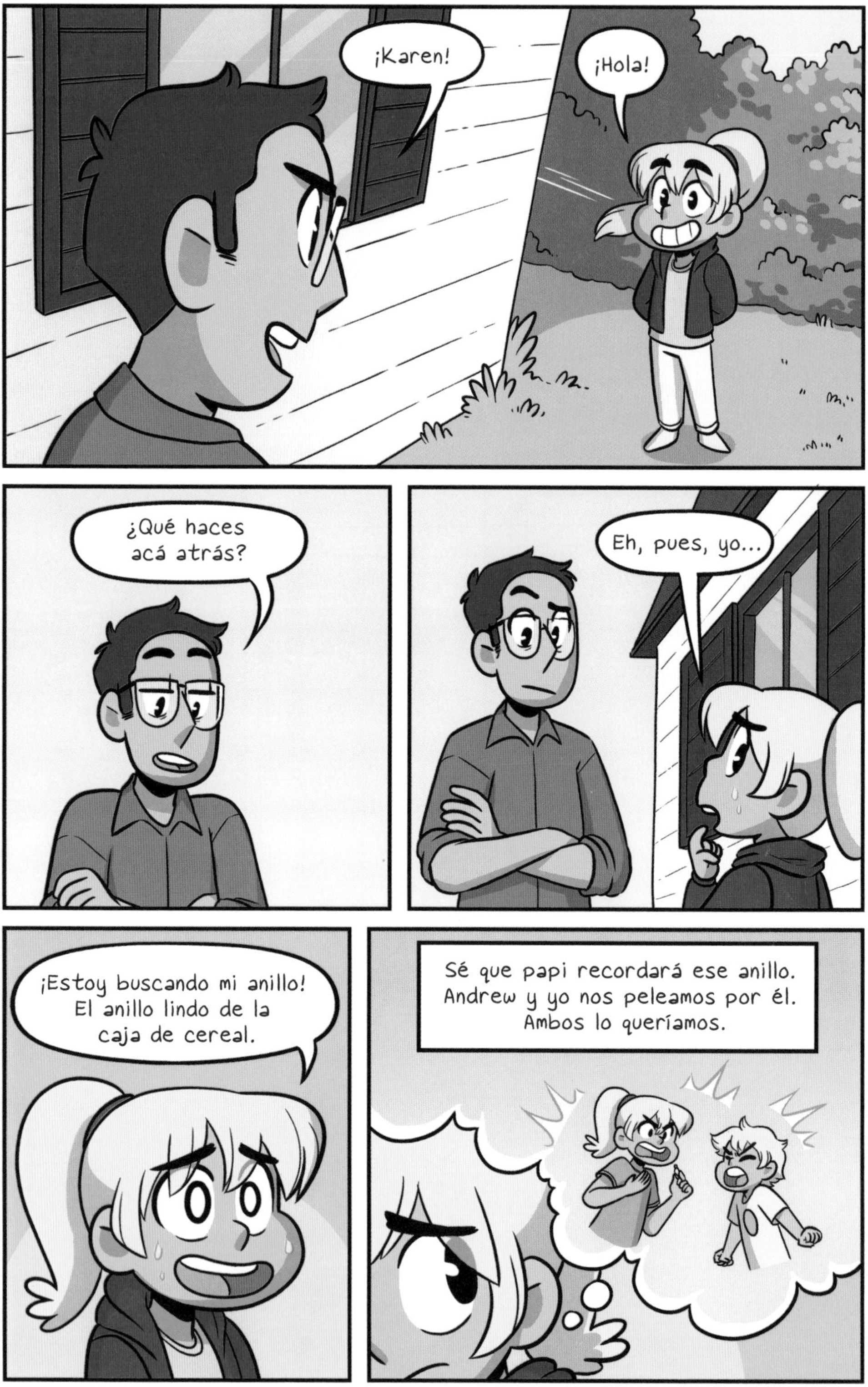
¡Karen!
¡Hola!
¿Qué haces acá atrás?
Eh, pues, yo...
¡Estoy buscando mi anillo! El anillo lindo de la caja de cereal.
Sé que papi recordará ese anillo. Andrew y yo nos peleamos por él. Ambos lo queríamos.

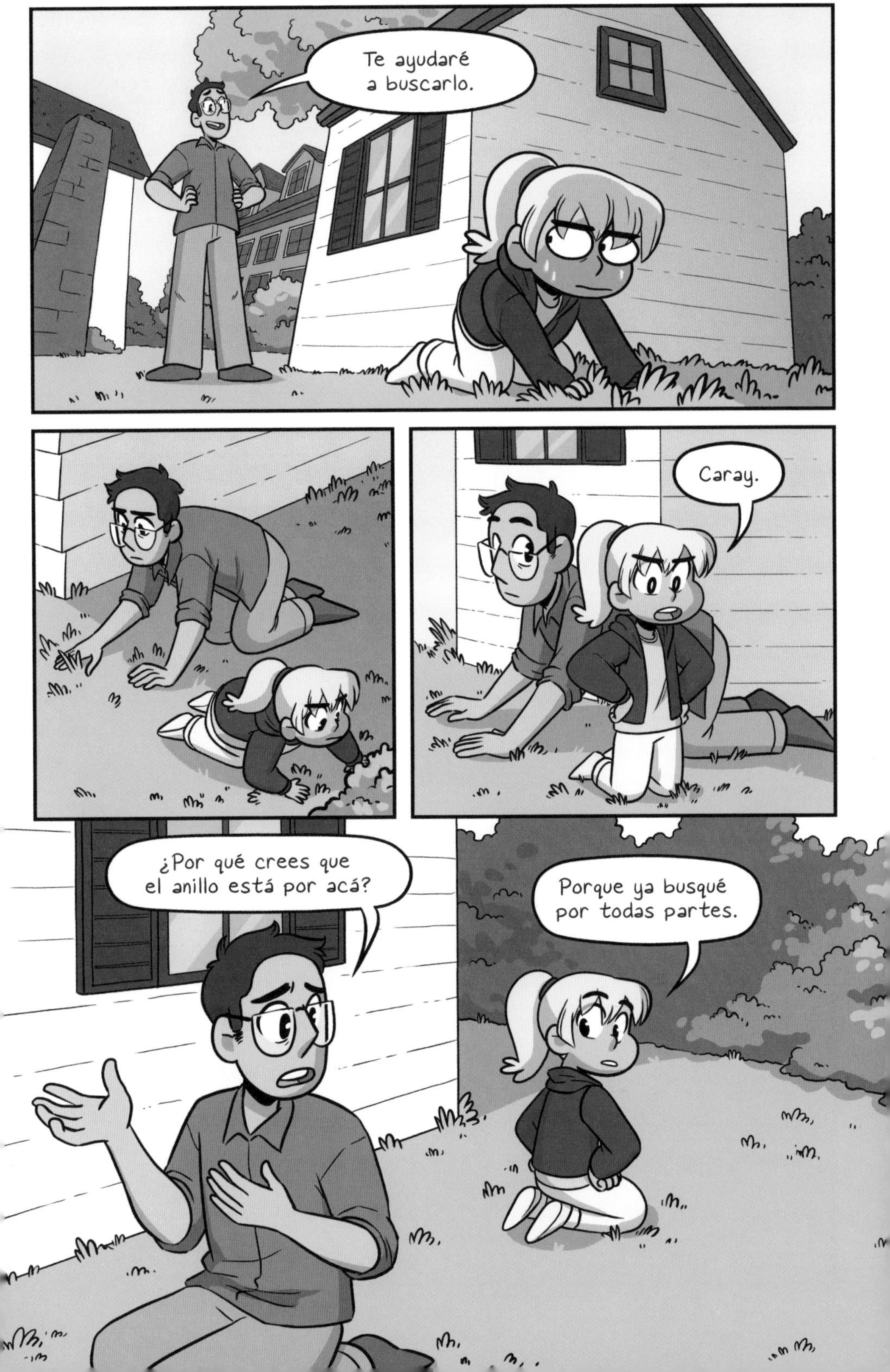
Te ayudaré
a buscarlo.
Caray.
¿Por qué crees que
el anillo está por acá?
Porque ya busqué
por todas partes.

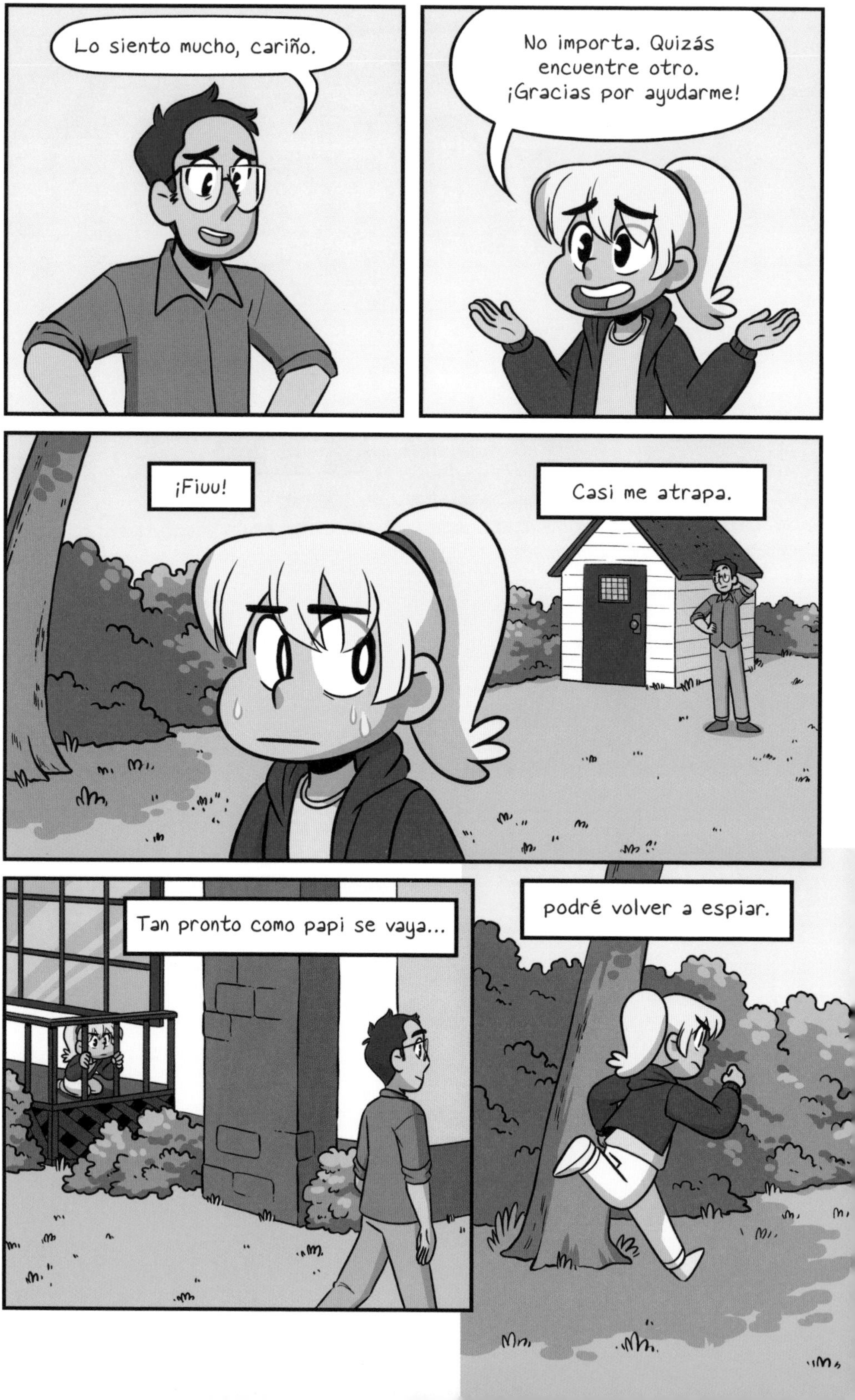
Lo siento mucho, cariño.
No importa. Quizás encuentre otro. ¡Gracias por ayudarme!
¡Fiuu!
Casi me atrapa.
Tan pronto como papi se vaya...
podré volver a espiar.

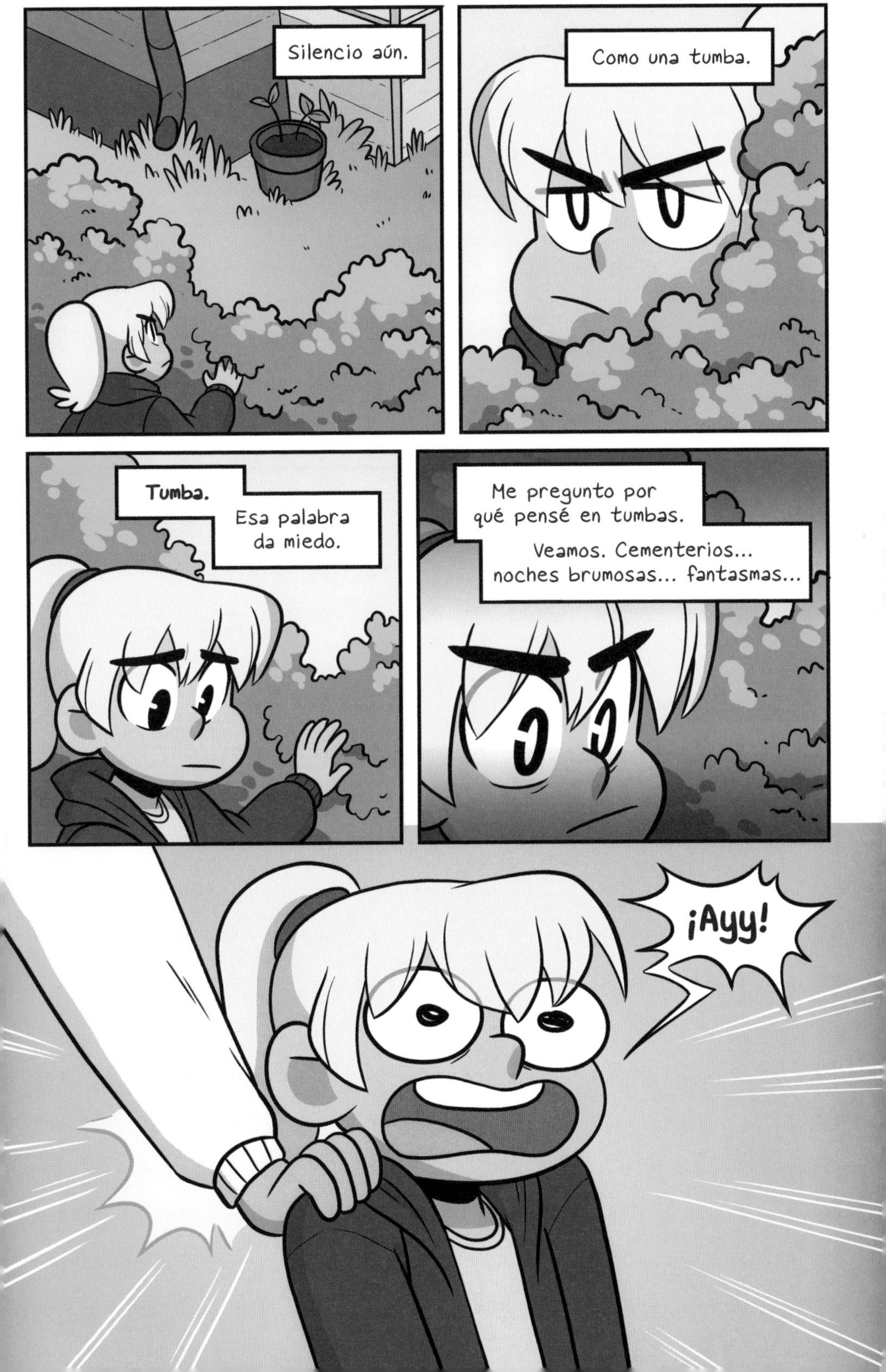
Silencio aún.
Como una tumba.
Tumba.
Esa palabra da miedo.
Me pregunto por qué pensé en tumbas.
Veamos. Cementerios... noches brumosas... fantasmas...
¡Ayy!

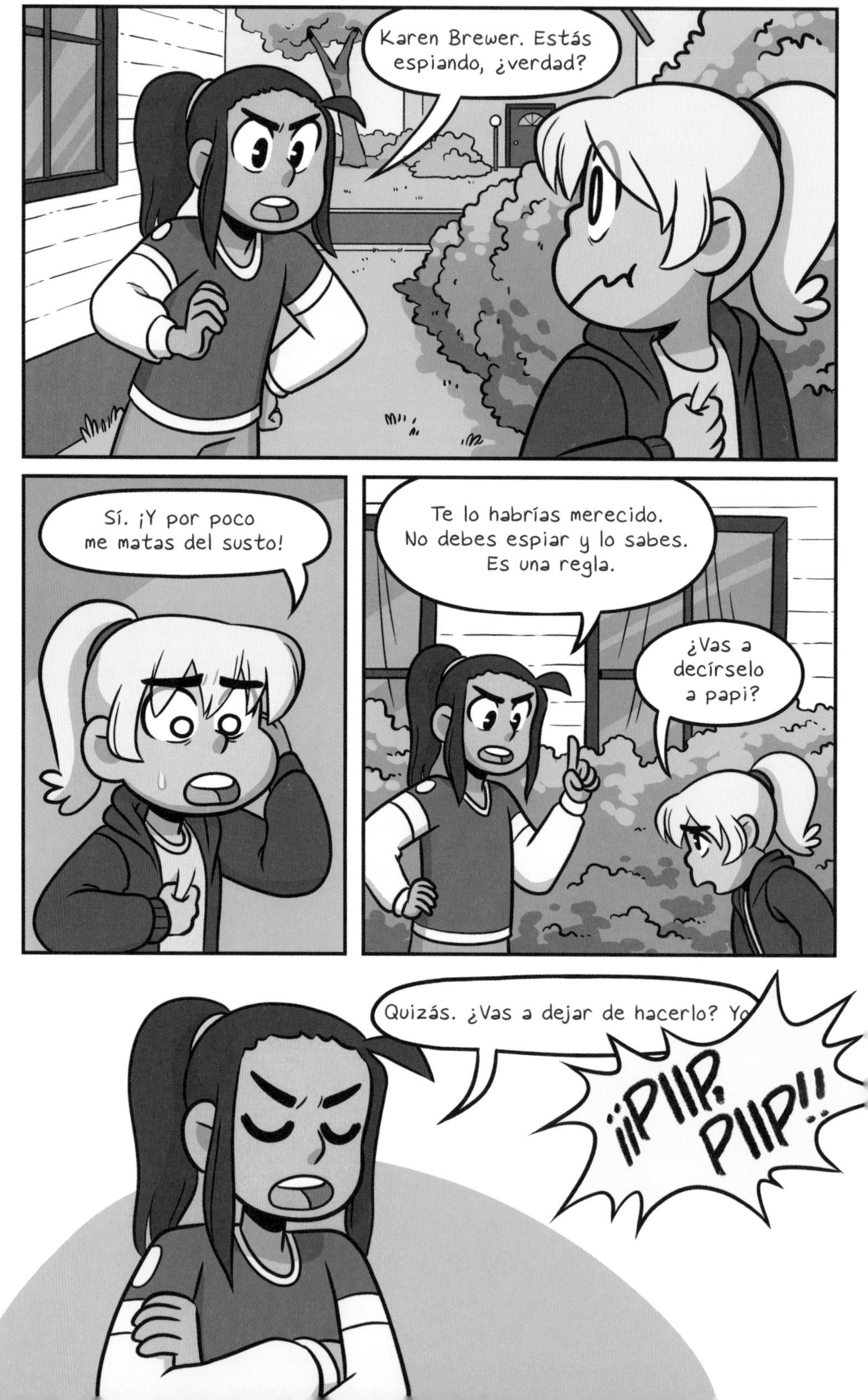
Karen Brewer. Estás espiando, ¿verdad?
Sí. ¡Y por poco me matas del susto!
Te lo habrías merecido. No debes espiar y lo sabes. Es una regla.
¿Vas a decírselo a papi?
Quizás. ¿Vas a dejar de hacerlo? Yo
¡¡PIIP, PIIP!!

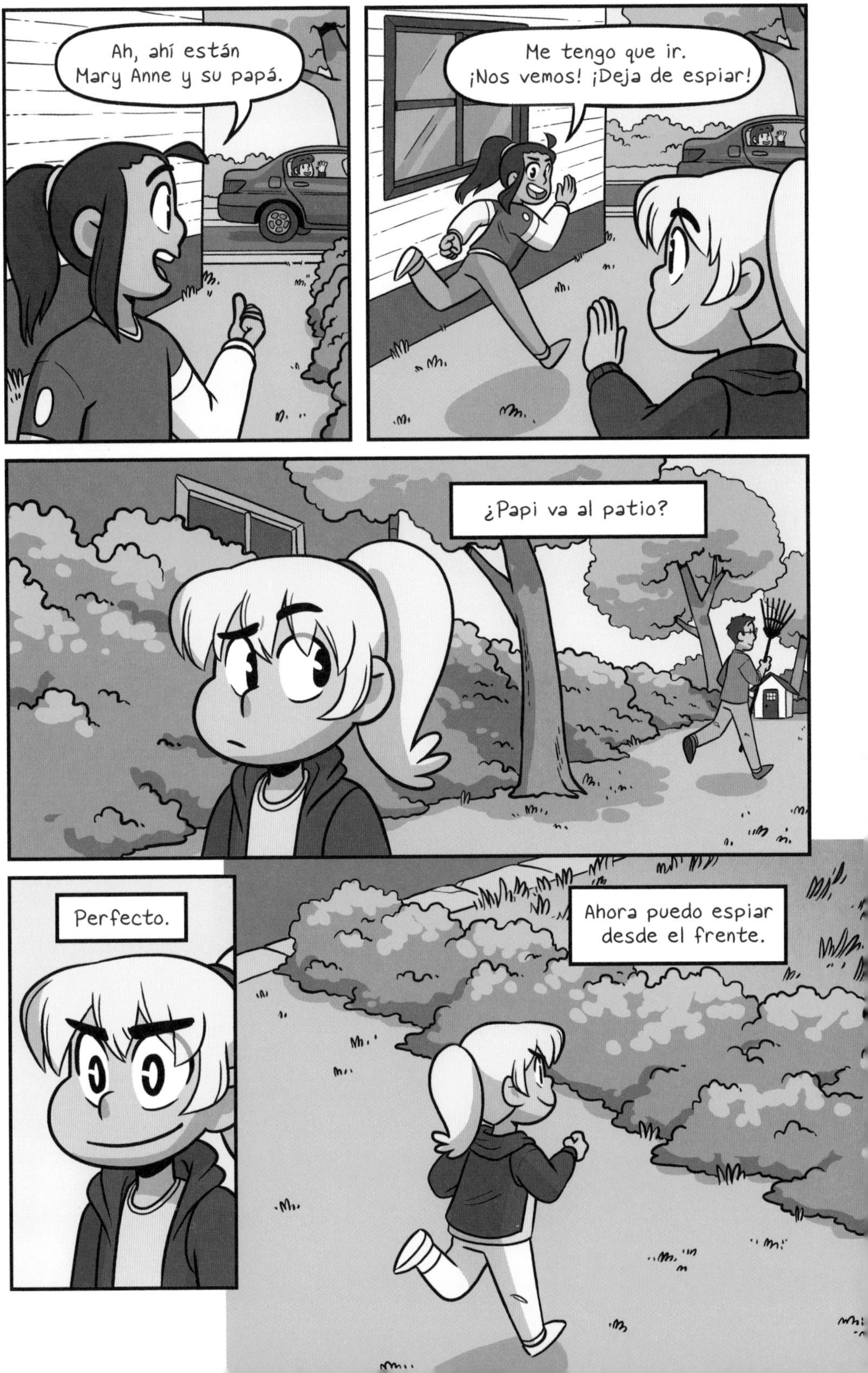

Ah, ahí están
Mary Anne y su papá.
Me tengo que ir.
¡Nos vemos! ¡Deja de espiar!
¿Papi va al patio?
Perfecto.
Ahora puedo espiar
desde el frente.

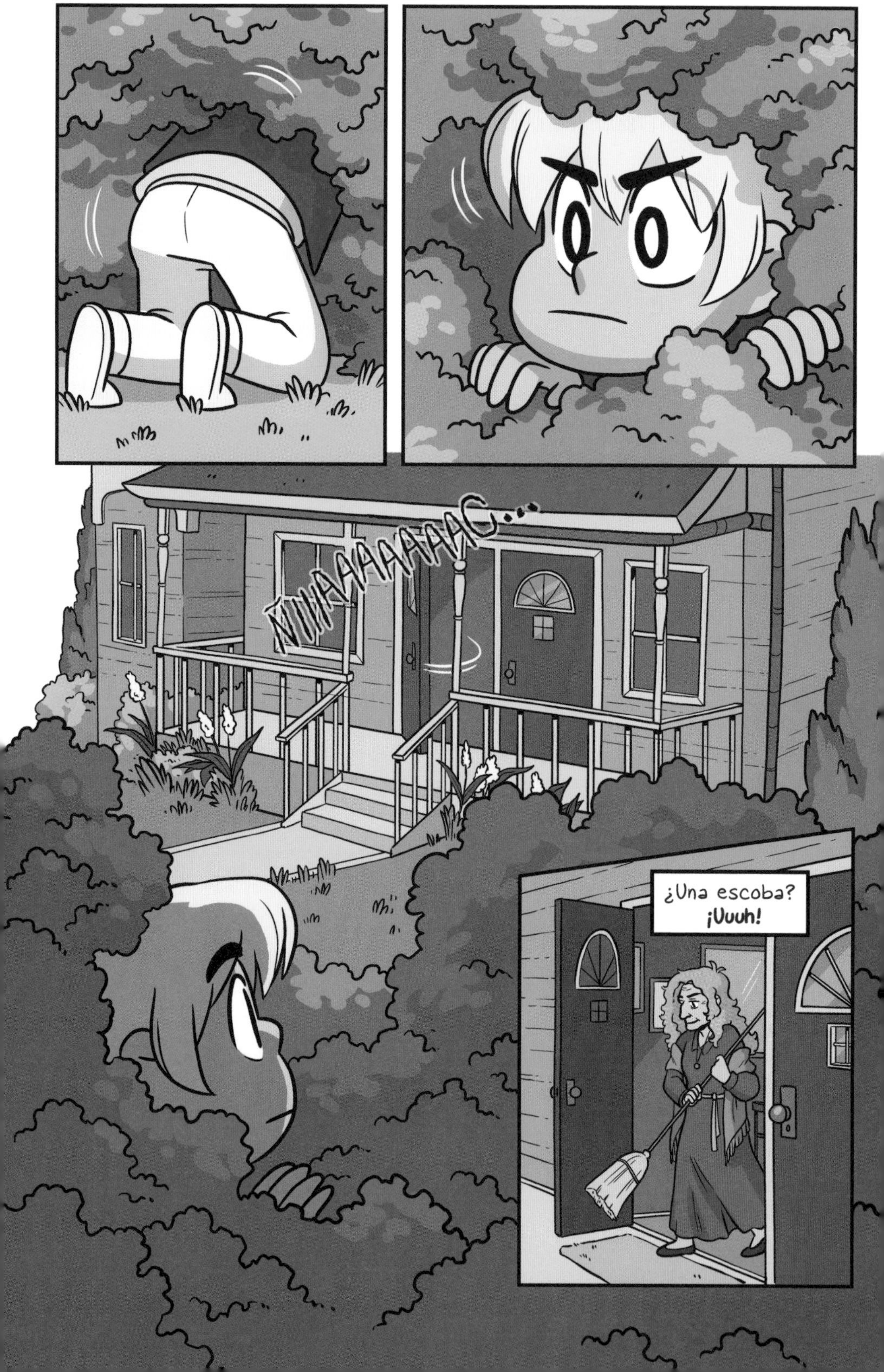
ÑIIAAAAAAAC...
¿Una escoba? ¡Uuuh!

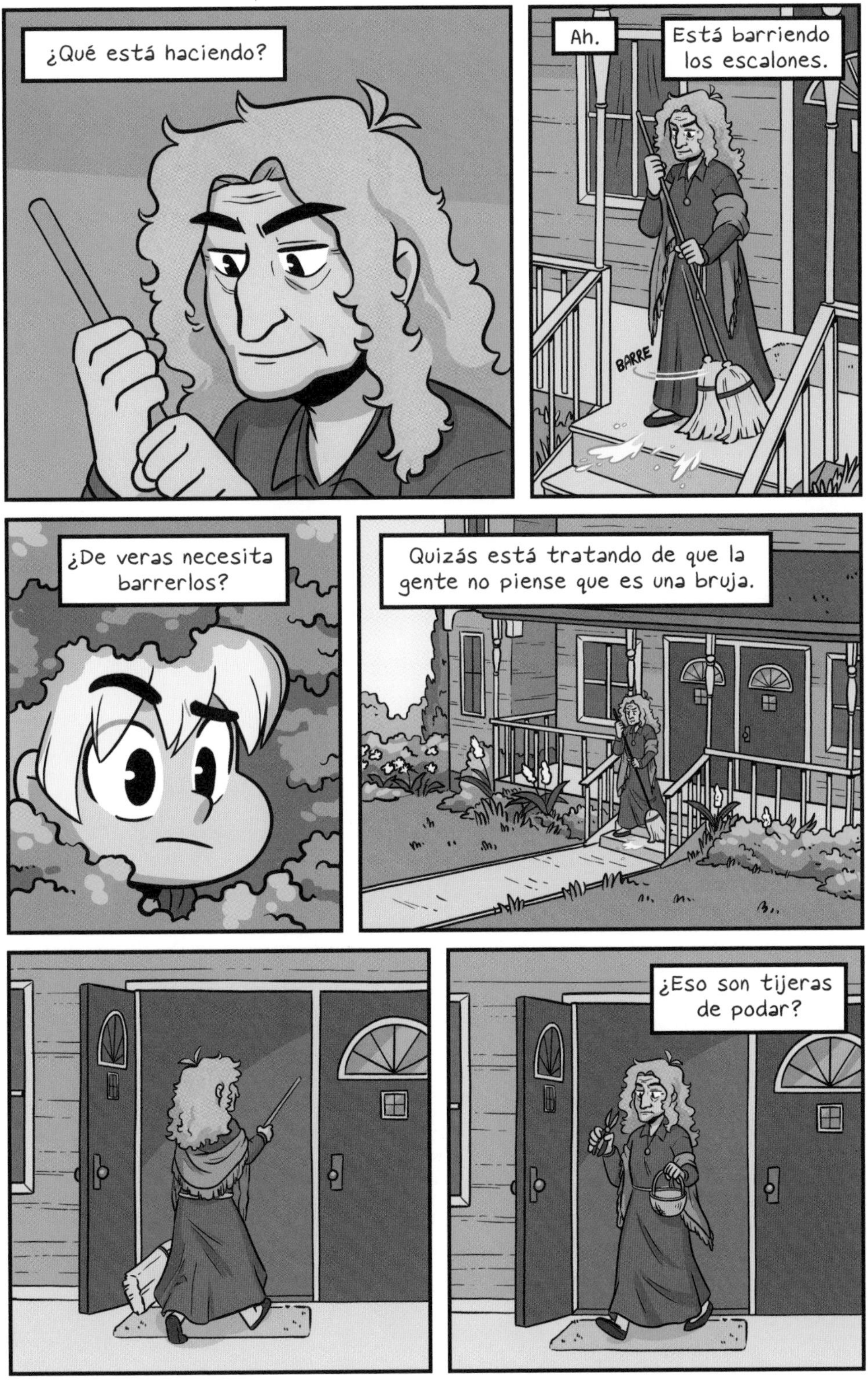
¿Qué está haciendo?
Ah.
Está barriendo los escalones.
BARRE
¿De veras necesita barrerlos?
Quizás está tratando de que la gente no piense que es una bruja.
¿Eso son tijeras de podar?

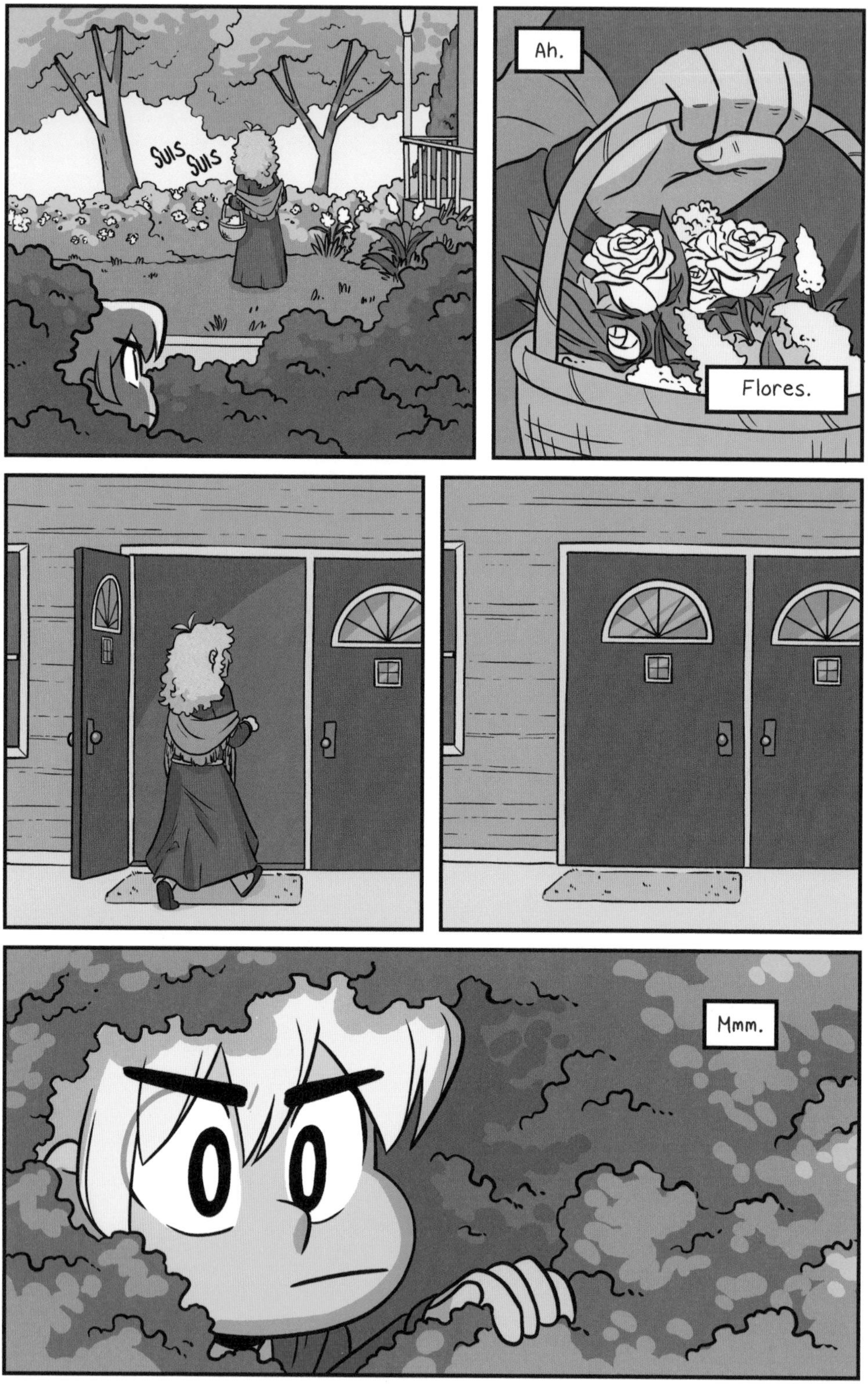
SUIS
SUIS
Ah.
Flores.
Mmm.

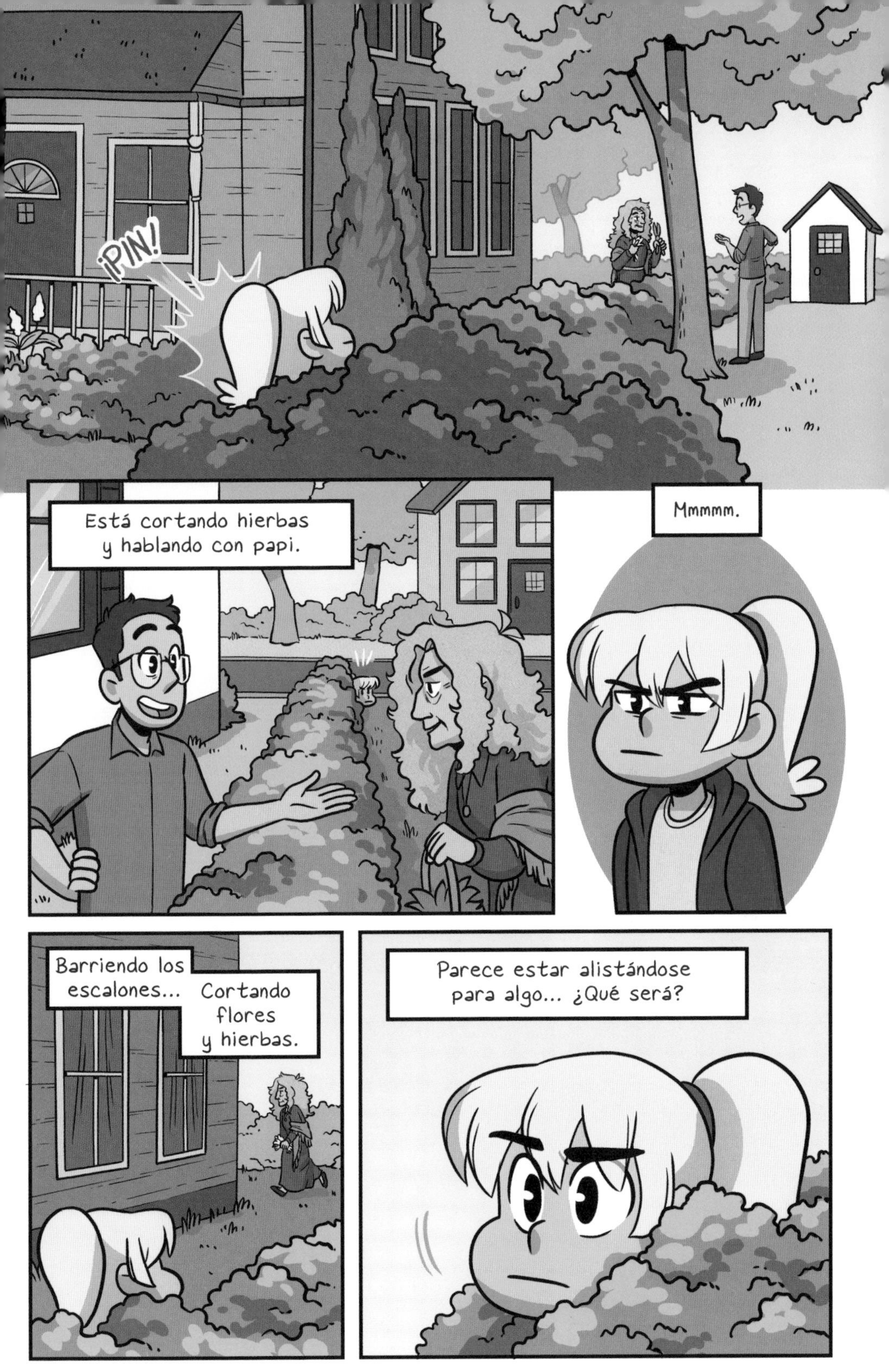
¡PIN!
Está cortando hierbas y hablando con papi.
Mmmmm.
Barriendo los escalones...
Cortando flores y hierbas.
Parece estar alistándose para algo... ¿Qué será?

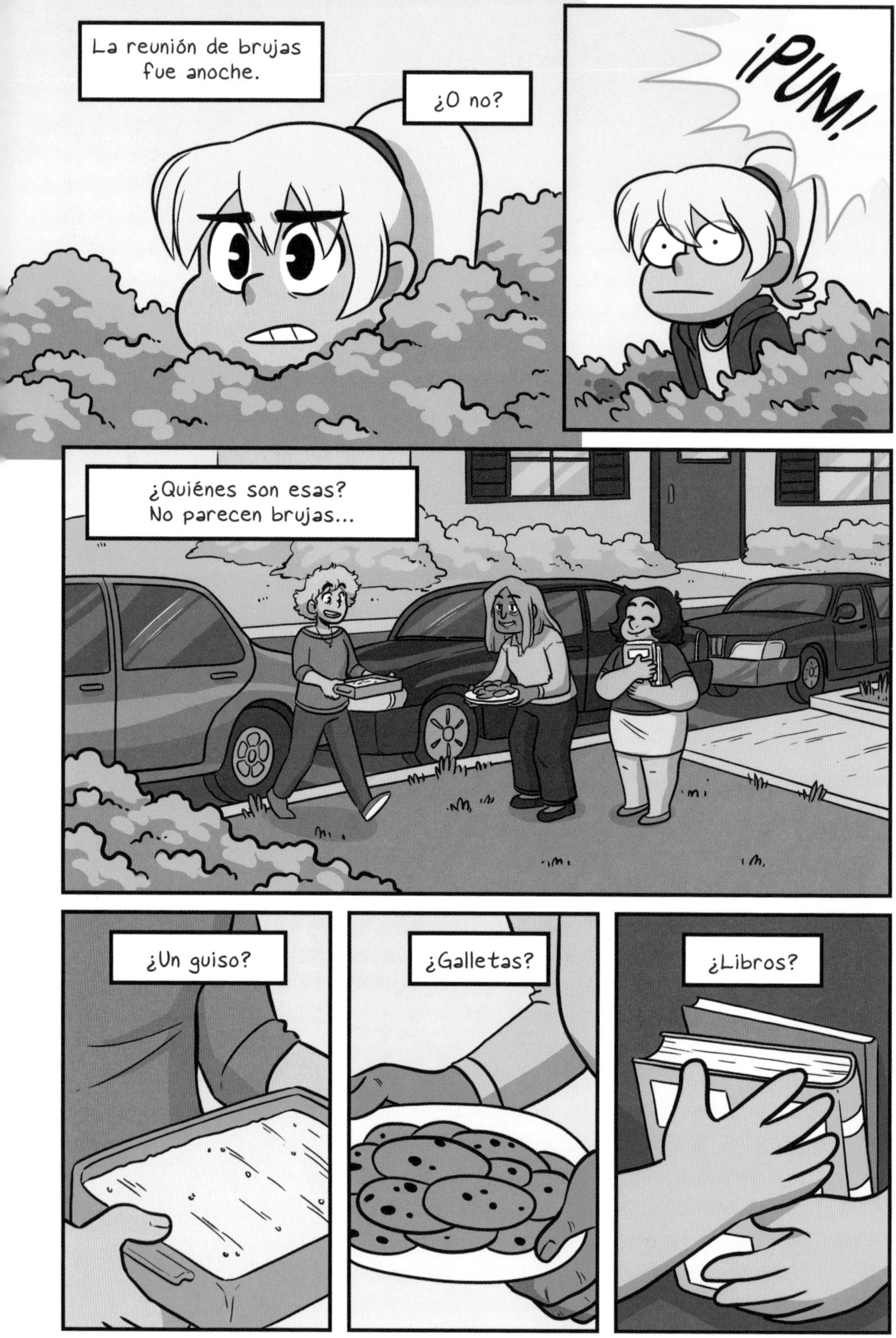

La reunión de brujas fue anoche.
¿O no?
¡PUM!
¿Quiénes son esas? No parecen brujas...
¿Un guiso?
¿Galletas?
¿Libros?

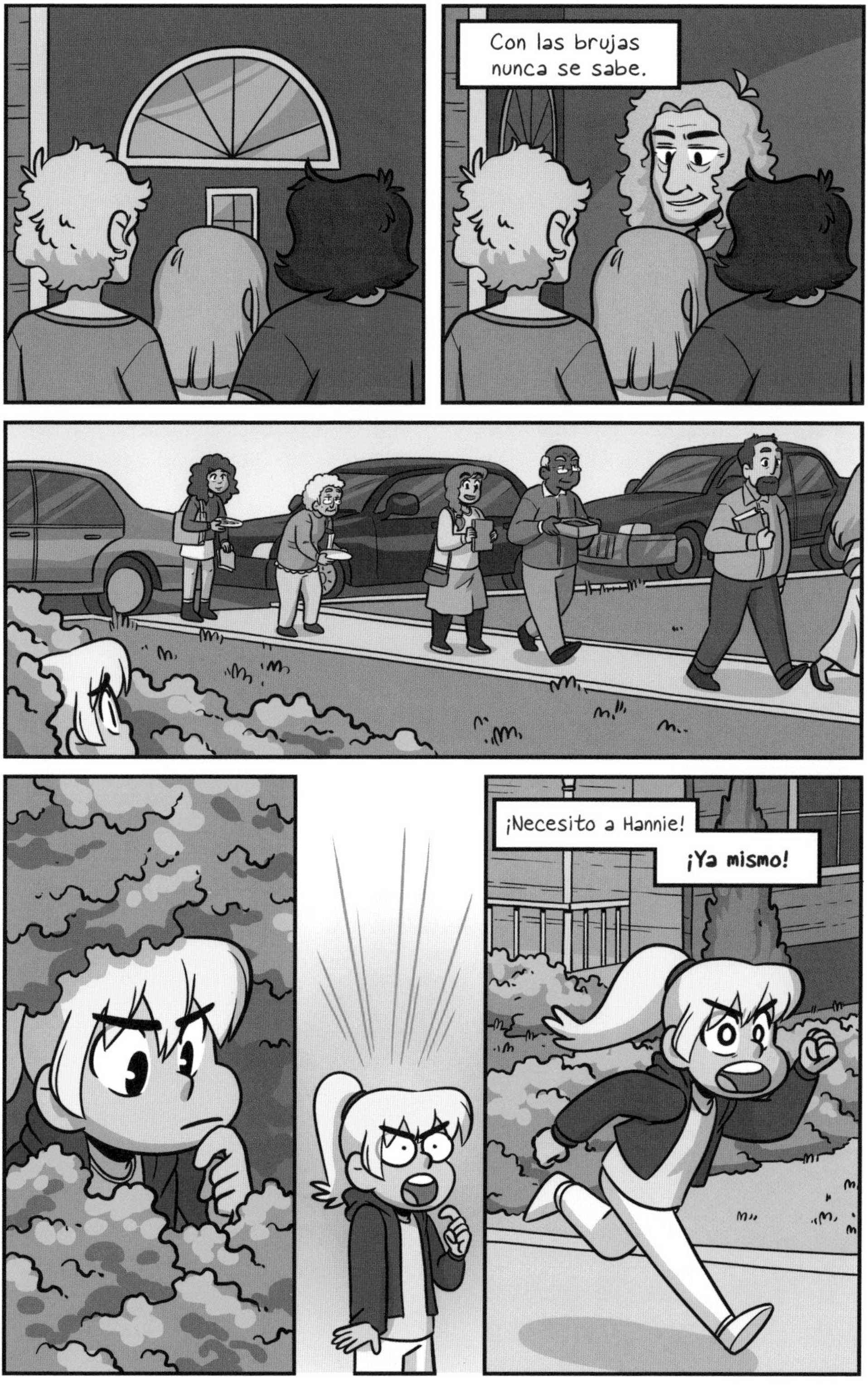

Con las brujas nunca se sabe.
¡Necesito a Hannie!
¡Ya mismo!

CAPÍTULO 8

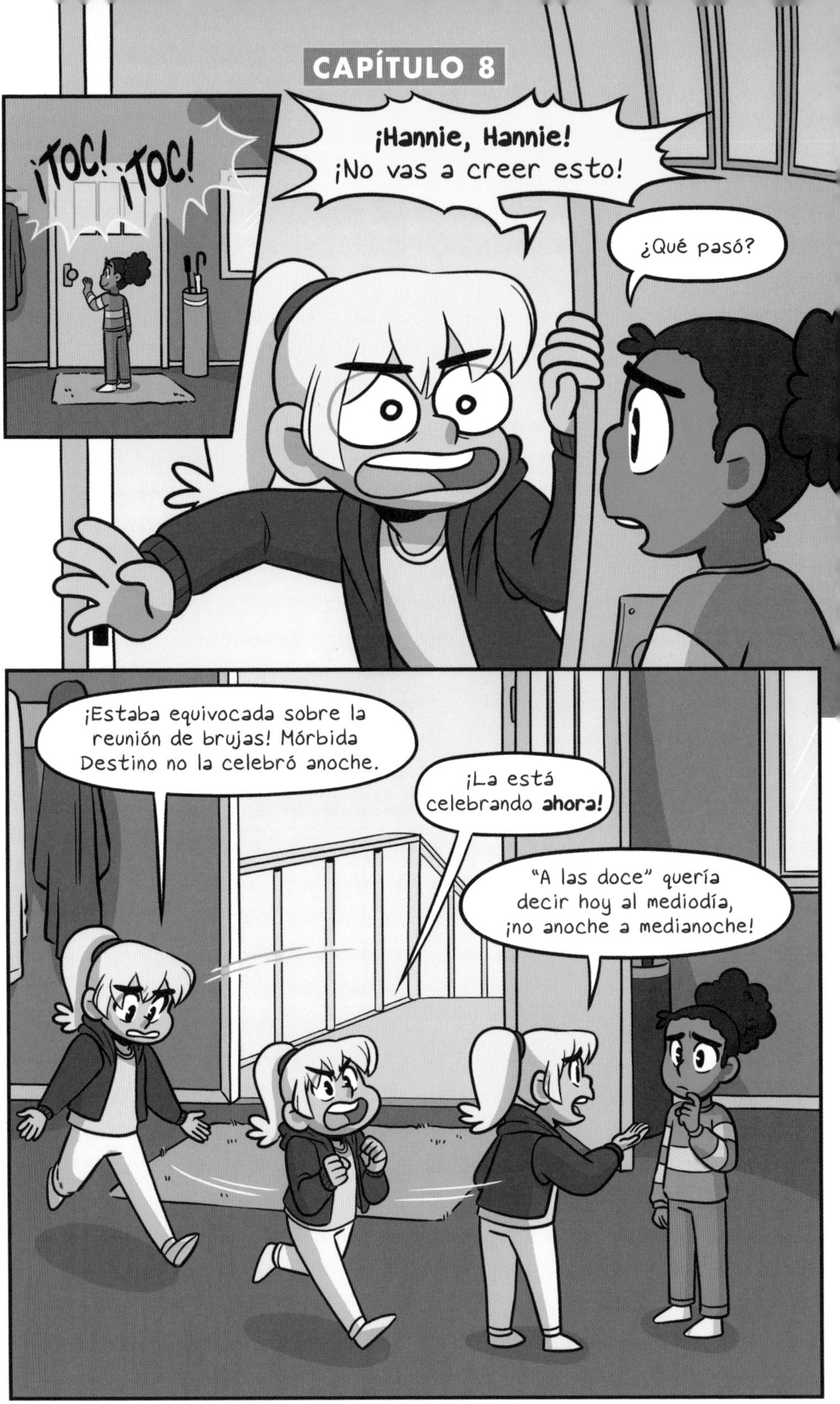

¡TOC! ¡TOC!
¡Hannie, Hannie! ¡No vas a creer esto!
¿Qué pasó?
¡Estaba equivocada sobre la reunión de brujas! Mórbida Destino no la celebró anoche.
¡La está celebrando **ahora**!
"A las doce" quería decir hoy al mediodía, ¡no anoche a medianoche!

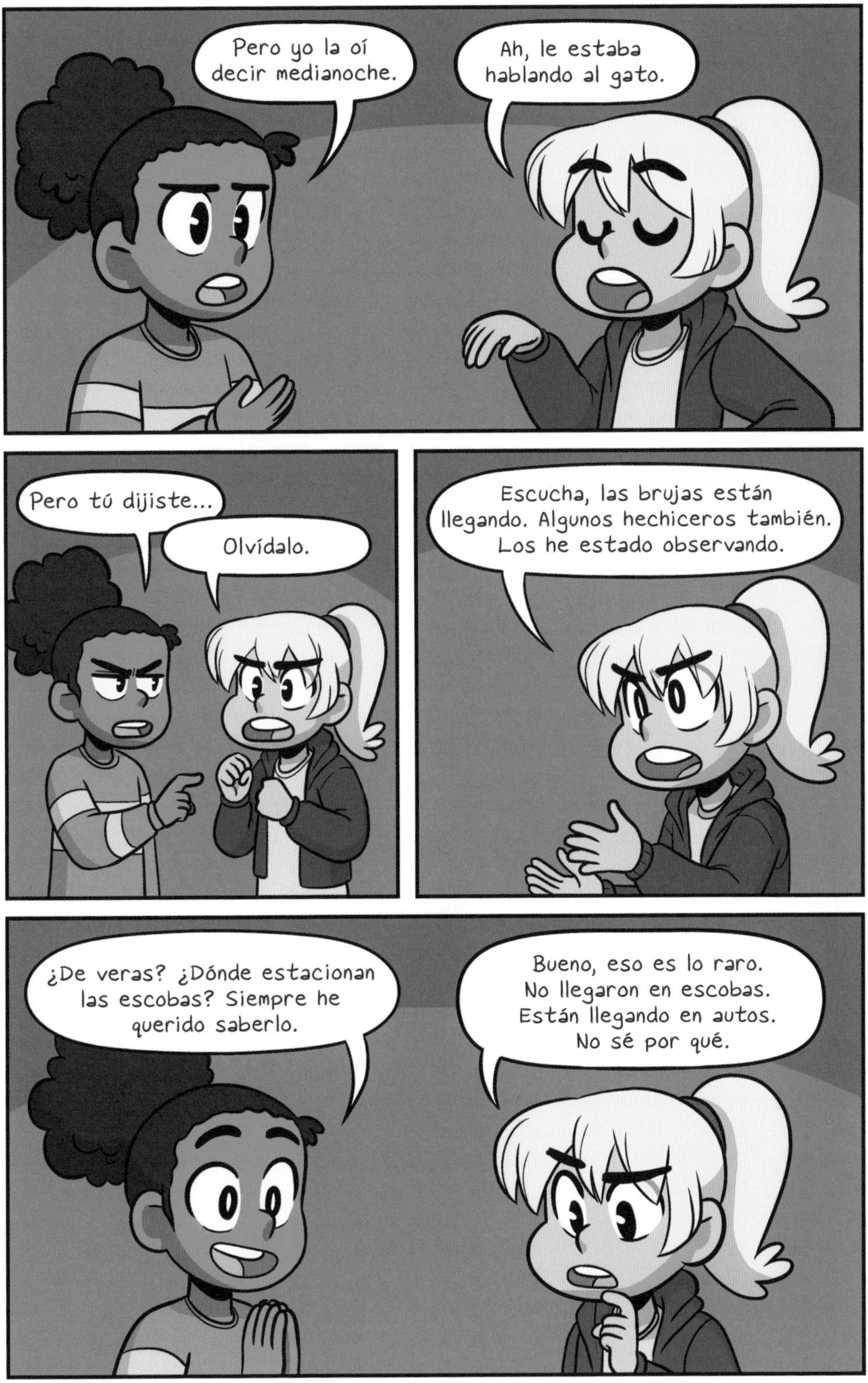
Pero yo la oí decir medianoche.
Ah, le estaba hablando al gato.
Pero tú dijiste...
Olvídalo.
Escucha, las brujas están llegando. Algunos hechiceros también. Los he estado observando.
¿De veras? ¿Dónde estacionan las escobas? Siempre he querido saberlo.
Bueno, eso es lo raro. No llegaron en escobas. Están llegando en autos. No sé por qué.

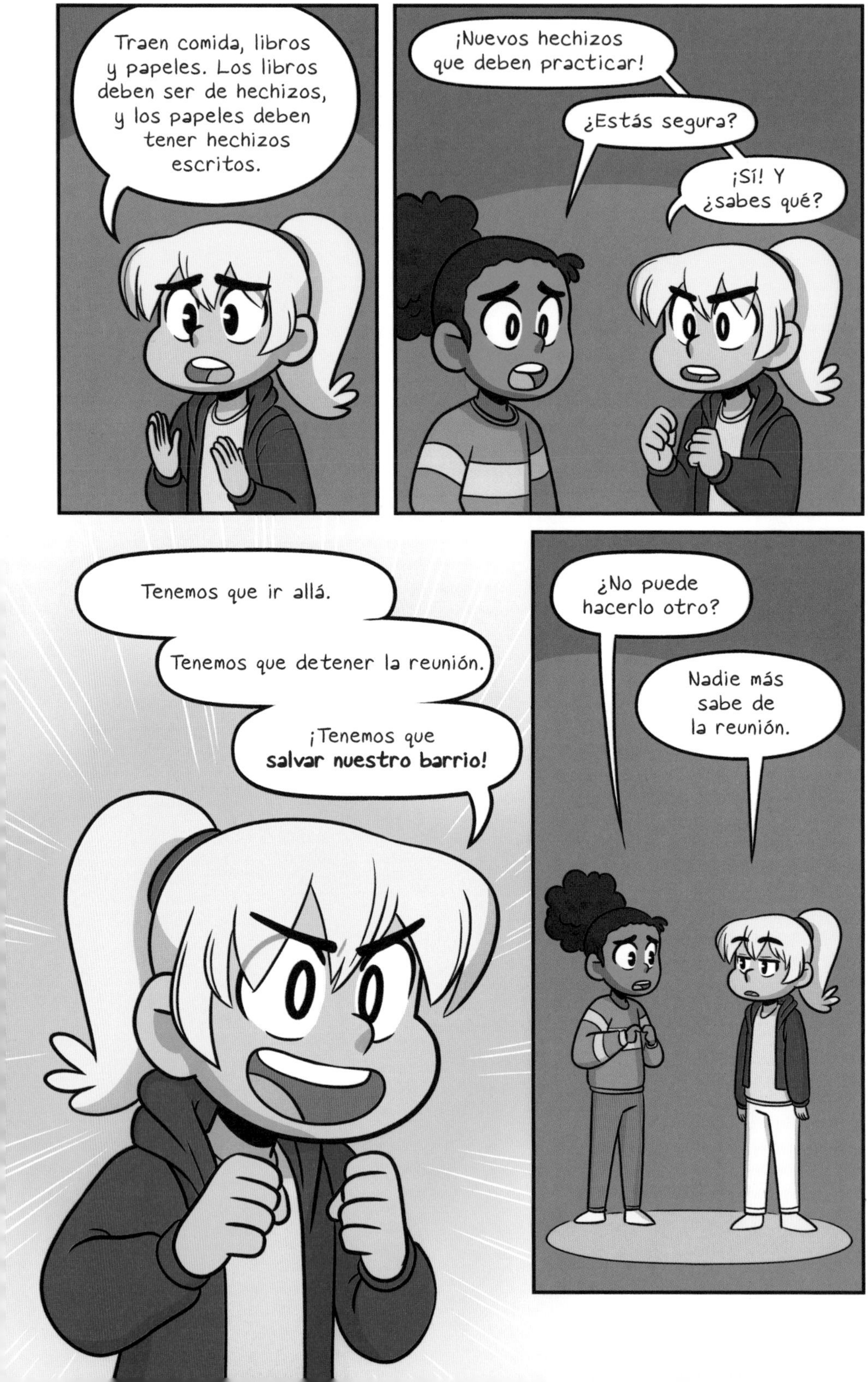
Traen comida, libros y papeles. Los libros deben ser de hechizos, y los papeles deben tener hechizos escritos.
¡Nuevos hechizos que deben practicar!
¿Estás segura?
¡Sí! Y ¿sabes qué?
Tenemos que ir allá.
Tenemos que detener la reunión.
¡Tenemos que **salvar nuestro barrio!**
¿No puede hacerlo otro?
Nadie más sabe de la reunión.

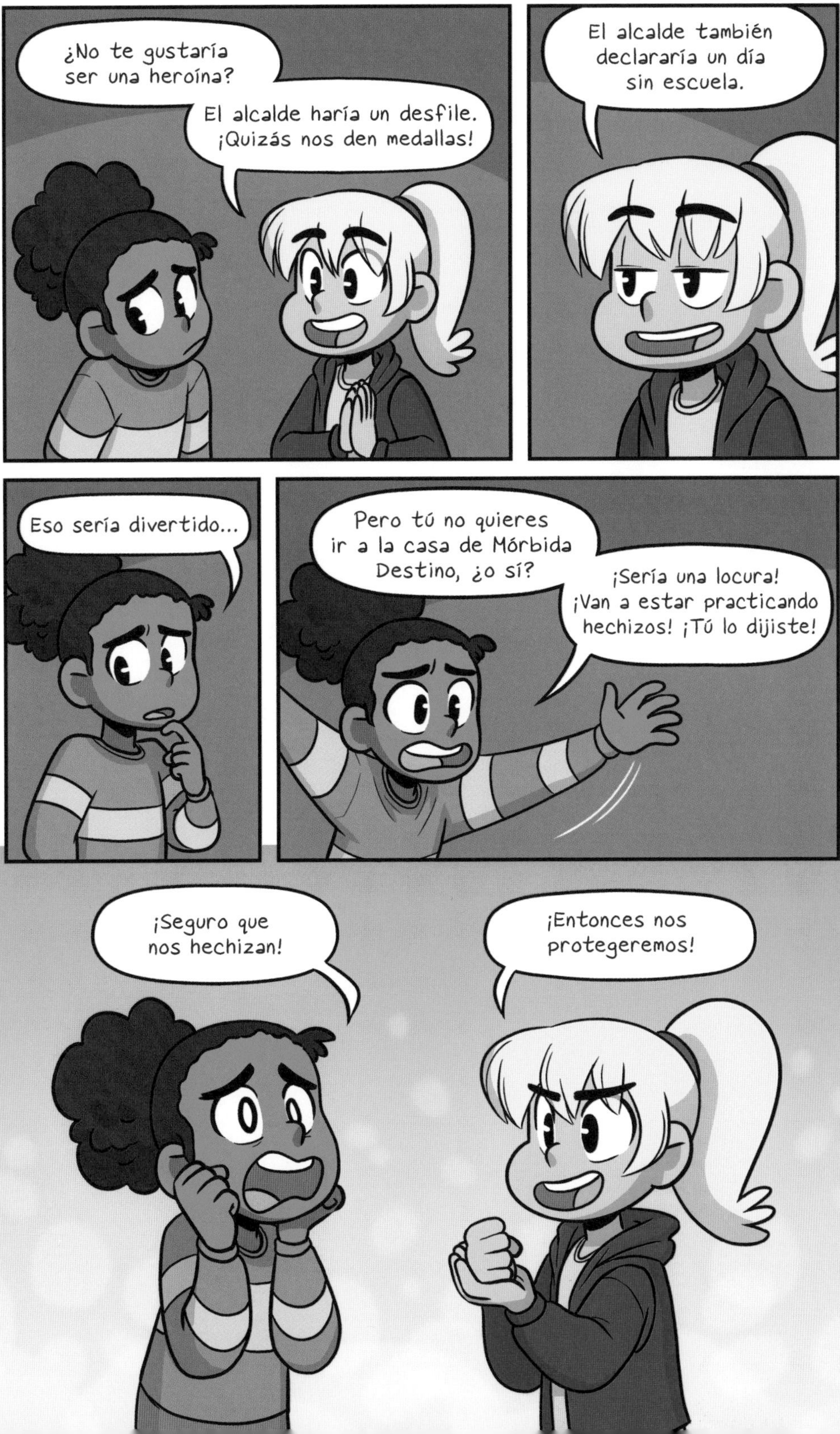
¿No te gustaría ser una heroína?
El alcalde haría un desfile. ¡Quizás nos den medallas!
El alcalde también declararía un día sin escuela.
Eso sería divertido...
Pero tú no quieres ir a la casa de Mórbida Destino, ¿o sí?
¡Sería una locura! ¡Van a estar practicando hechizos! ¡Tú lo dijiste!
¡Seguro que nos hechizan!
¡Entonces nos protegeremos!

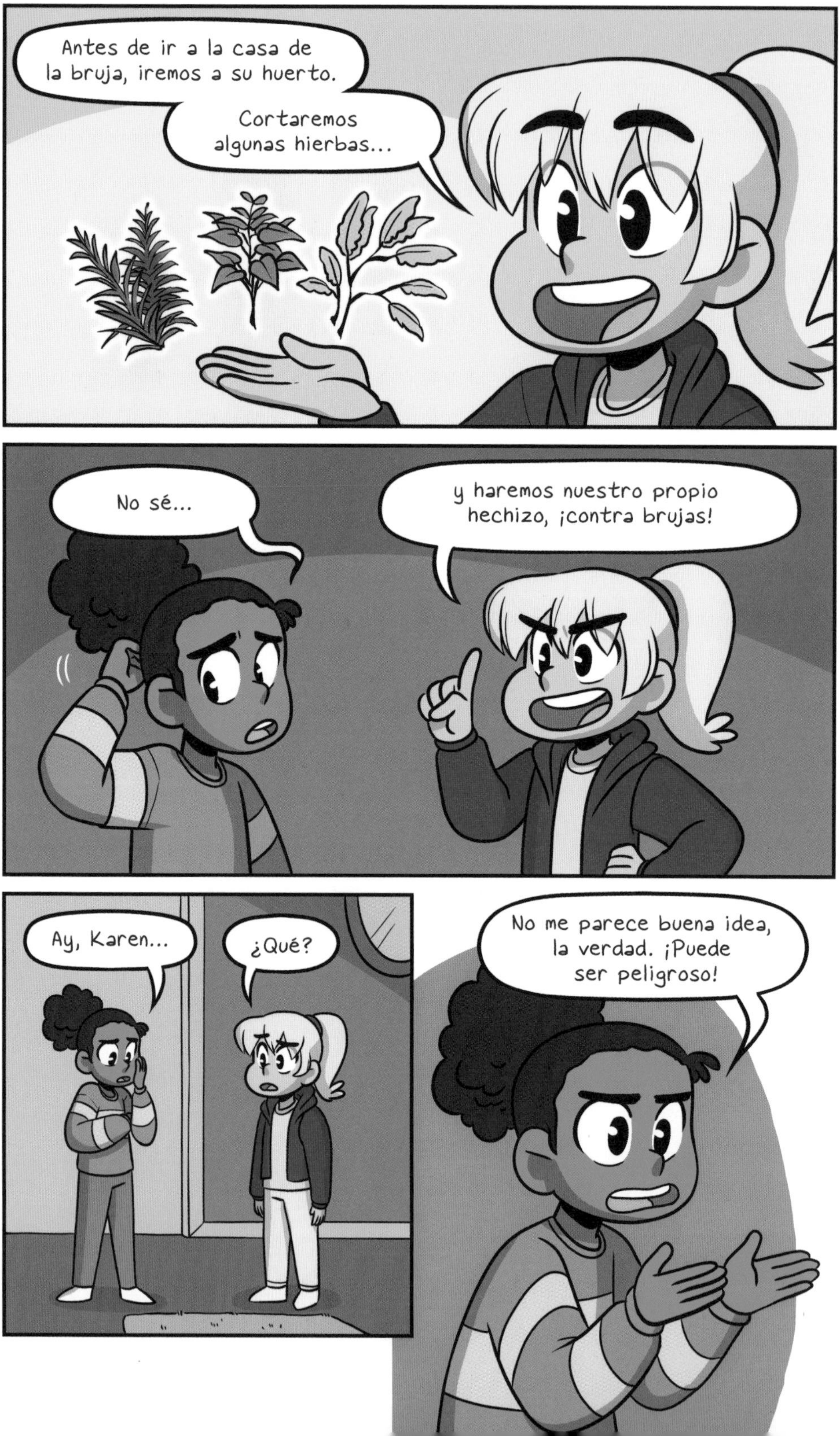
Antes de ir a la casa de la bruja, iremos a su huerto.
Cortaremos algunas hierbas...
No sé...
y haremos nuestro propio hechizo, ¡contra brujas!
Ay, Karen...
¿Qué?
No me parece buena idea, la verdad. ¡Puede ser peligroso!

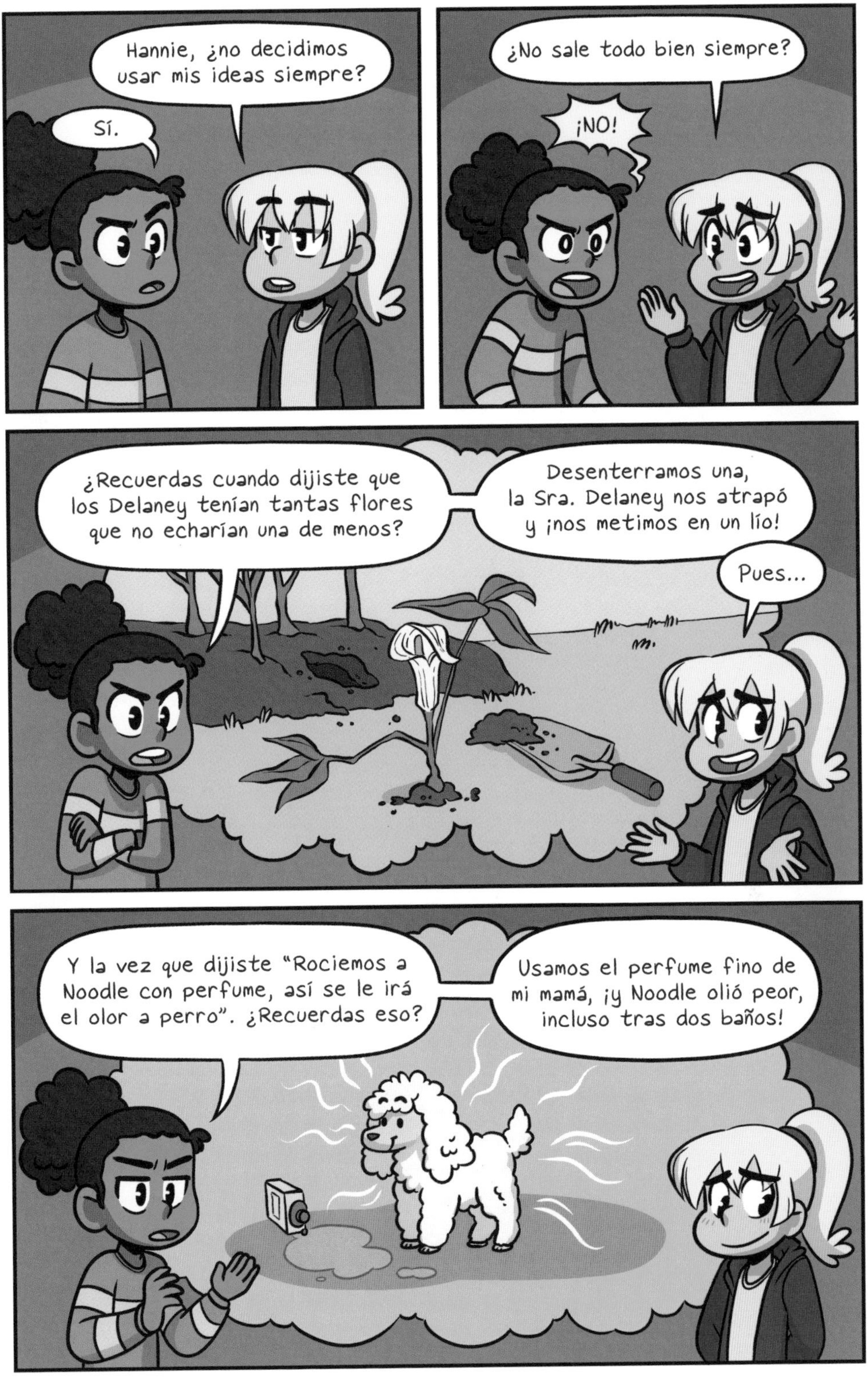
Hannie, ¿no decidimos usar mis ideas siempre?
Sí.
¿No sale todo bien siempre?
¡NO!
¿Recuerdas cuando dijiste que los Delaney tenían tantas flores que no echarían una de menos?
Desenterramos una, la Sra. Delaney nos atrapó y ¡nos metimos en un lío!
Pues...
Y la vez que dijiste "Rociemos a Noodle con perfume, así se le irá el olor a perro". ¿Recuerdas eso?
Usamos el perfume fino de mi mamá, ¡y Noodle olió peor, incluso tras dos baños!

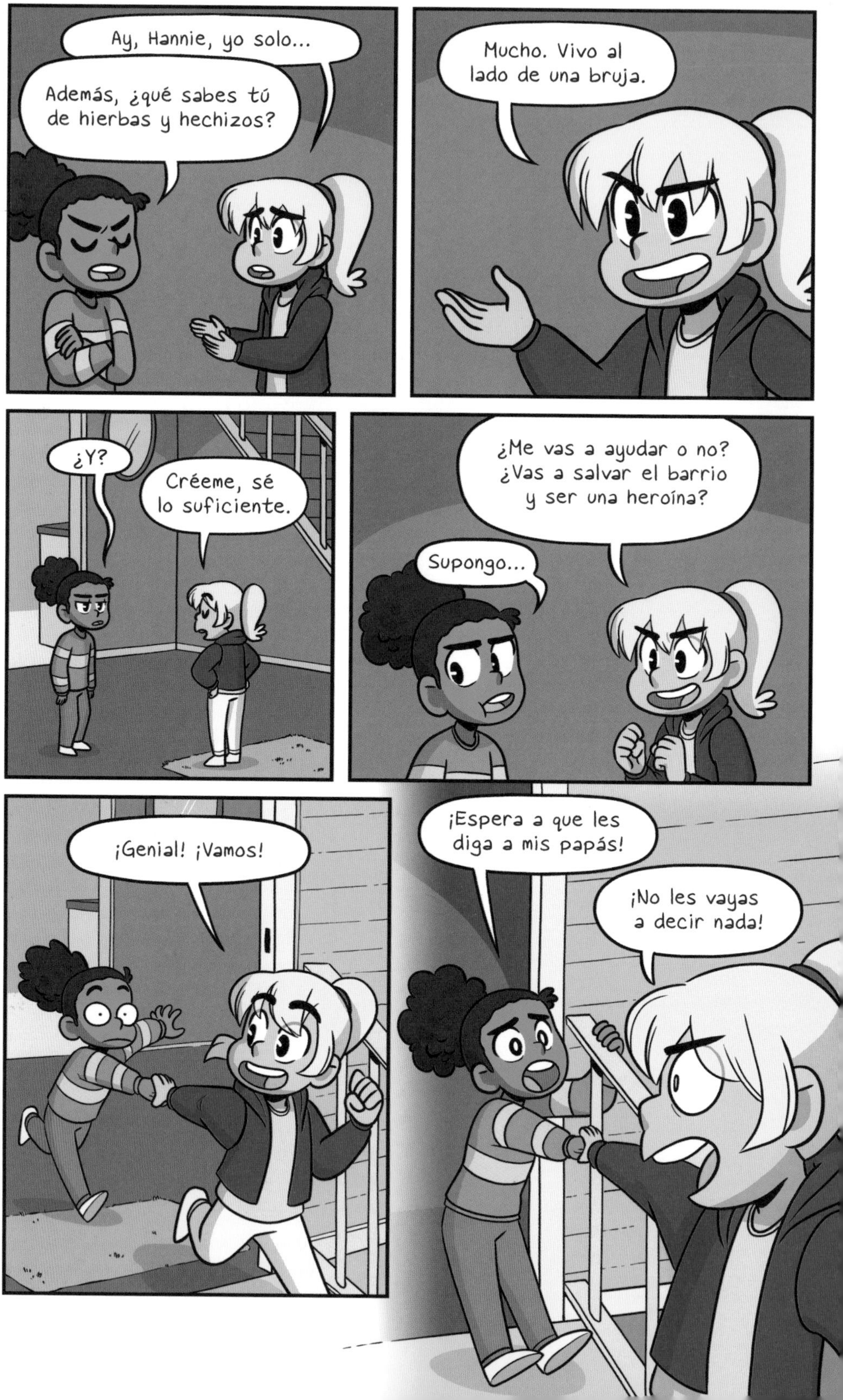
Ay, Hannie, yo solo...
Además, ¿qué sabes tú de hierbas y hechizos?
Mucho. Vivo al lado de una bruja.
¿Y?
Créeme, sé lo suficiente.
¿Me vas a ayudar o no? ¿Vas a salvar el barrio y ser una heroína?
Supongo...
¡Genial! ¡Vamos!
¡Espera a que les diga a mis papás!
¡No les vayas a decir nada!

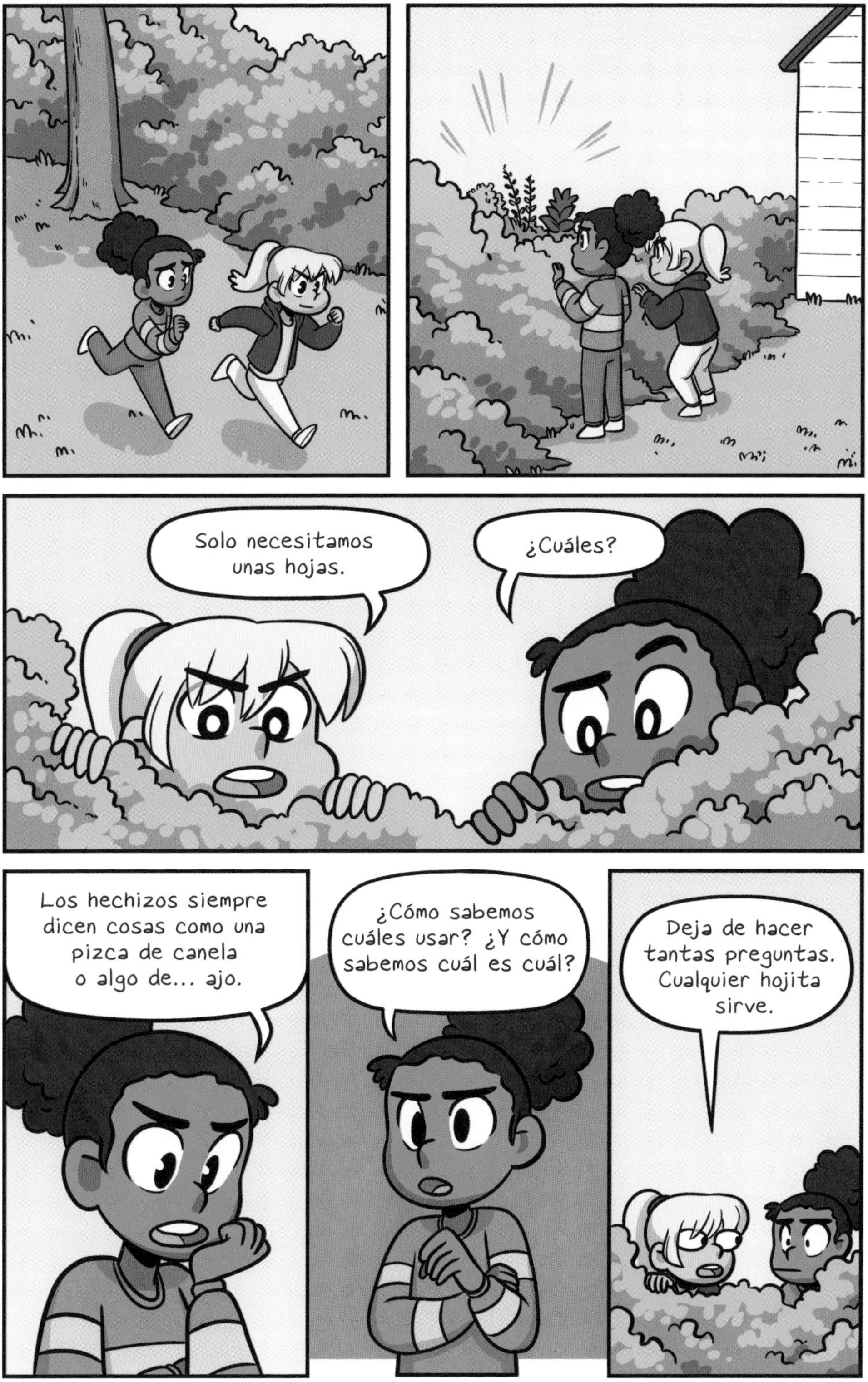
Solo necesitamos unas hojas.
¿Cuáles?
Los hechizos siempre dicen cosas como una pizca de canela o algo de... ajo.
¿Cómo sabemos cuáles usar? ¿Y cómo sabemos cuál es cuál?
Deja de hacer tantas preguntas. Cualquier hojita sirve.

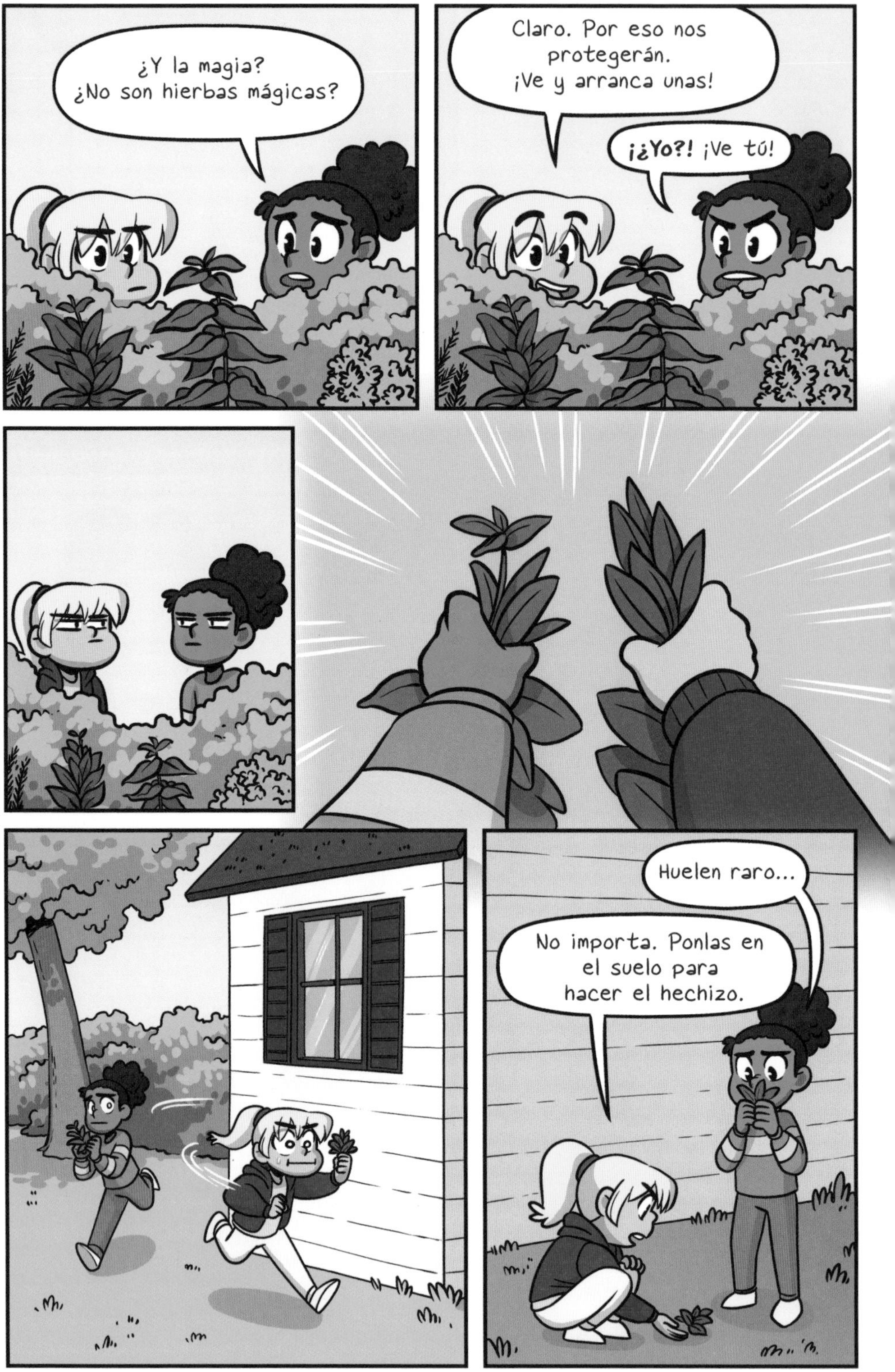
¿Y la magia?
¿No son hierbas mágicas?
Claro. Por eso nos protegerán.
¡Ve y arranca unas!
¡¿Yo?! ¡Ve tú!
Huelen raro...
No importa. Ponlas en el suelo para hacer el hechizo.

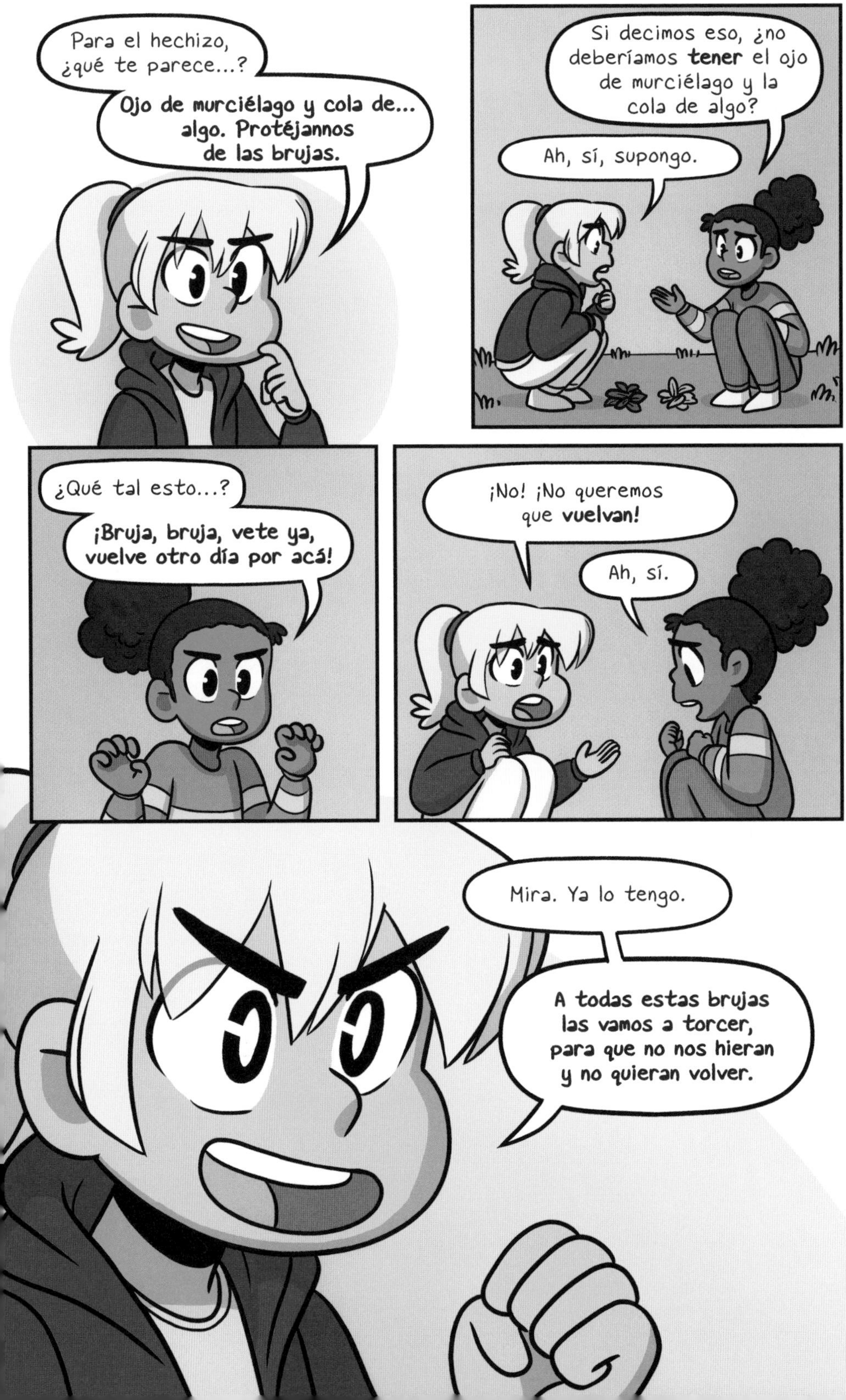
Para el hechizo, ¿qué te parece...?
Ojo de murciélago y cola de... algo. Protéjannos de las brujas.
Si decimos eso, ¿no deberíamos tener el ojo de murciélago y la cola de algo?
Ah, sí, supongo.
¿Qué tal esto...?
¡Bruja, bruja, vete ya, vuelve otro día por acá!
¡No! ¡No queremos que vuelvan!
Ah, sí.
Mira. Ya lo tengo.
A todas estas brujas las vamos a torcer, para que no nos hieran y no quieran volver.

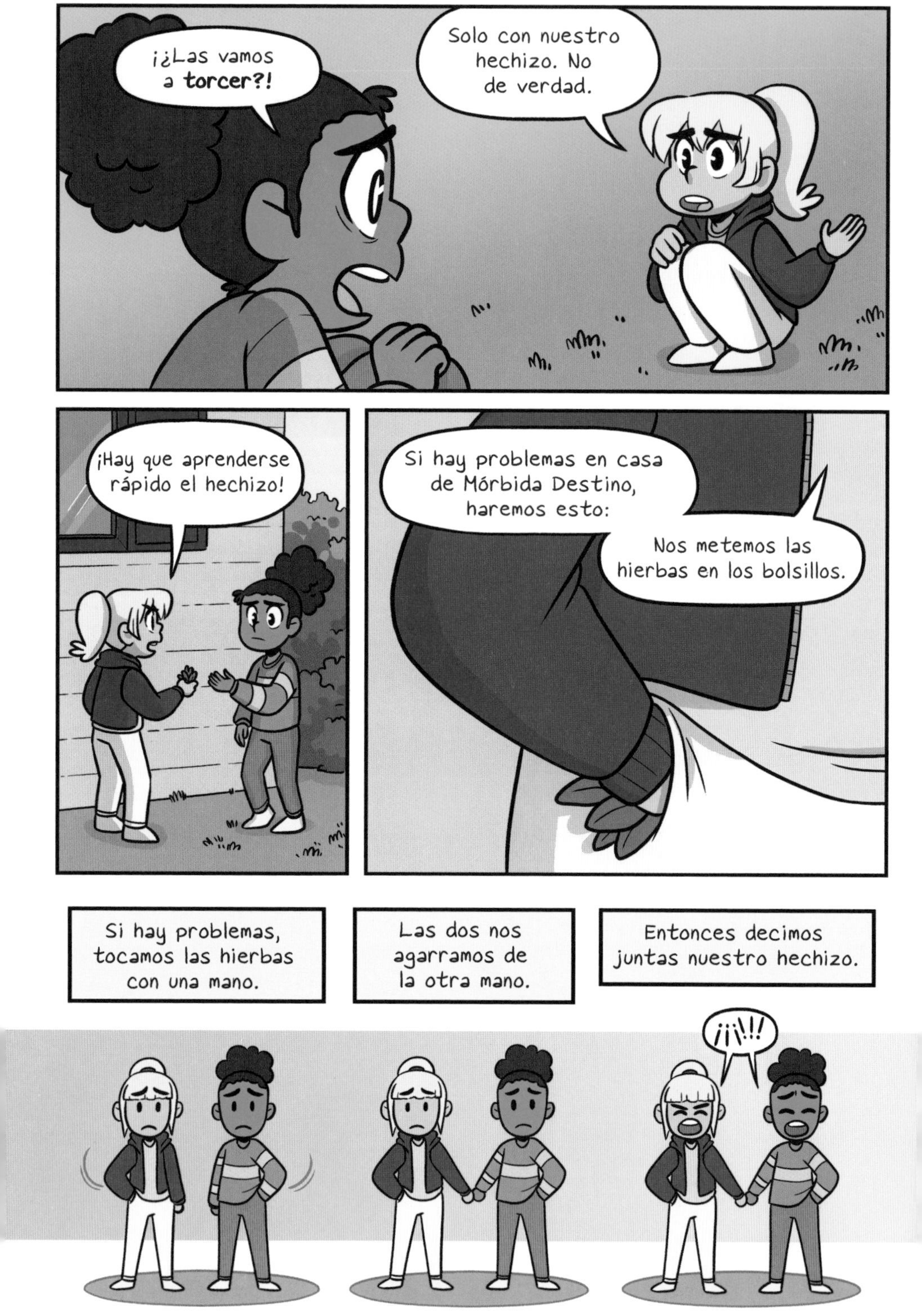
¡¿Las vamos a **torcer**?!
Solo con nuestro hechizo. No de verdad.
¡Hay que aprenderse rápido el hechizo!
Si hay problemas en casa de Mórbida Destino, haremos esto:
Nos metemos las hierbas en los bolsillos.
Si hay problemas, tocamos las hierbas con una mano.
Las dos nos agarramos de la otra mano.
Entonces decimos juntas nuestro hechizo.
¡¡¡!!!

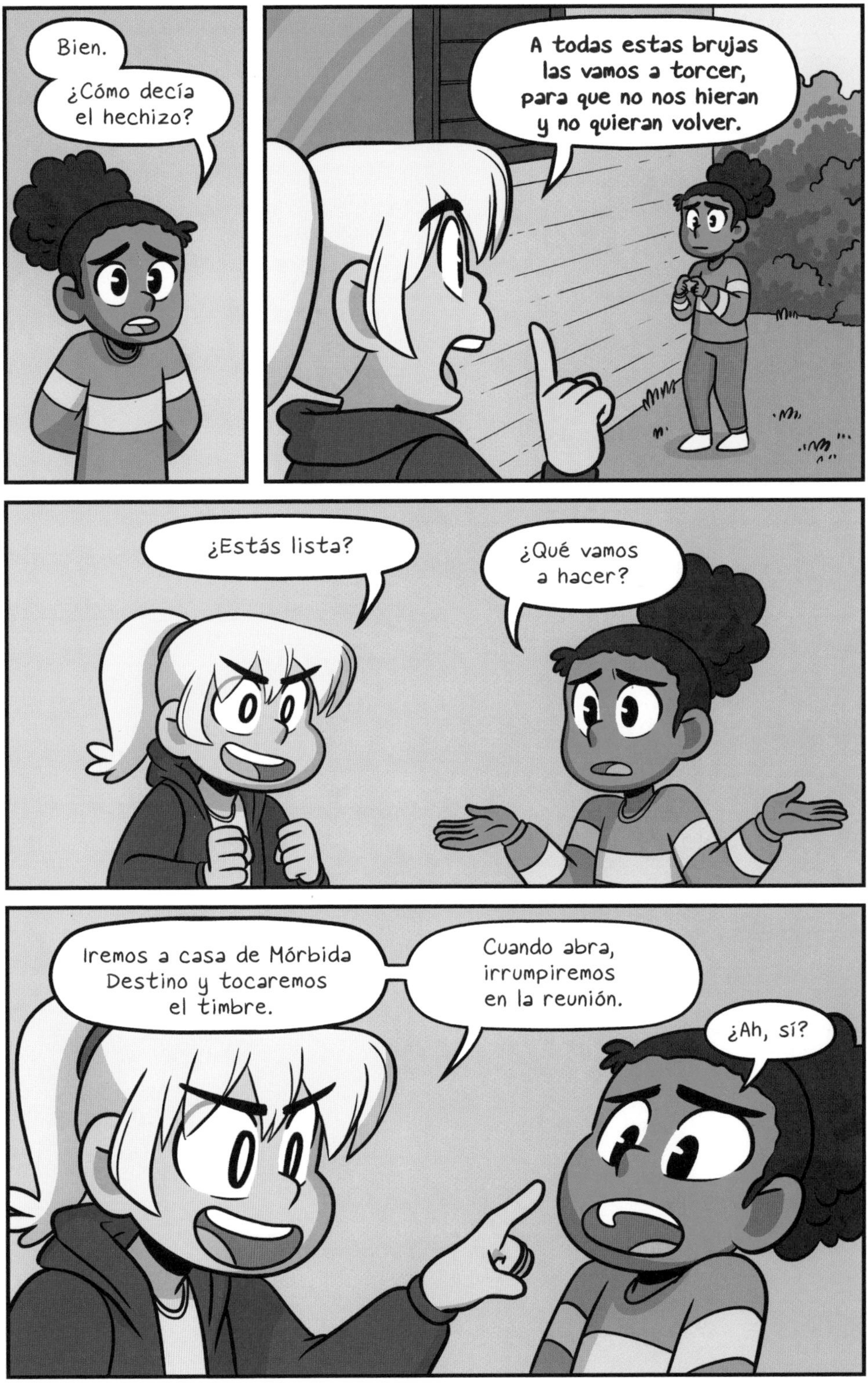
Bien.
¿Cómo decía el hechizo?
A todas estas brujas las vamos a torcer, para que no nos hieran y no quieran volver.
¿Estás lista?
¿Qué vamos a hacer?
Iremos a casa de Mórbida Destino y tocaremos el timbre.
Cuando abra, irrumpiremos en la reunión.
¿Ah, sí?

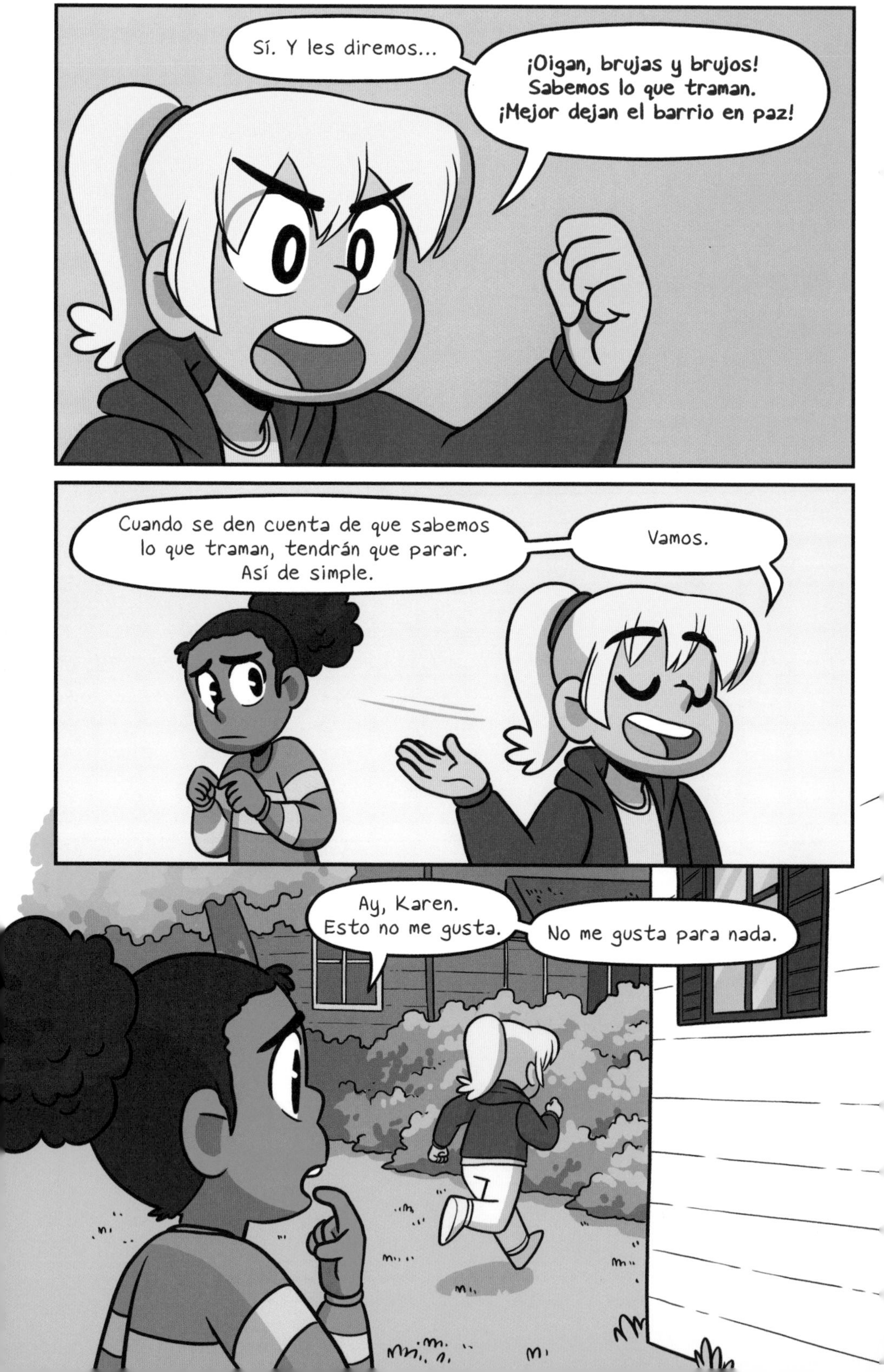
Sí. Y les diremos...
¡Oigan, brujas y brujos! Sabemos lo que traman. ¡Mejor dejan el barrio en paz!
Cuando se den cuenta de que sabemos lo que traman, tendrán que parar. Así de simple.
Vamos.
Ay, Karen. Esto no me gusta.
No me gusta para nada.

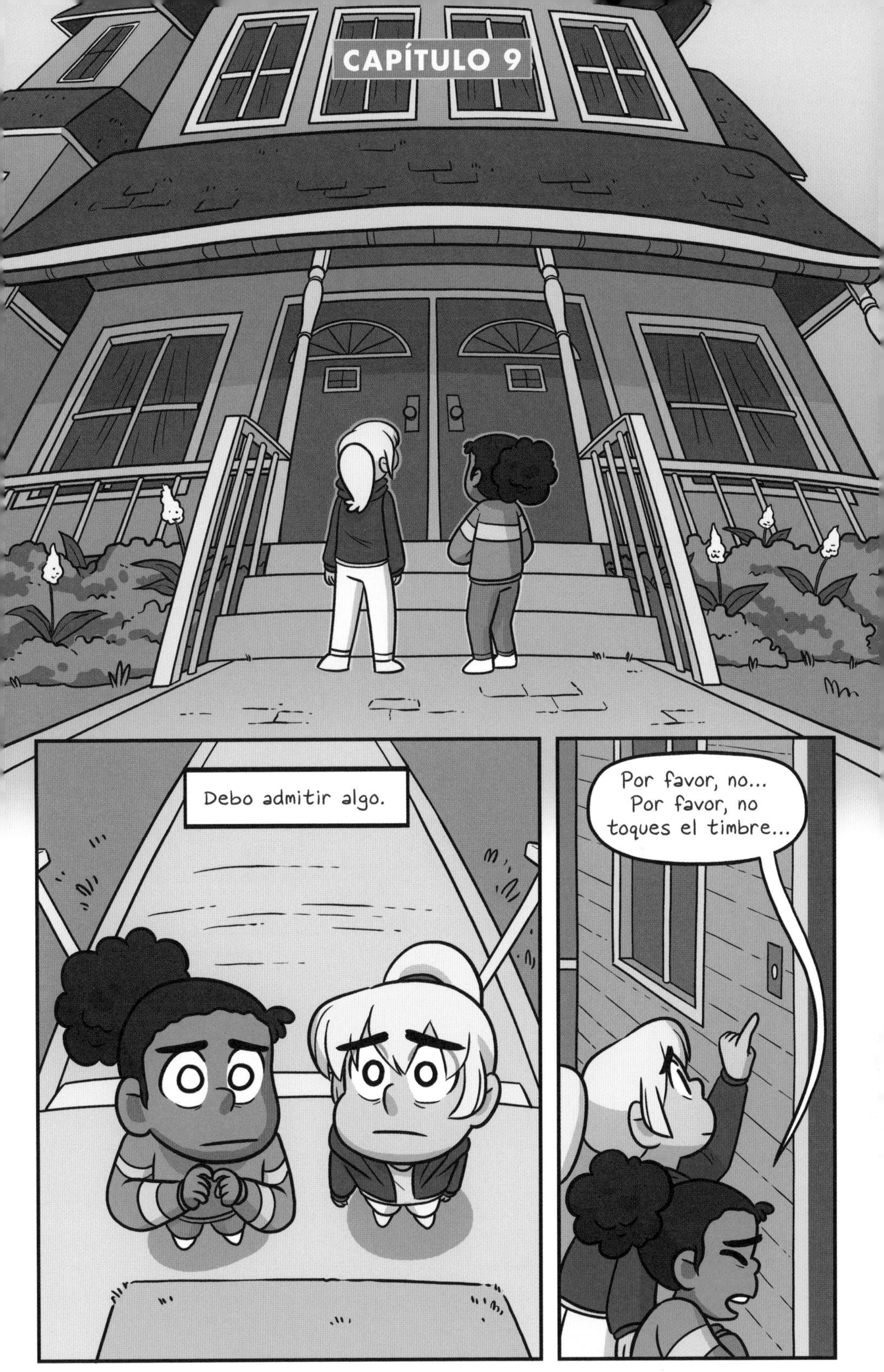
CAPÍTULO 9
Debo admitir algo.
Por favor, no... Por favor, no toques el timbre...

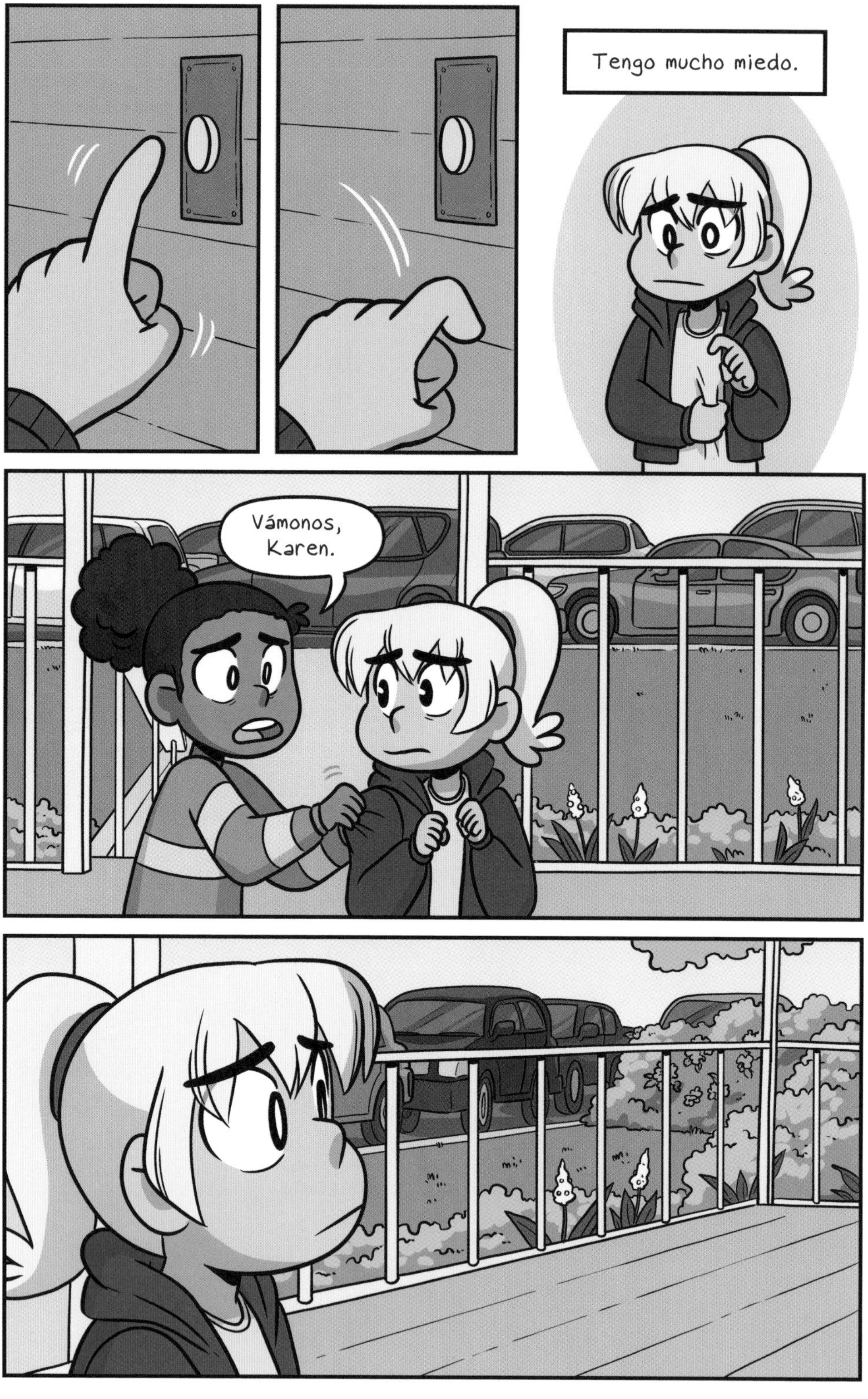
Tengo mucho miedo.
Vámonos, Karen.

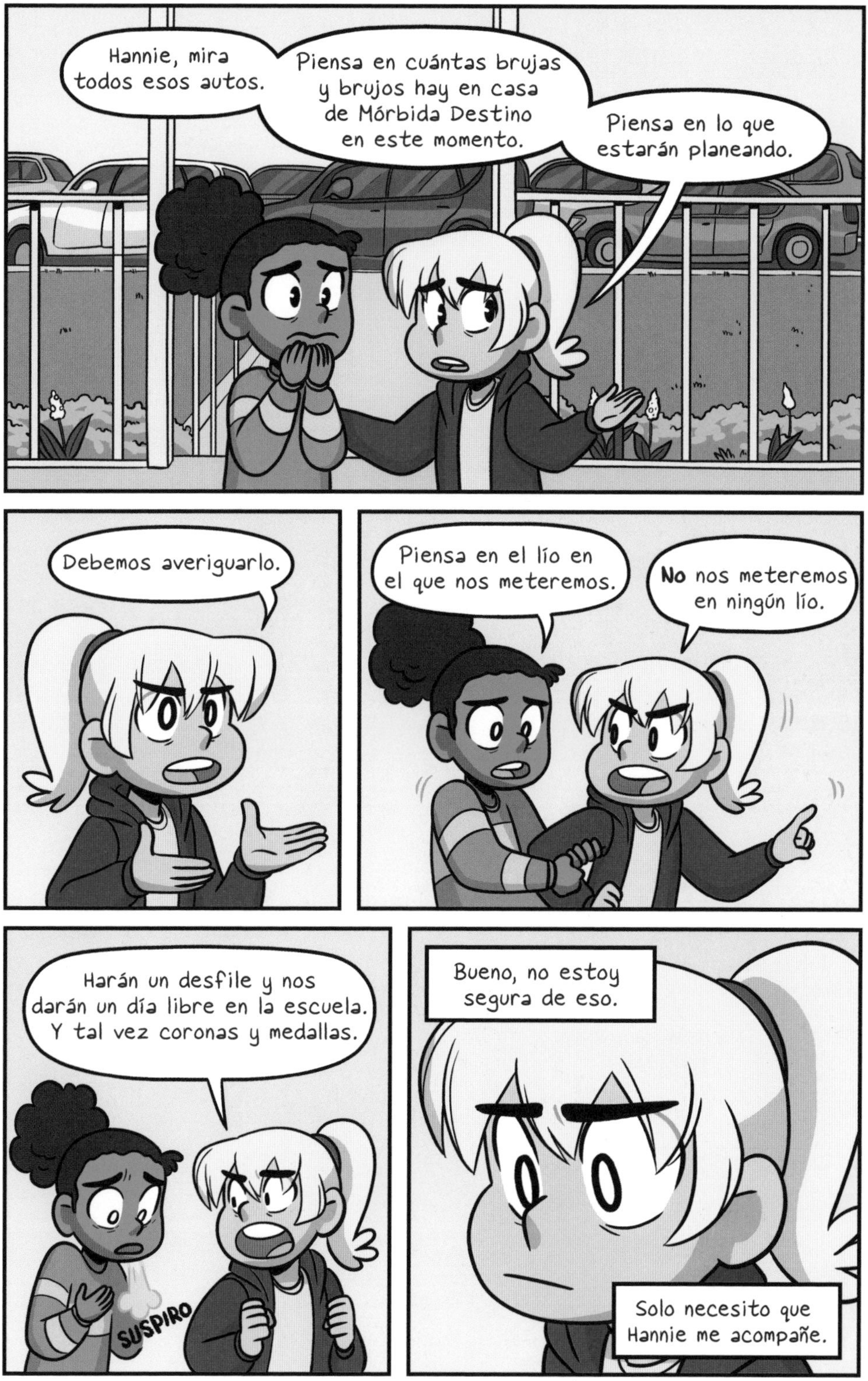
Hannie, mira todos esos autos.
Piensa en cuántas brujas y brujos hay en casa de Mórbida Destino en este momento.
Piensa en lo que estarán planeando.
Debemos averiguarlo.
Piensa en el lío en el que nos meteremos.
No nos meteremos en ningún lío.
Harán un desfile y nos darán un día libre en la escuela. Y tal vez coronas y medallas.
SUSPIRO
Bueno, no estoy segura de eso.
Solo necesito que Hannie me acompañe.

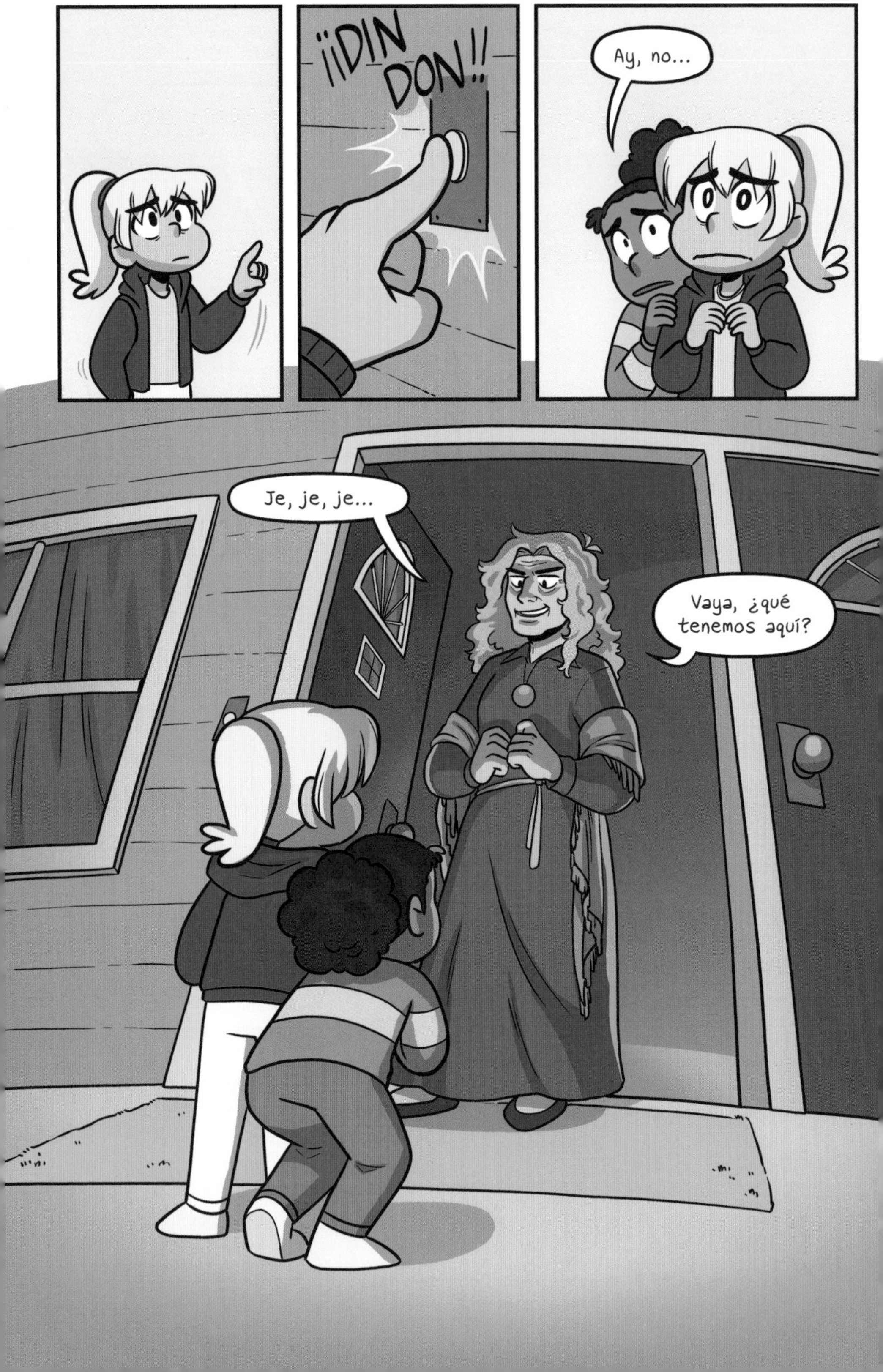
¡¡DIN DON!!
Ay, no...
Je, je, je...
Vaya, ¿qué tenemos aquí?

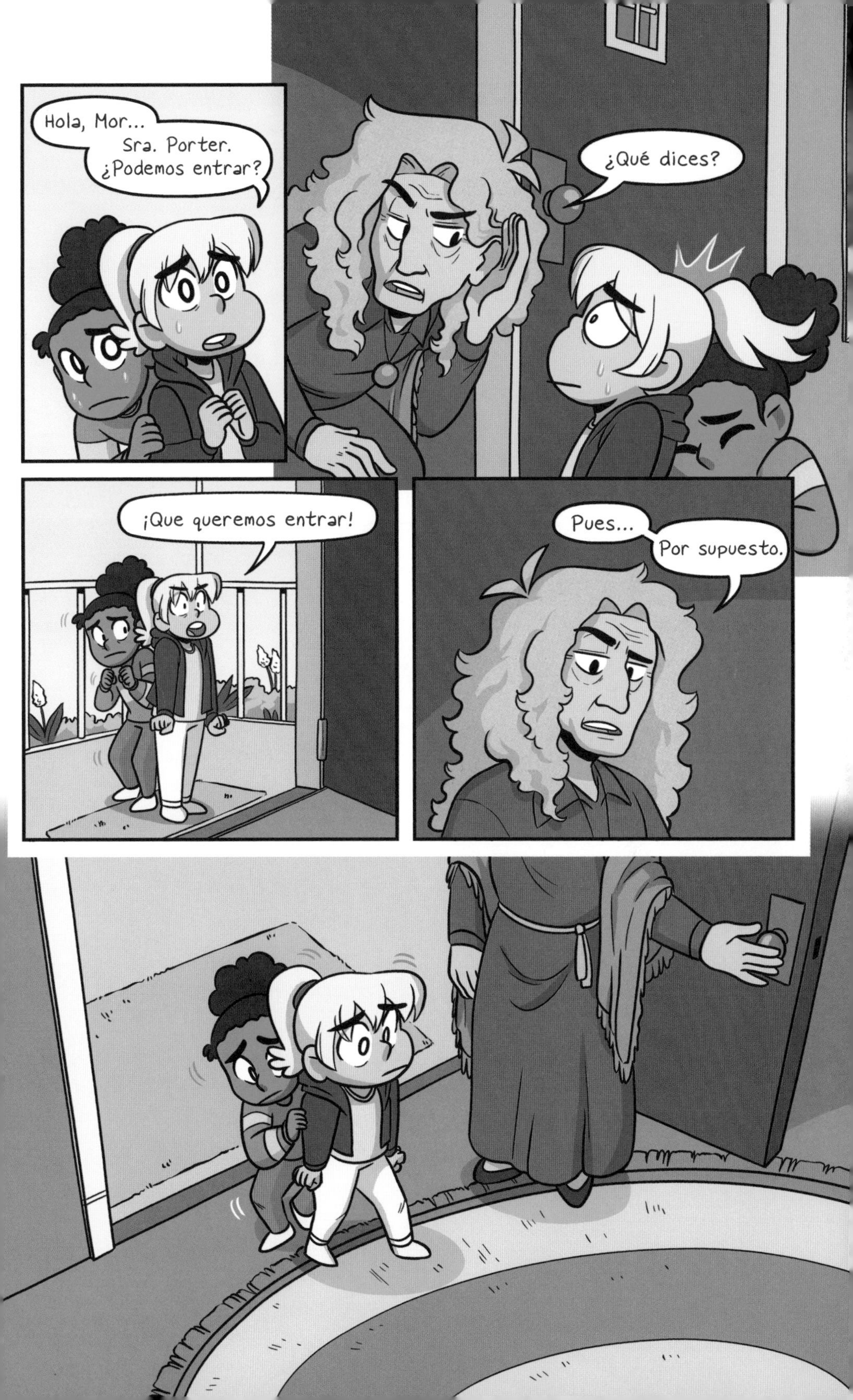
Hola, Mor...
Sra. Porter.
¿Podemos entrar?
¿Qué dices?
¡Que queremos entrar!
Pues...
Por supuesto.

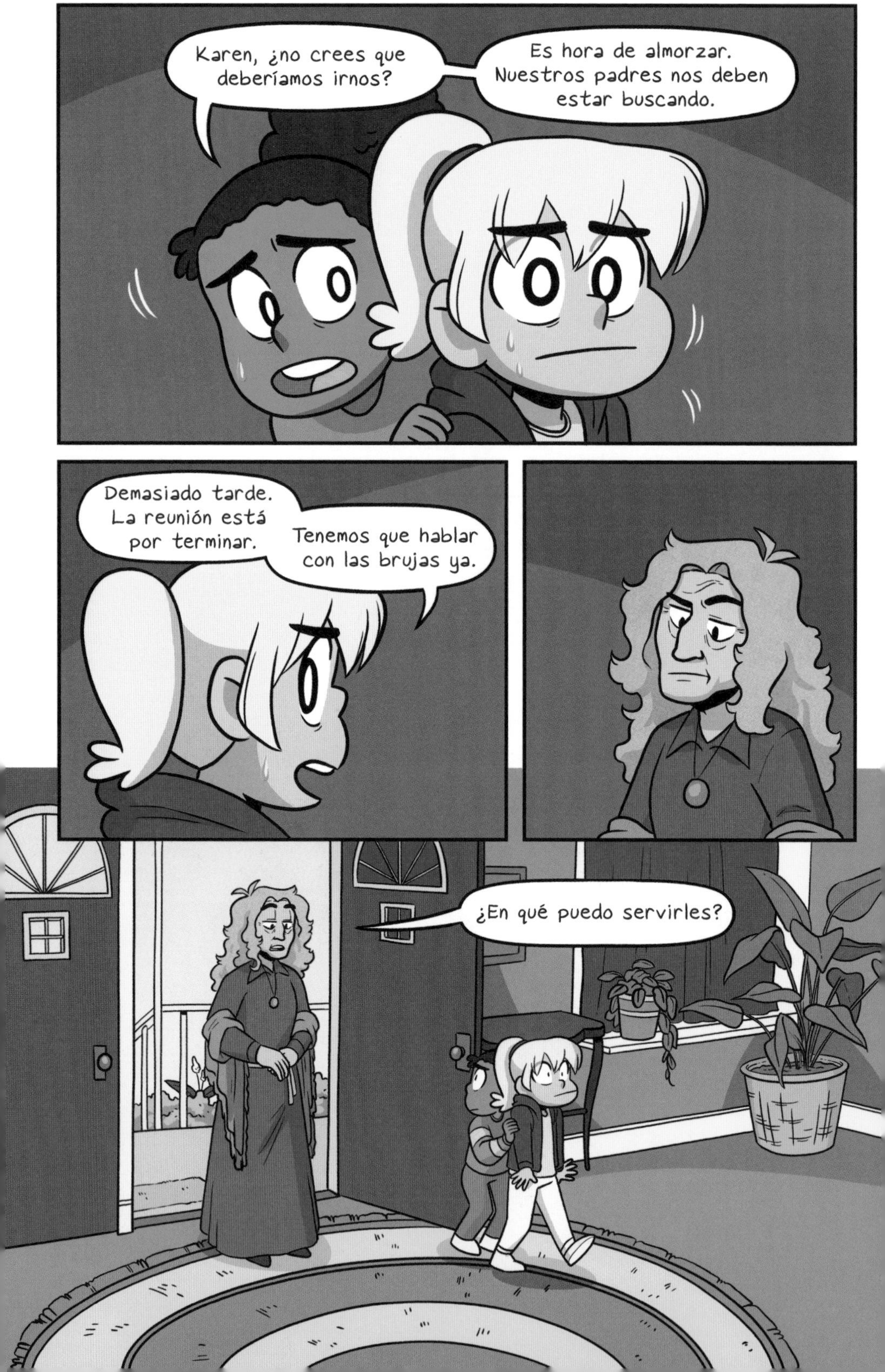
Karen, ¿no crees que deberíamos irnos?
Es hora de almorzar. Nuestros padres nos deben estar buscando.
Demasiado tarde. La reunión está por terminar.
Tenemos que hablar con las brujas ya.
¿En qué puedo servirles?

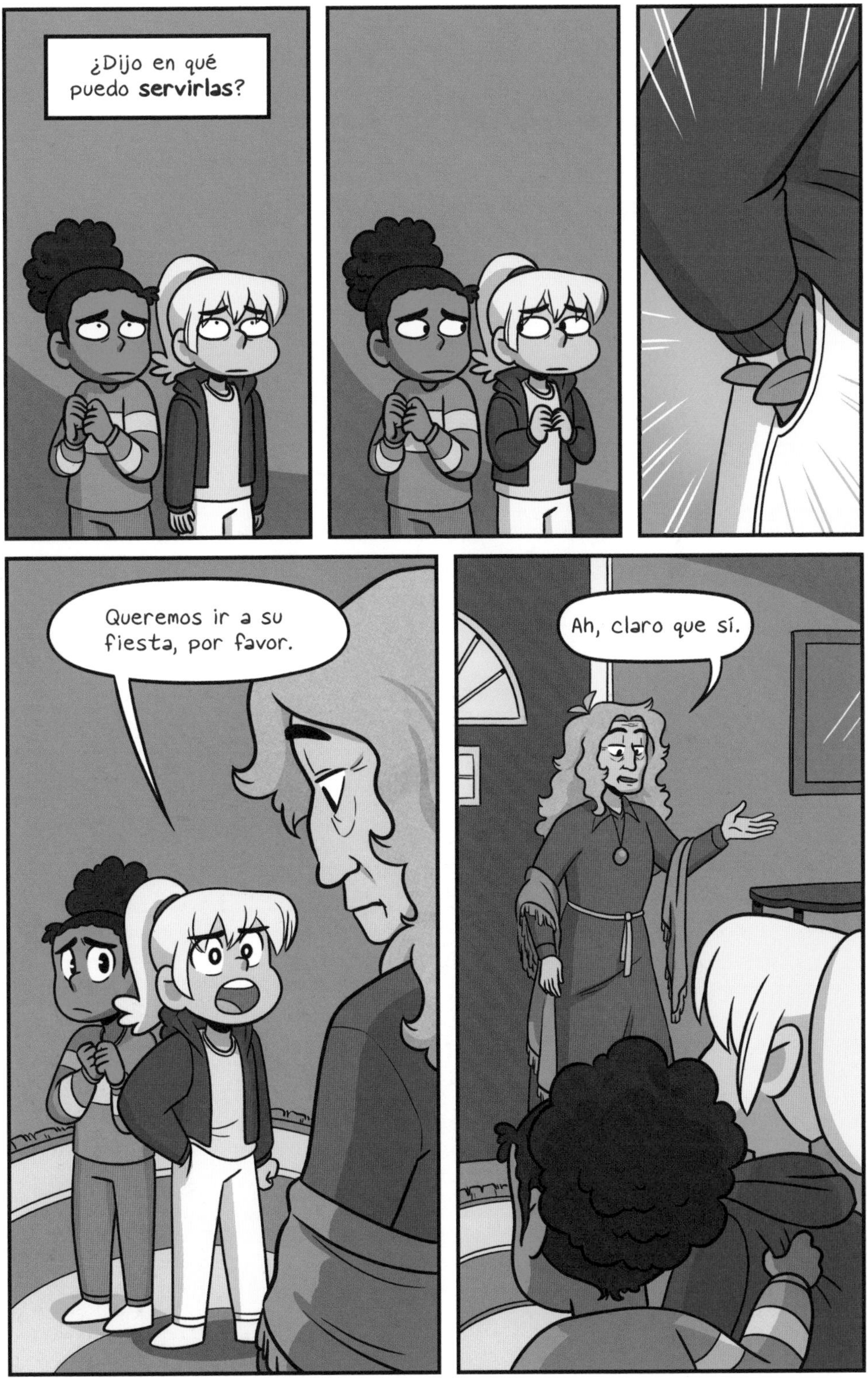
¿Dijo en qué puedo **servirlas**?
Queremos ir a su fiesta, por favor.
Ah, claro que sí.

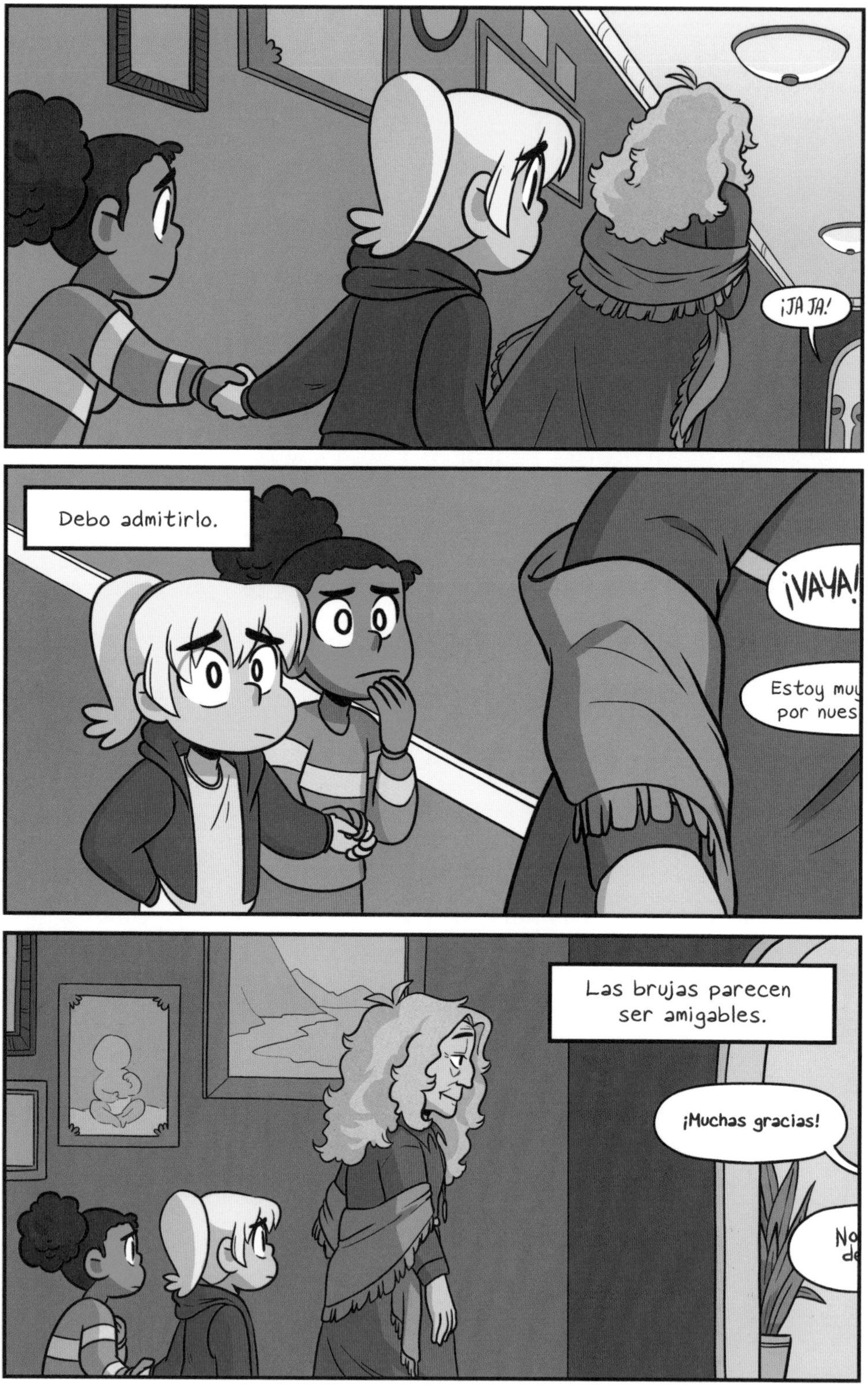
¡JA JA!
Debo admitirlo.
¡VAYA!
Estoy mu
por nues
Las brujas parecen ser amigables.
¡Muchas gracias!
No
de

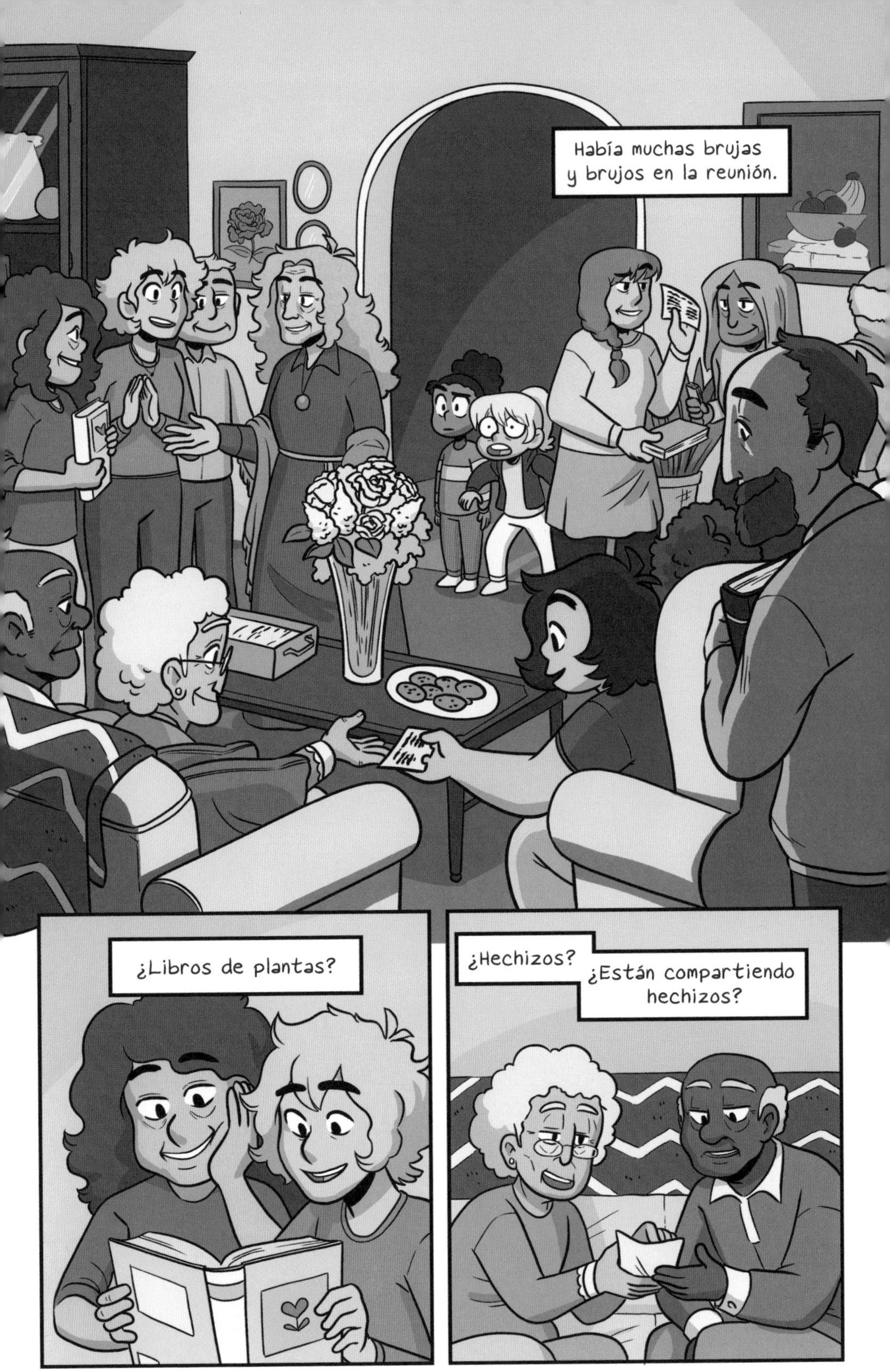
Había muchas brujas y brujos en la reunión.
¿Libros de plantas?
¿Hechizos?
¿Están compartiendo hechizos?

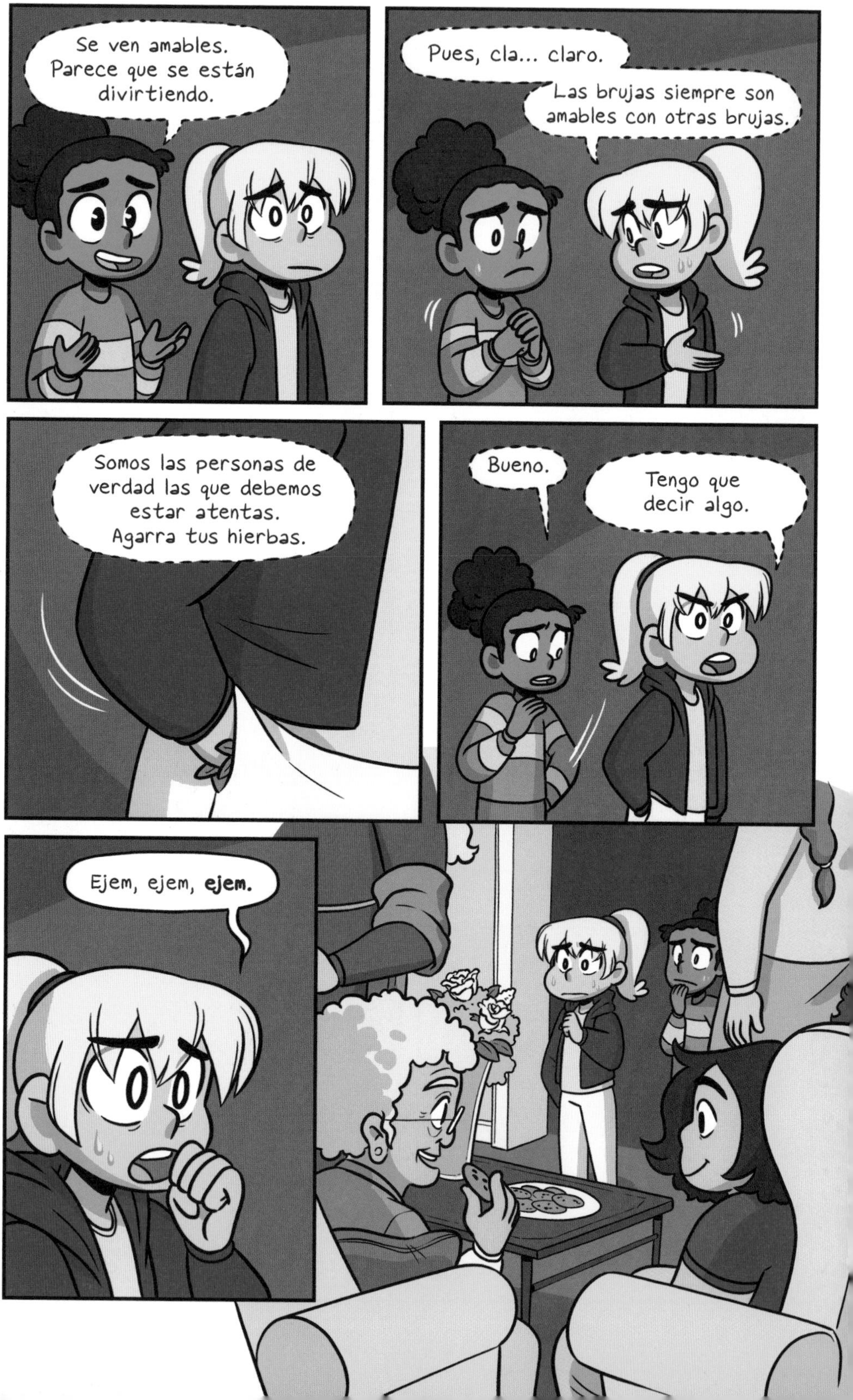
Se ven amables. Parece que se están divirtiendo.
Pues, cla... claro.
Las brujas siempre son amables con otras brujas.
Somos las personas de verdad las que debemos estar atentas. Agarra tus hierbas.
Bueno.
Tengo que decir algo.
Ejem, ejem, **ejem.**

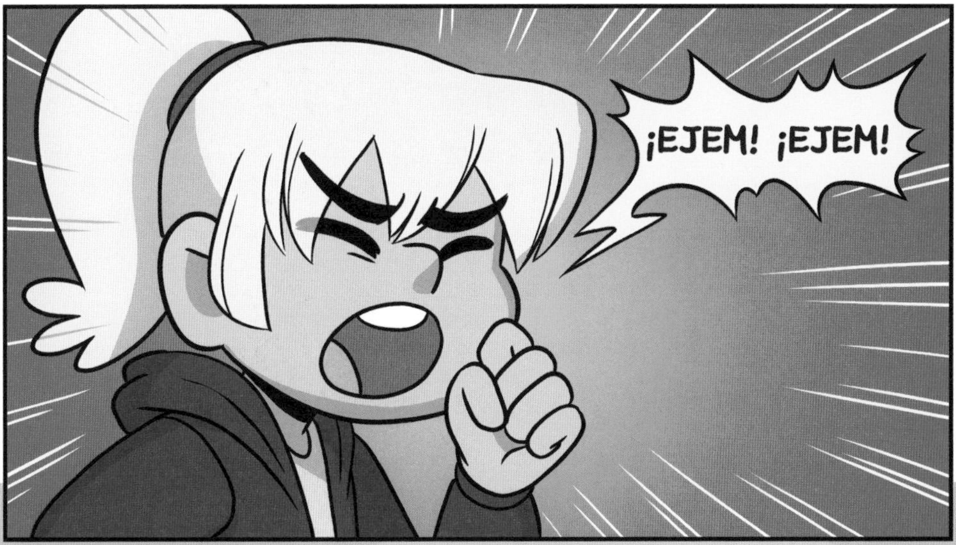
¡EJEM! ¡EJEM!

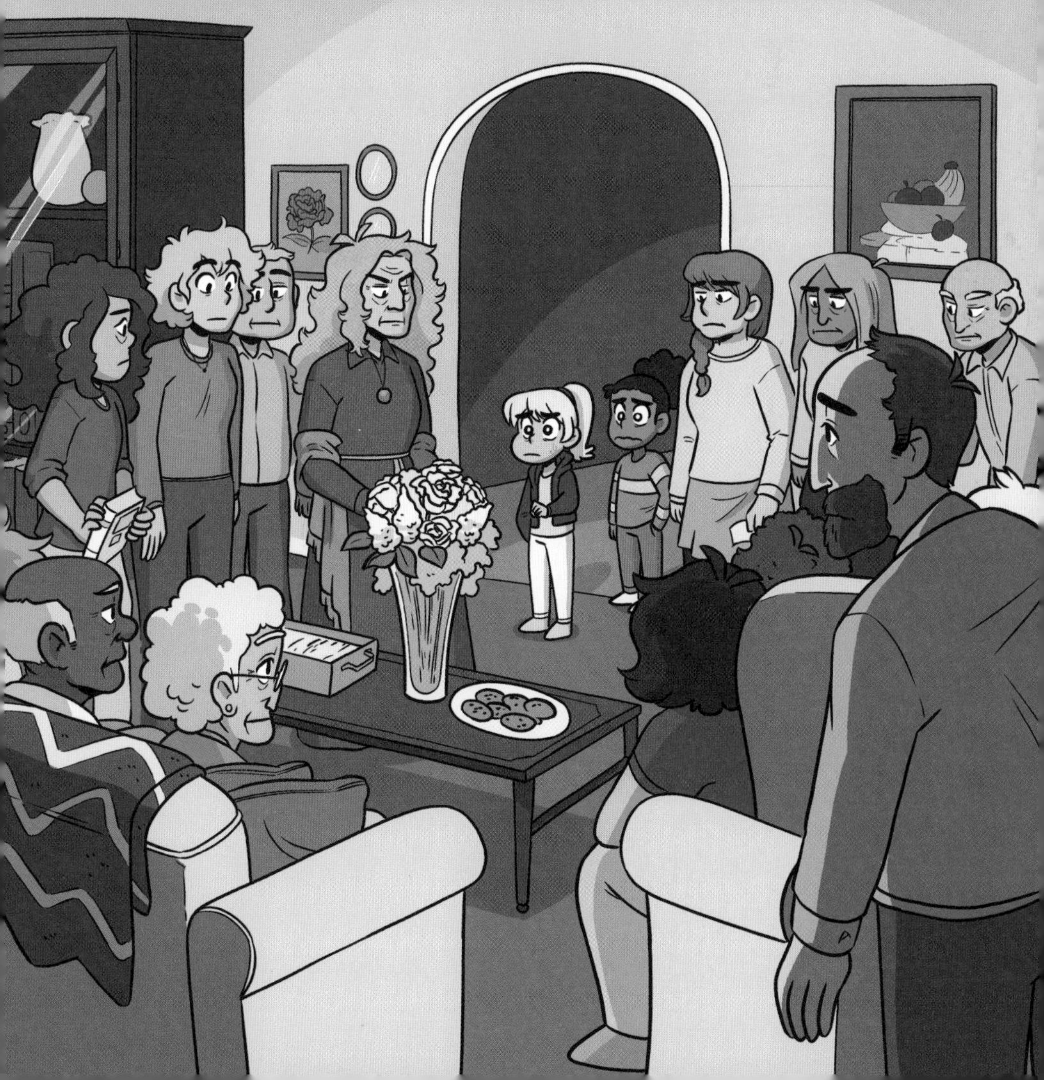

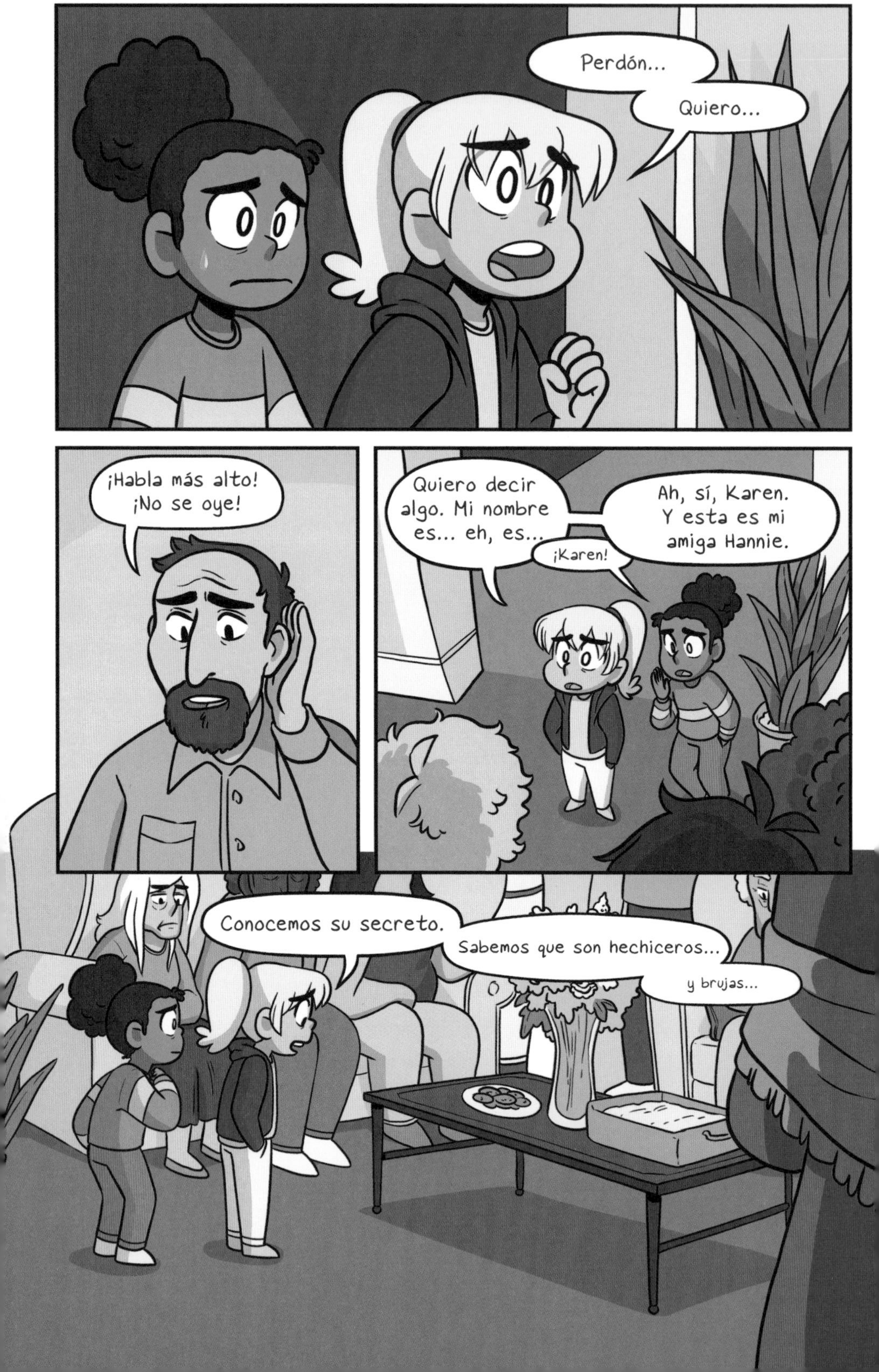
Perdón...
Quiero...
¡Habla más alto! ¡No se oye!
Quiero decir algo. Mi nombre es... eh, es...
¡Karen!
Ah, sí, Karen. Y esta es mi amiga Hannie.
Conocemos su secreto.
Sabemos que son hechiceros...
y brujas...

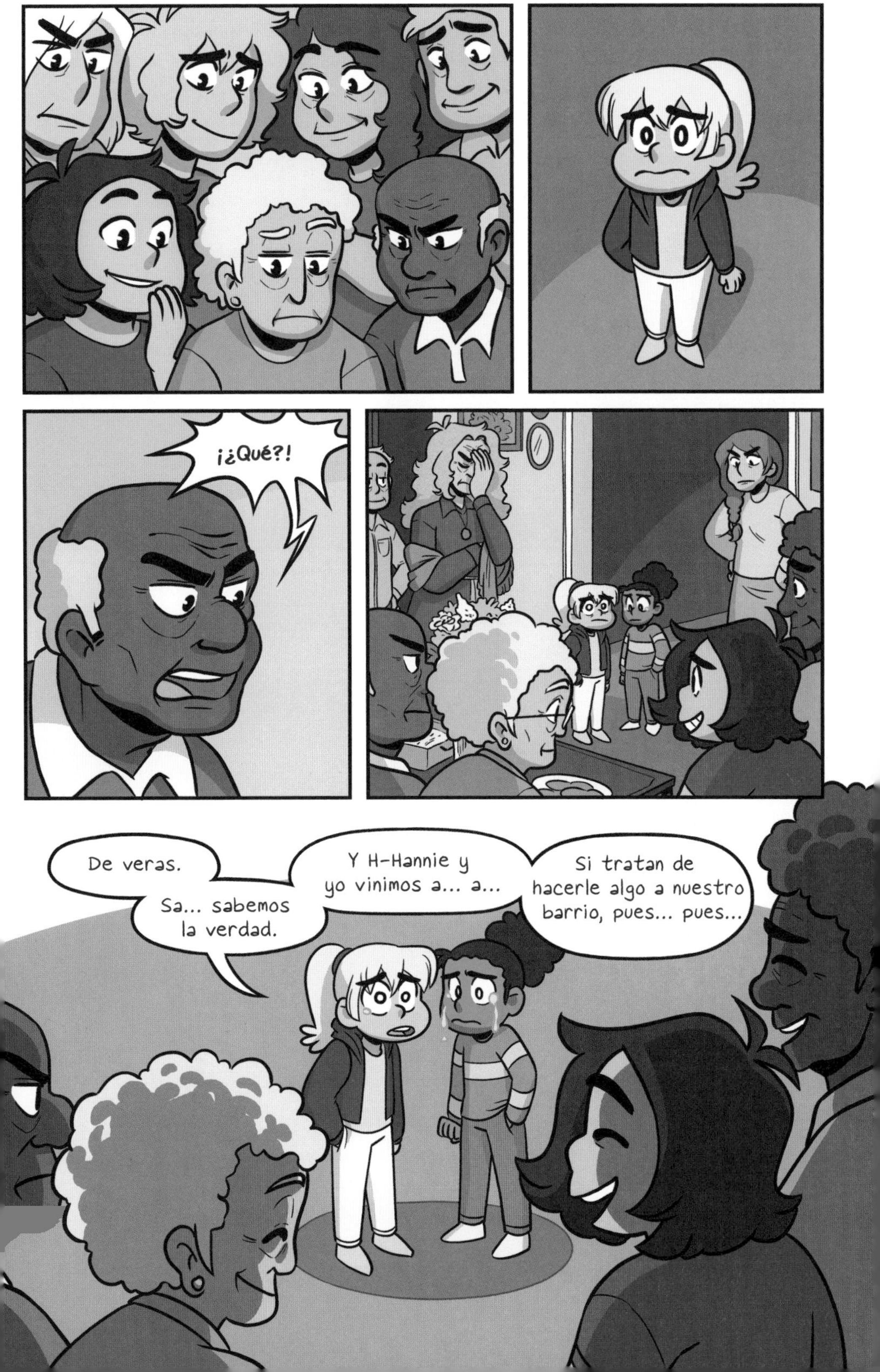
¡¿Qué?!
De veras.
Sa... sabemos la verdad.
Y H-Hannie y yo vinimos a... a...
Si tratan de hacerle algo a nuestro barrio, pues... pues...

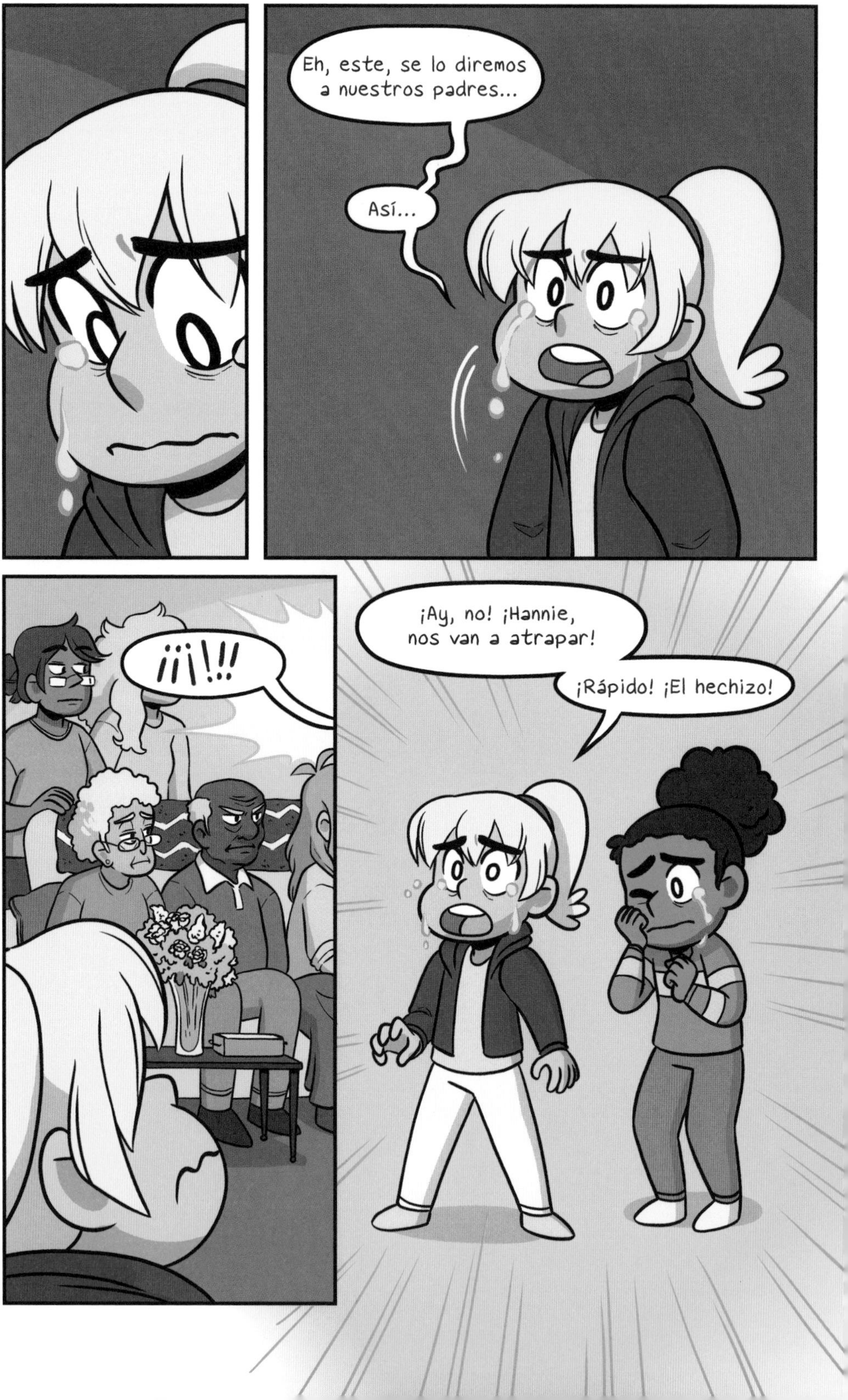
Eh, este, se lo diremos a nuestros padres...
Así...
¡¡¡!!!
¡Ay, no! ¡Hannie, nos van a atrapar!
¡Rápido! ¡El hechizo!

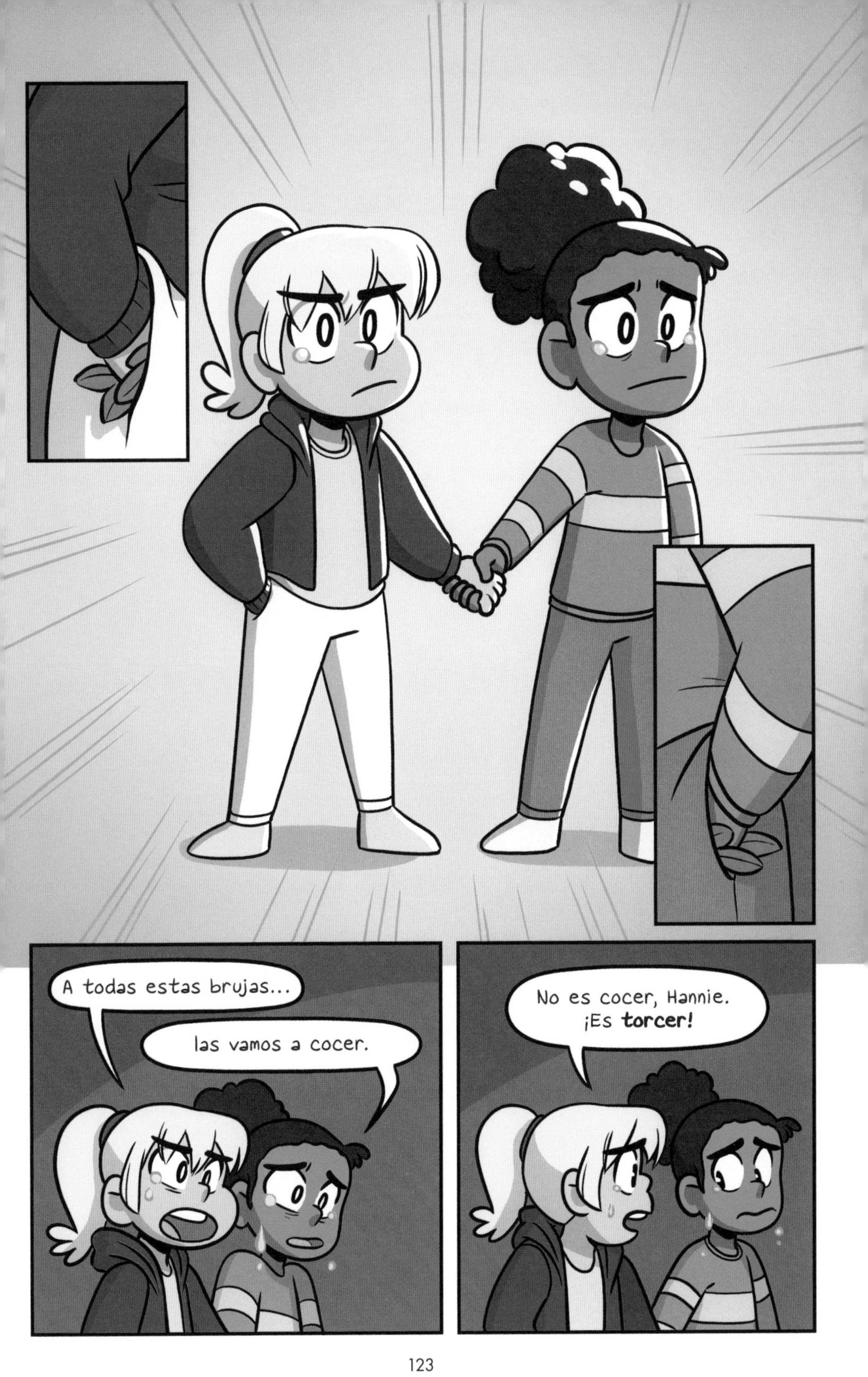
A todas estas brujas...
las vamos a cocer.
No es cocer, Hannie.
¡Es **torcer!**

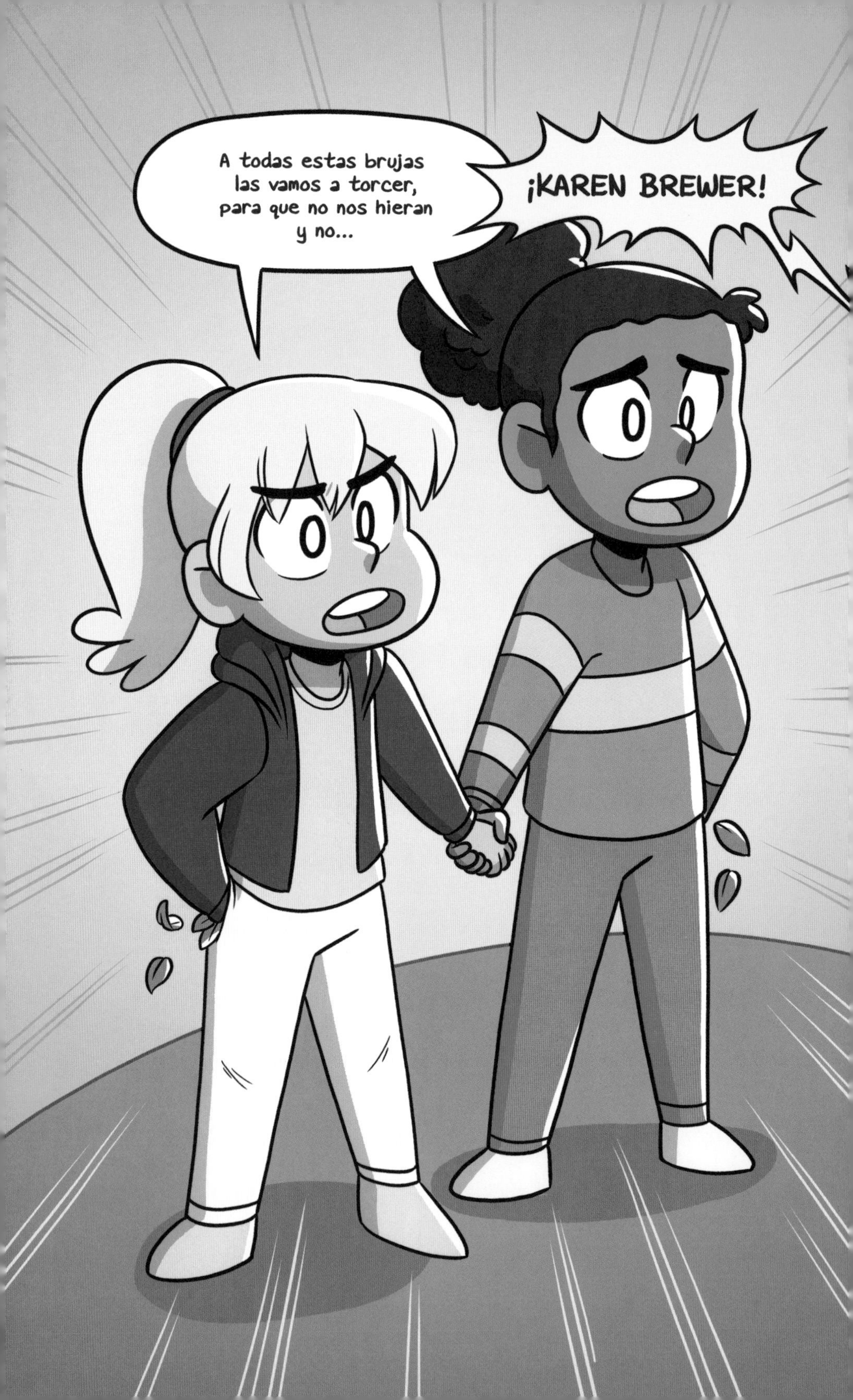
A todas estas brujas las vamos a torcer, para que no nos hieran y no...
¡KAREN BREWER!

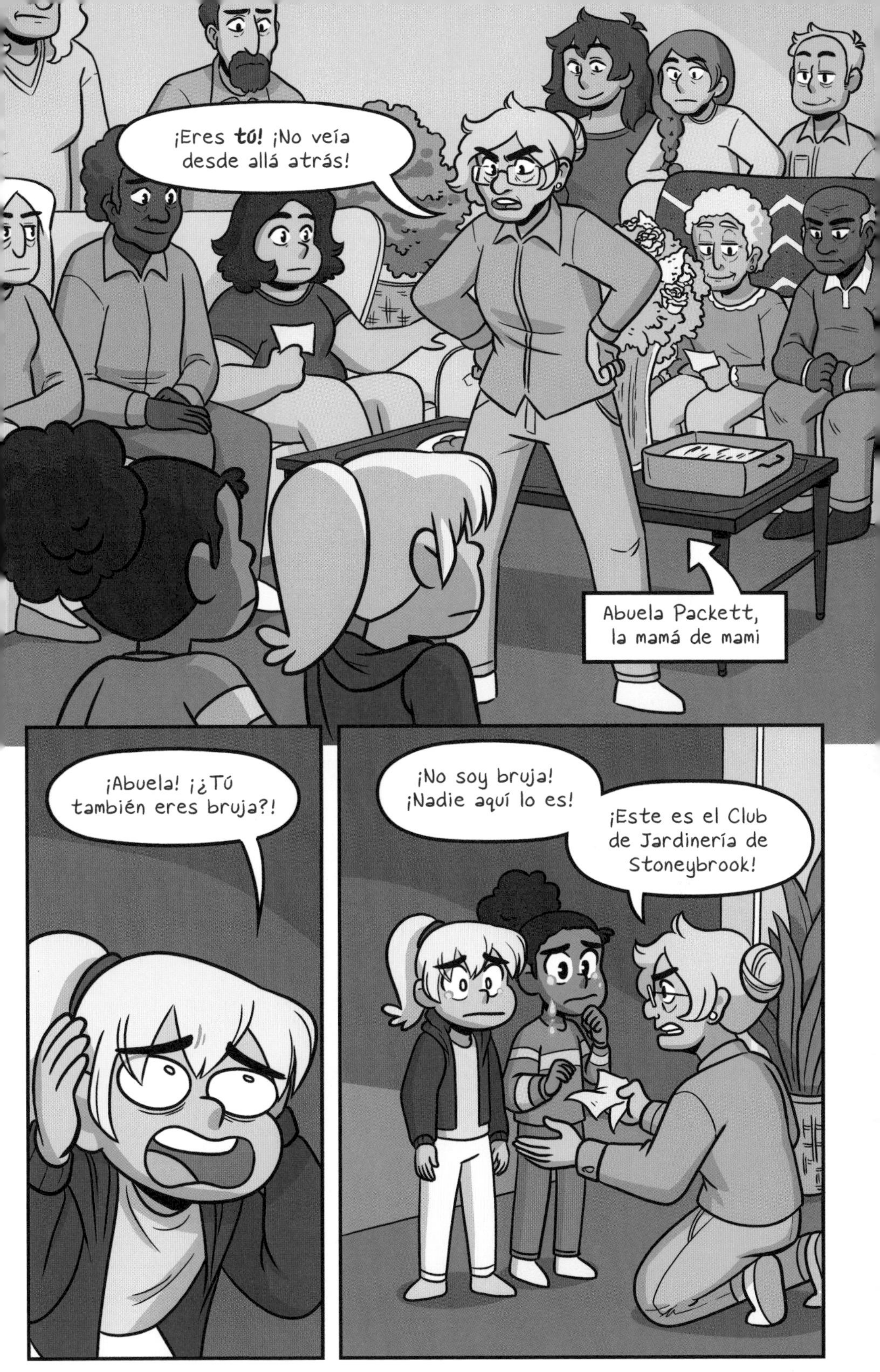
¡Eres tú! ¡No veía desde allá atrás!
Abuela Packett, la mamá de mami
¡Abuela! ¡¿Tú también eres bruja?!
¡No soy bruja! ¡Nadie aquí lo es!
¡Este es el Club de Jardinería de Stoneybrook!

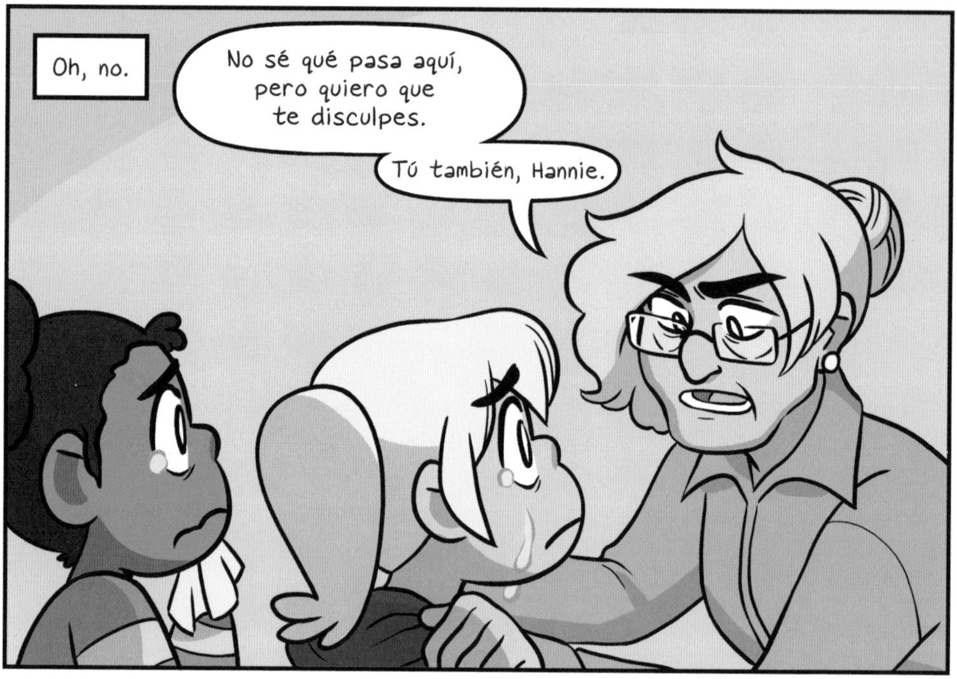
Oh, no.
No sé qué pasa aquí, pero quiero que te disculpes.
Tú también, Hannie.

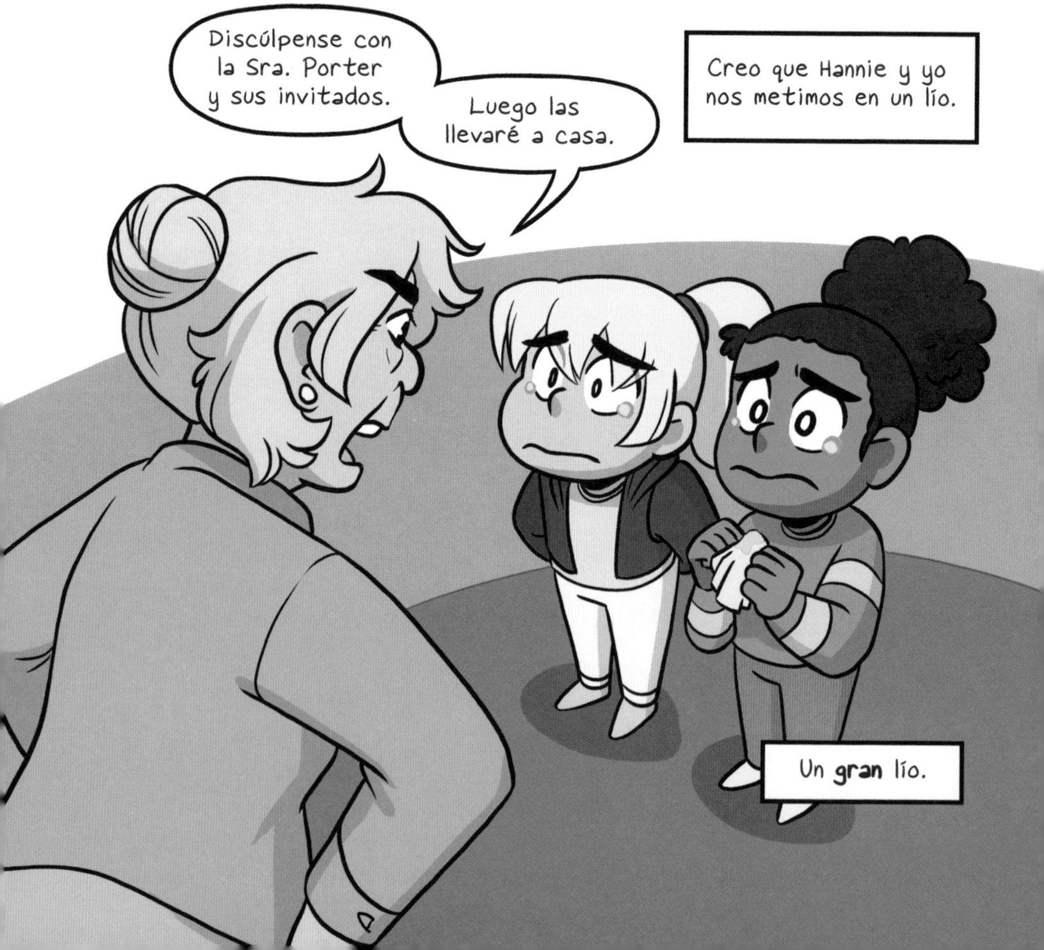
Discúlpense con la Sra. Porter y sus invitados.
Luego las llevaré a casa.
Creo que Hannie y yo nos metimos en un lío.
Un **gran** lío.

CAPÍTULO 10

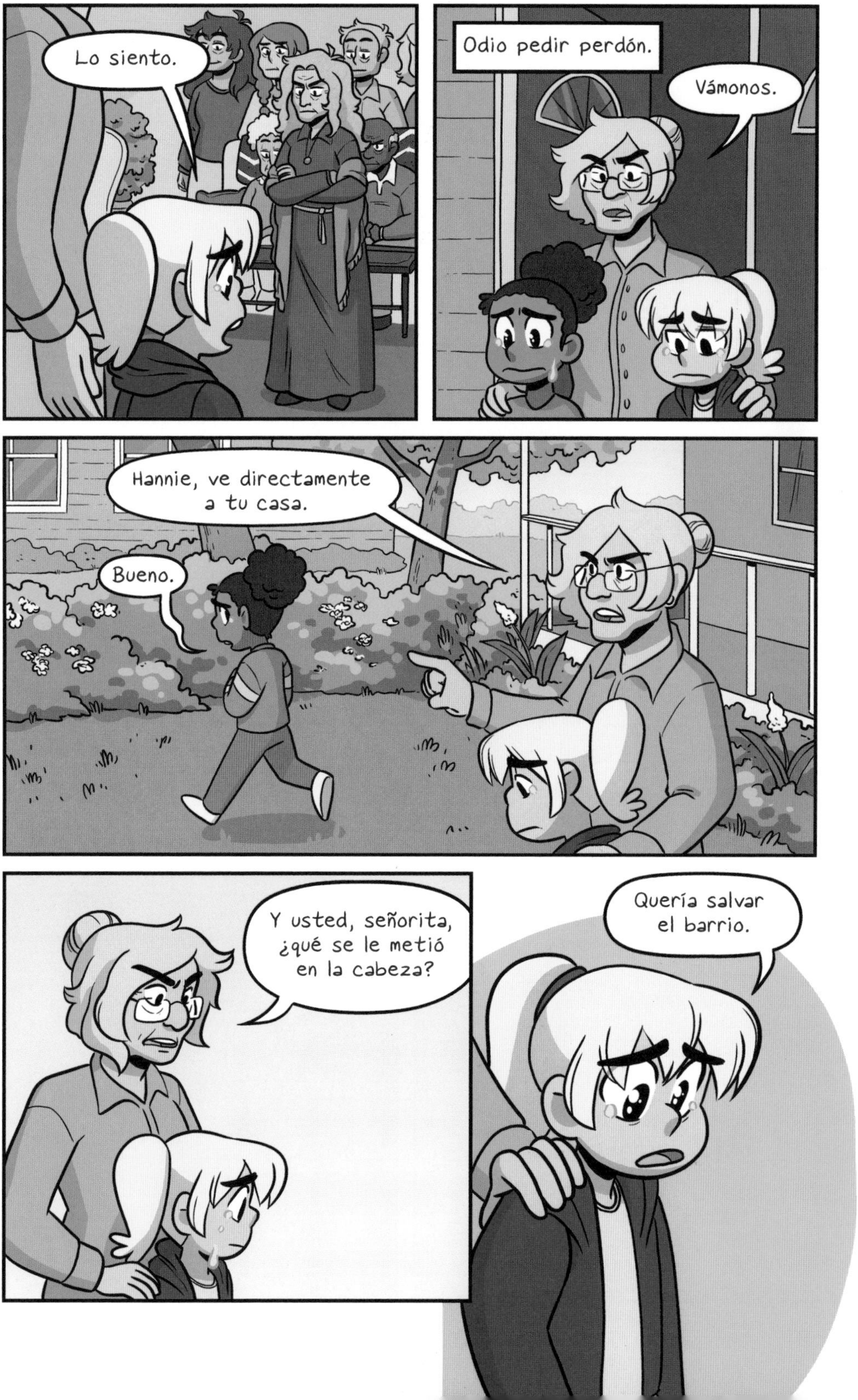

Lo siento.
Odio pedir perdón.
Vámonos.
Hannie, ve directamente a tu casa.
Bueno.
Y usted, señorita, ¿qué se le metió en la cabeza?
Quería salvar el barrio.

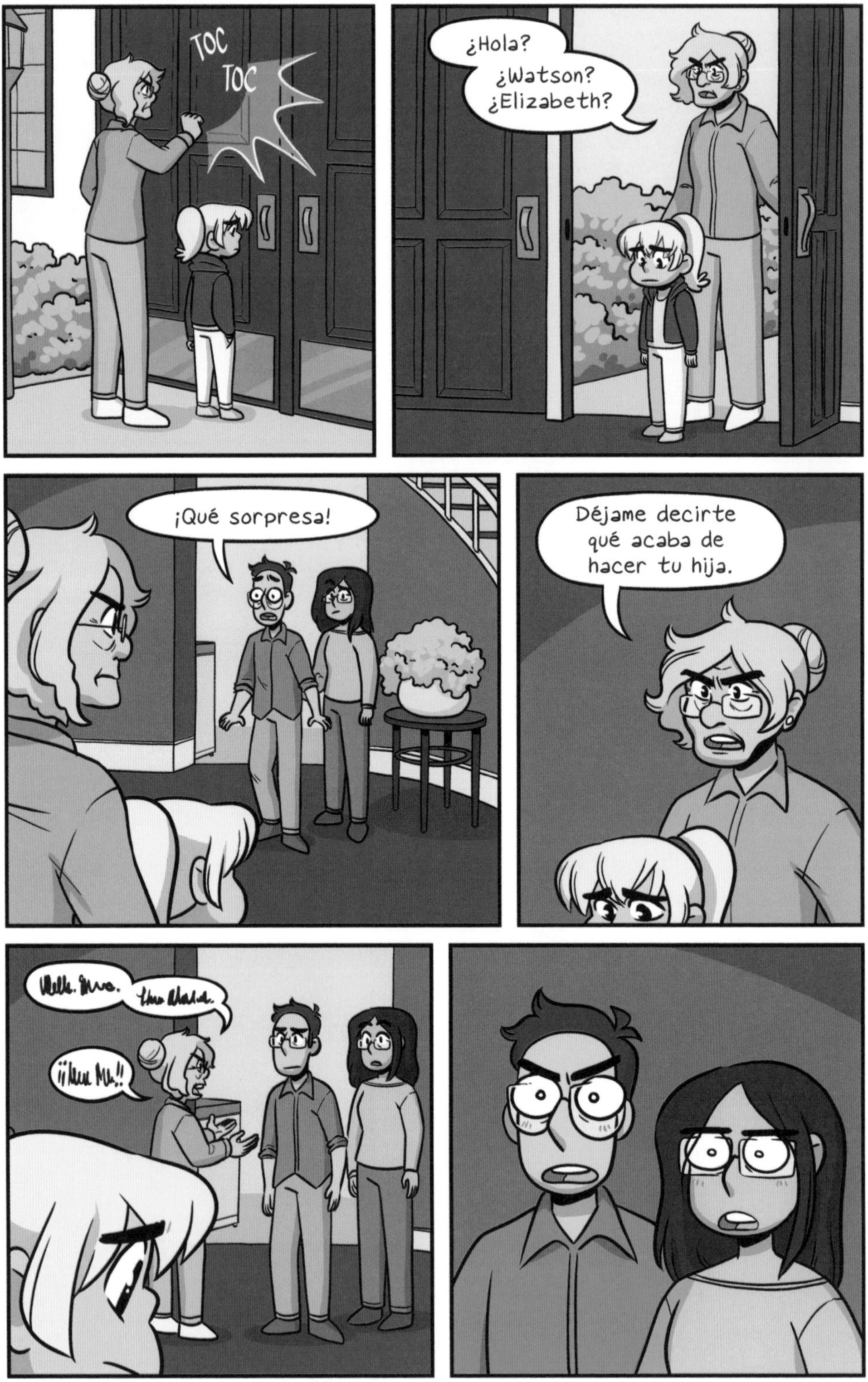
TOC
TOC
¿Hola?
¿Watson?
¿Elizabeth?
¡Qué sorpresa!
Déjame decirte qué acaba de hacer tu hija.

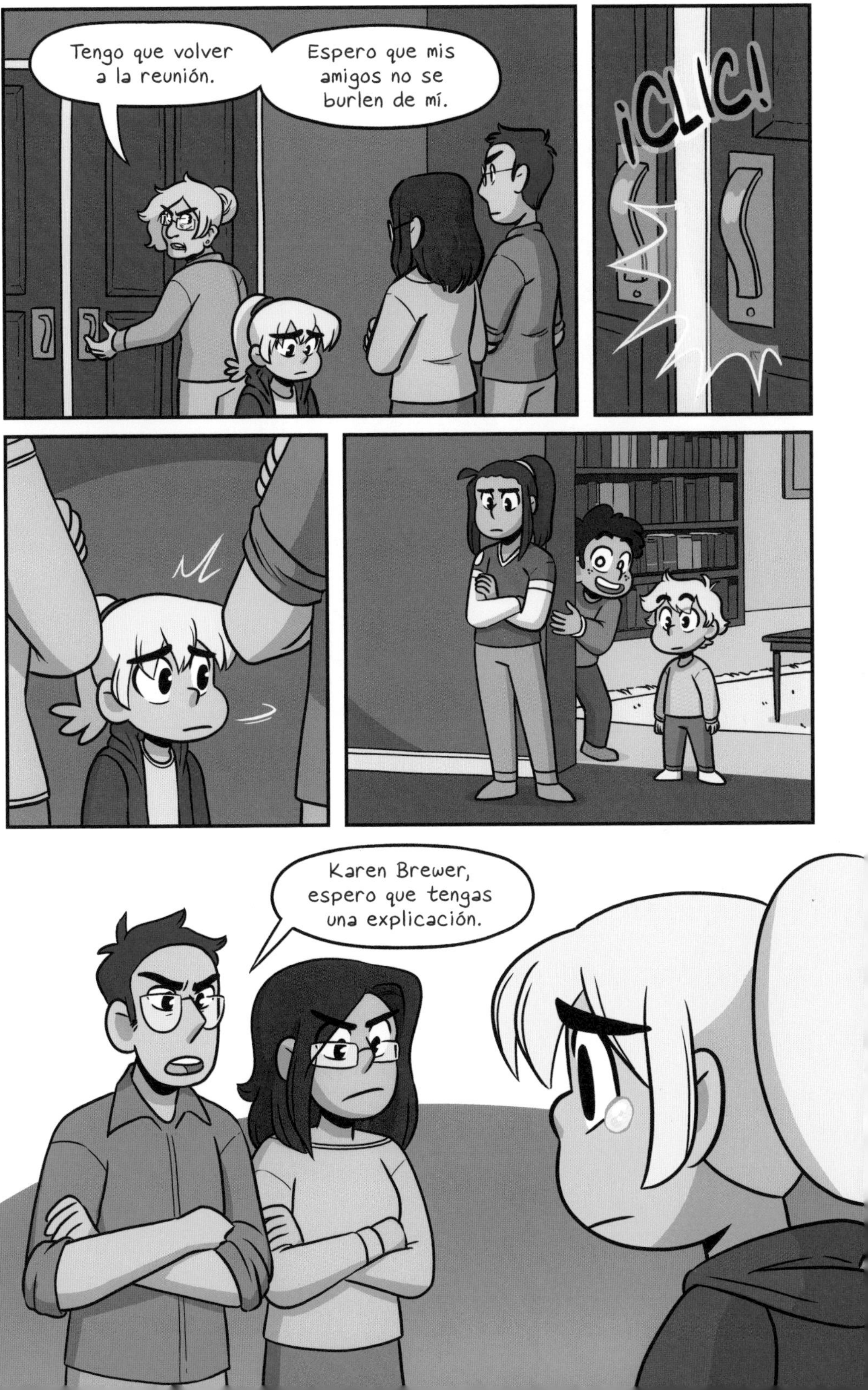
Tengo que volver a la reunión.
Espero que mis amigos no se burlen de mí.
¡CLIC!
Karen Brewer, espero que tengas una explicación.

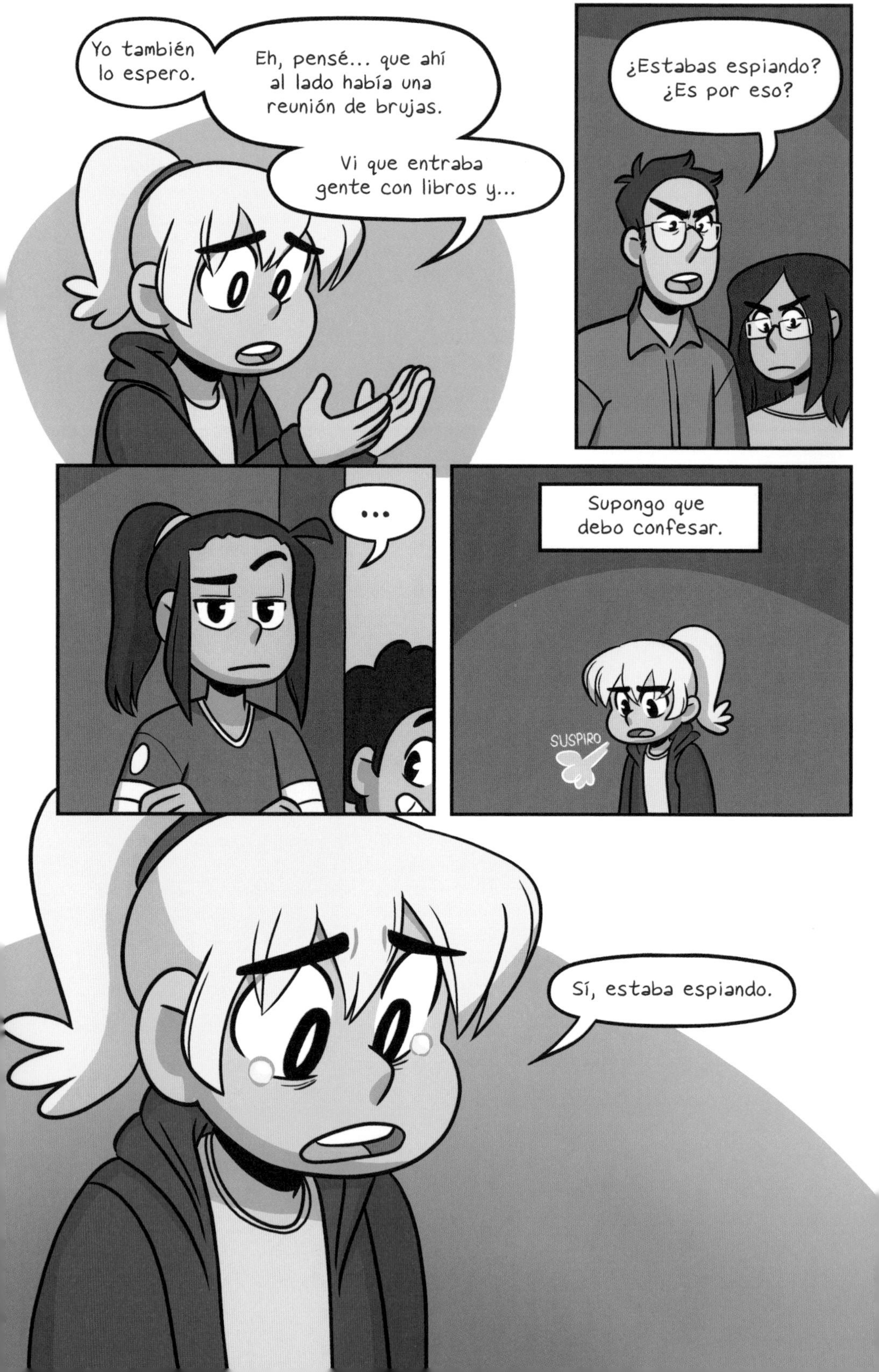
Yo también lo espero.
Eh, pensé... que ahí al lado había una reunión de brujas.
Vi que entraba gente con libros y...
¿Estabas espiando? ¿Es por eso?
...
Supongo que debo confesar.
SUSPIRO
Sí, estaba espiando.

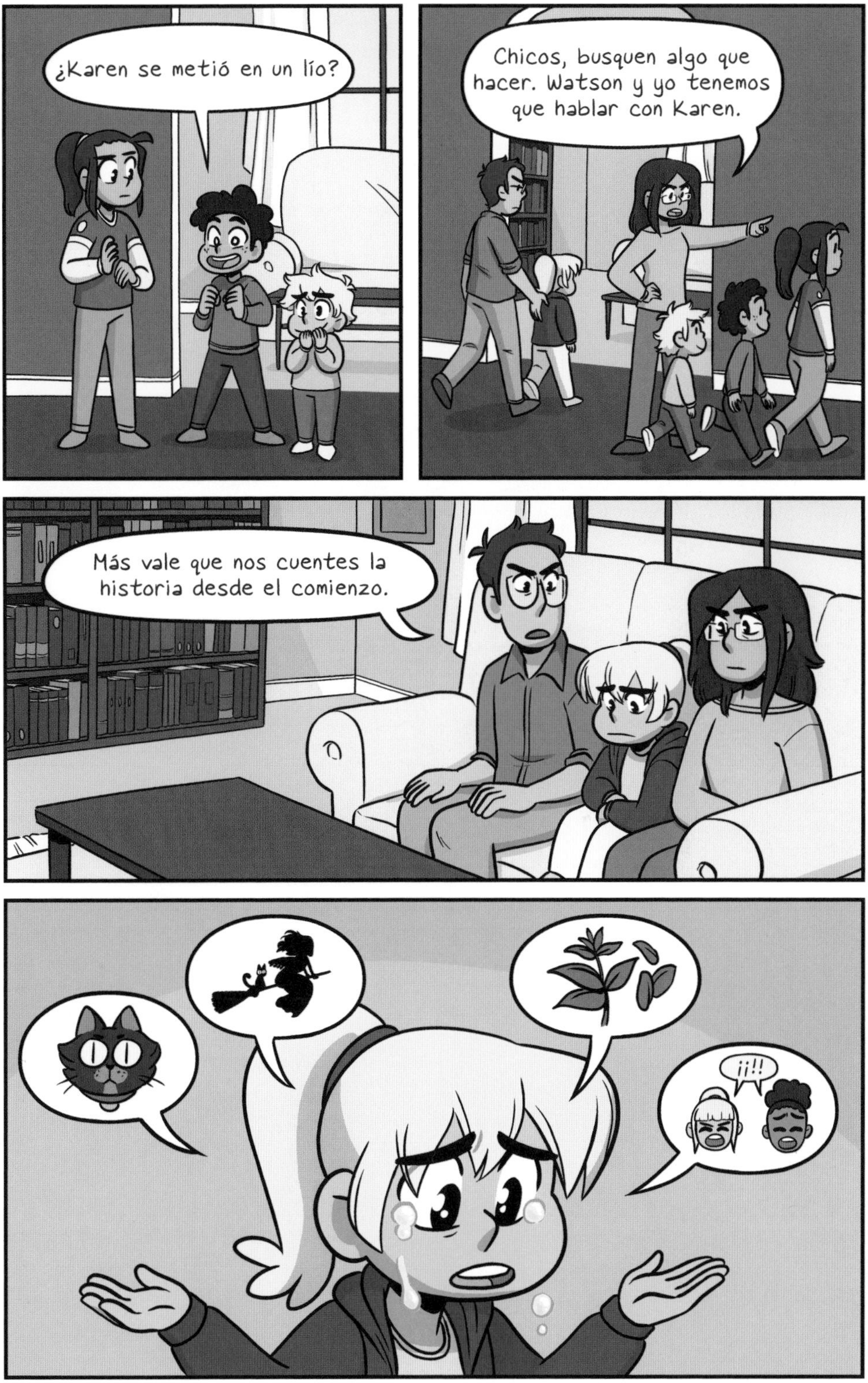
¿Karen se metió en un lío?
Chicos, busquen algo que hacer. Watson y yo tenemos que hablar con Karen.
Más vale que nos cuentes la historia desde el comienzo.
¡¡!!

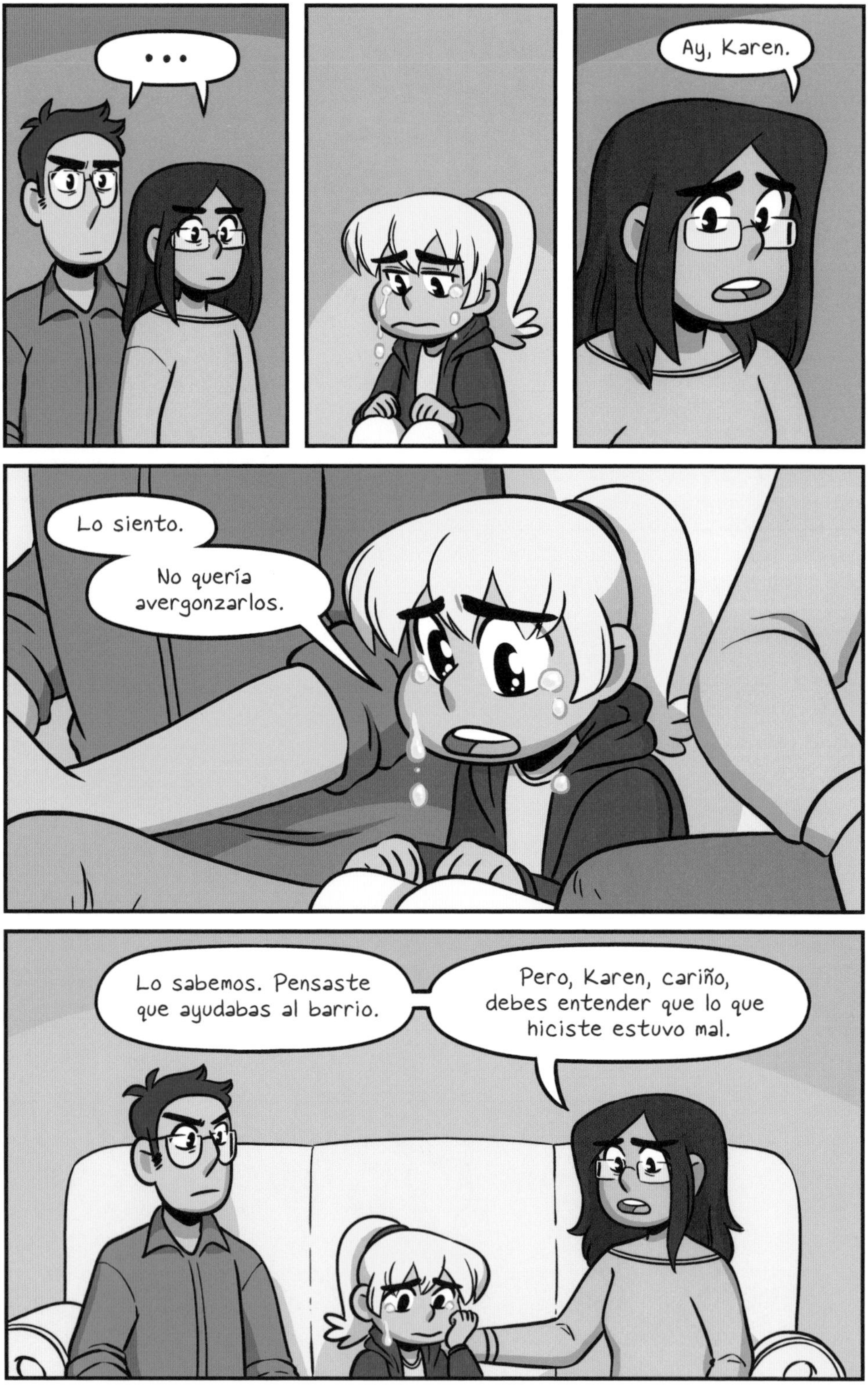
...
Ay, Karen.
Lo siento.
No quería avergonzarlos.
Lo sabemos. Pensaste que ayudabas al barrio.
Pero, Karen, cariño, debes entender que lo que hiciste estuvo mal.

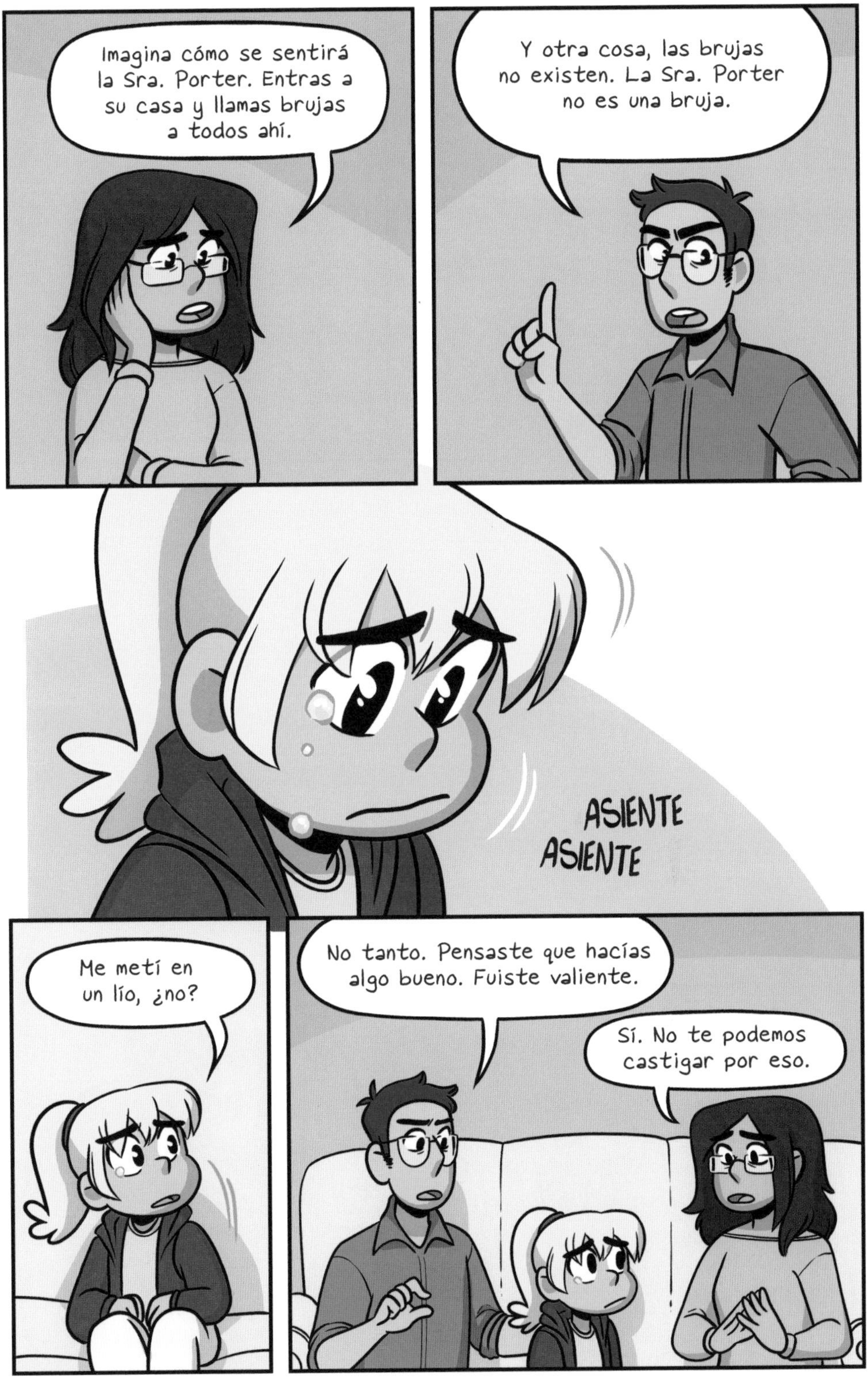
Imagina cómo se sentirá la Sra. Porter. Entras a su casa y llamas brujas a todos ahí.
Y otra cosa, las brujas no existen. La Sra. Porter no es una bruja.
ASIENTE
ASIENTE
Me metí en un lío, ¿no?
No tanto. Pensaste que hacías algo bueno. Fuiste valiente.
Sí. No te podemos castigar por eso.

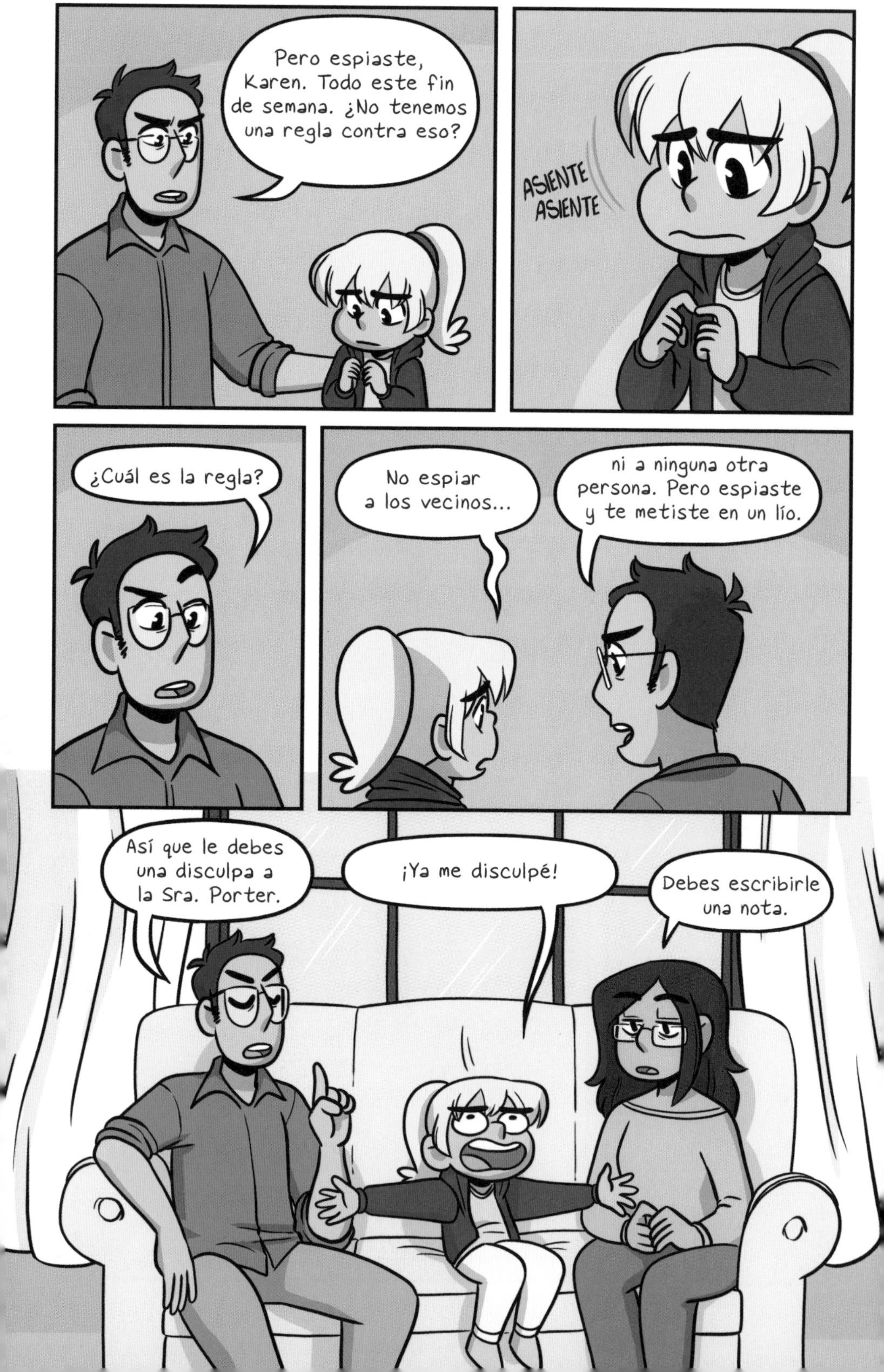
Pero espiaste, Karen. Todo este fin de semana. ¿No tenemos una regla contra eso?
ASIENTE ASIENTE
¿Cuál es la regla?
No espiar a los vecinos...
ni a ninguna otra persona. Pero espiaste y te metiste en un lío.
Así que le debes una disculpa a la Sra. Porter.
¡Ya me disculpé!
Debes escribirle una nota.

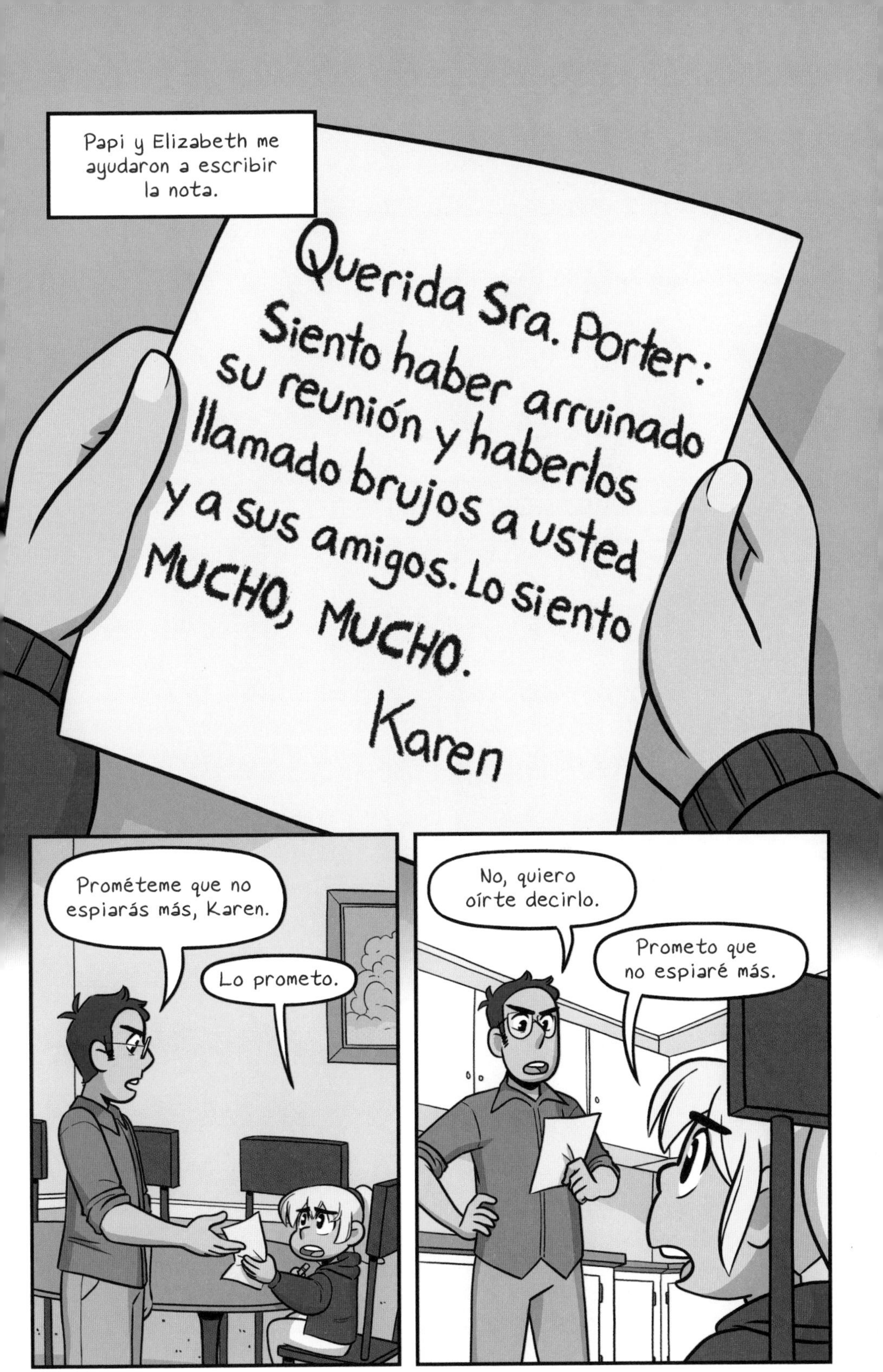
Papi y Elizabeth me ayudaron a escribir la nota.
Querida Sra. Porter: Siento haber arruinado su reunión y haberlos llamado brujos a usted y a sus amigos. Lo siento MUCHO, MUCHO.
Karen
Prométeme que no espiarás más, Karen.
Lo prometo.
No, quiero oírte decirlo.
Prometo que no espiaré más.

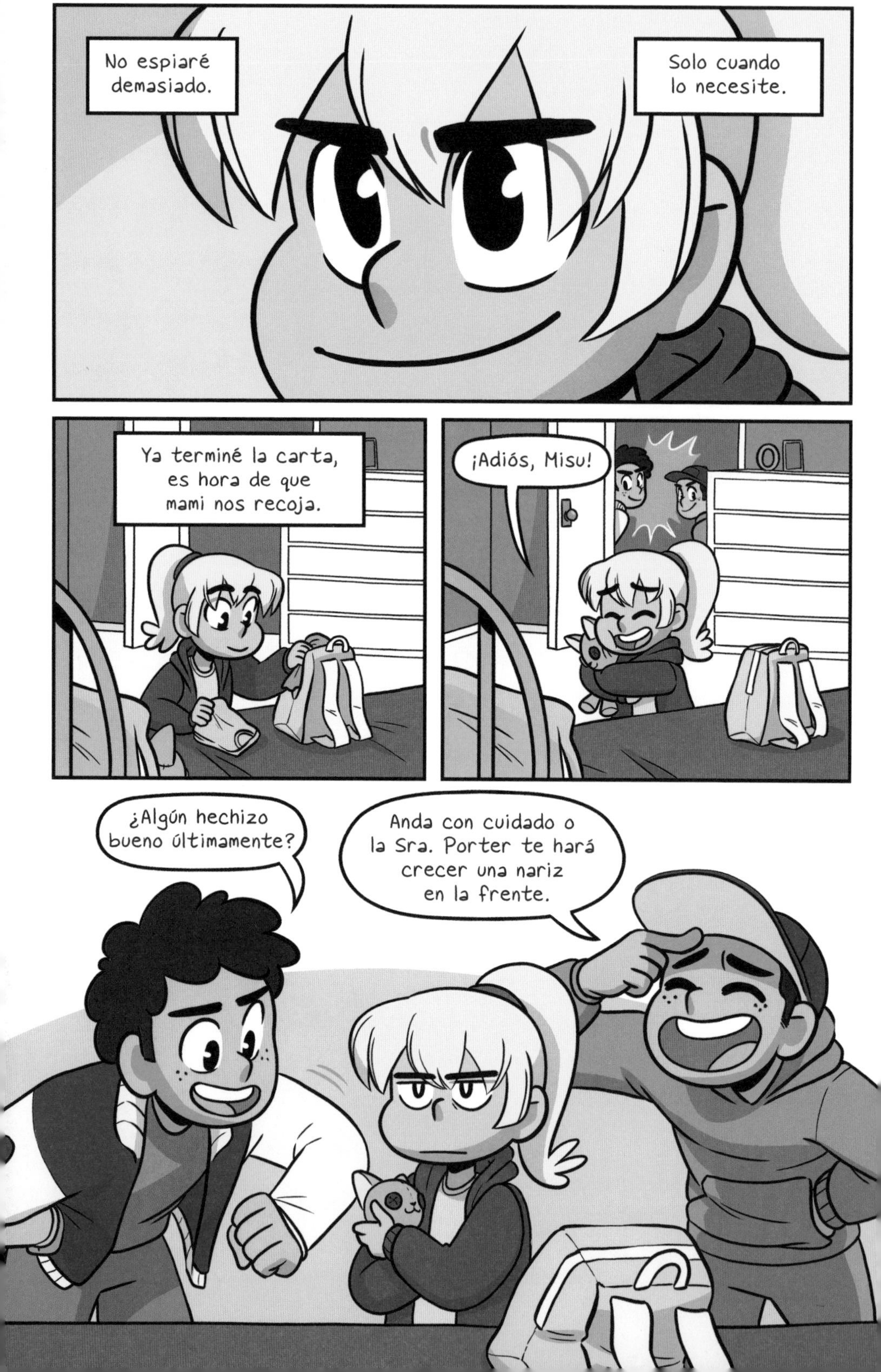
No espiaré demasiado.
Solo cuando lo necesite.
Ya terminé la carta, es hora de que mami nos recoja.
¡Adiós, Misu!
¿Algún hechizo bueno últimamente?
Anda con cuidado o la Sra. Porter te hará crecer una nariz en la frente.

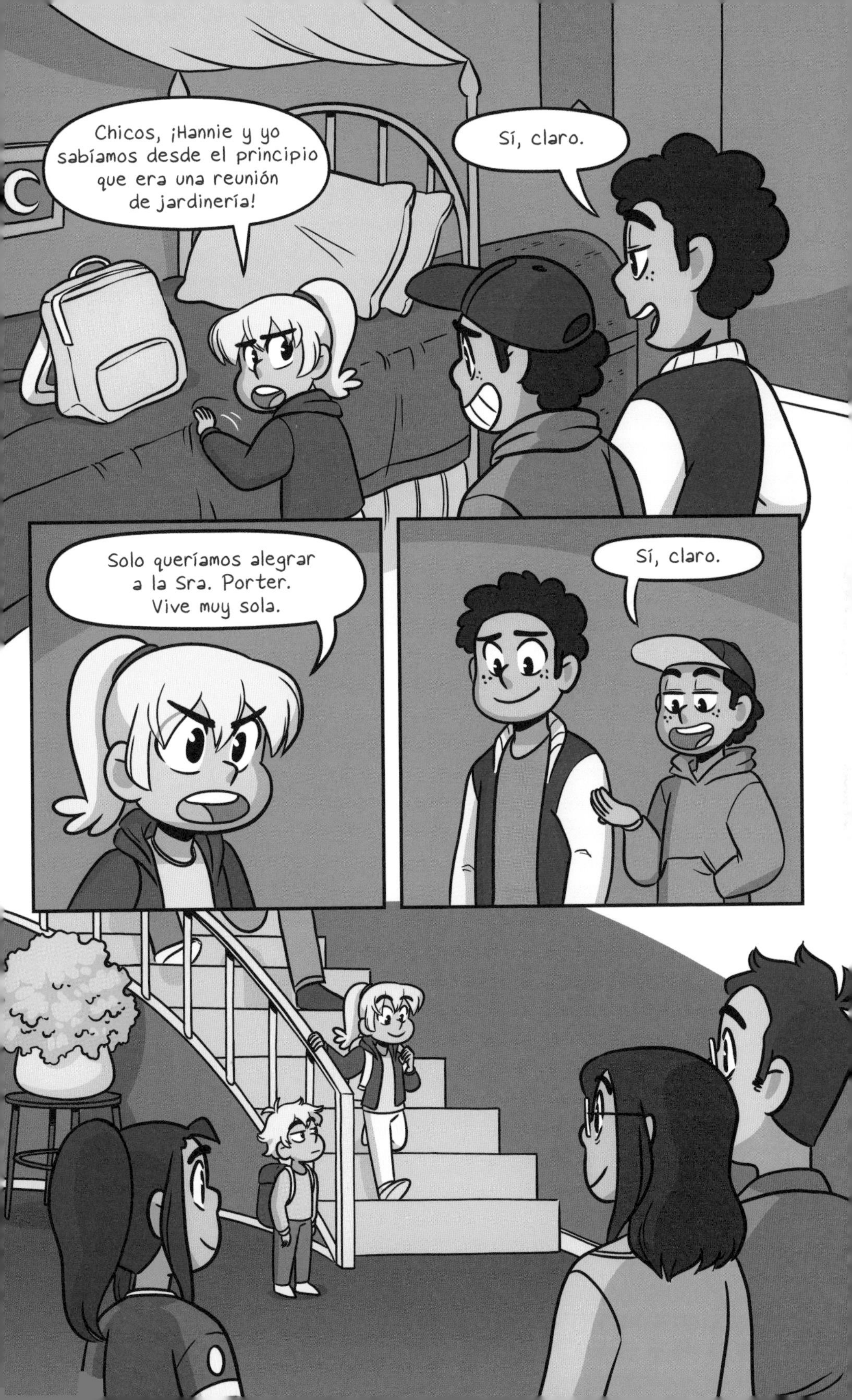
Chicos, ¡Hannie y yo sabíamos desde el principio que era una reunión de jardinería!
Sí, claro.
Solo queríamos alegrar a la Sra. Porter. Vive muy sola.
Sí, claro.

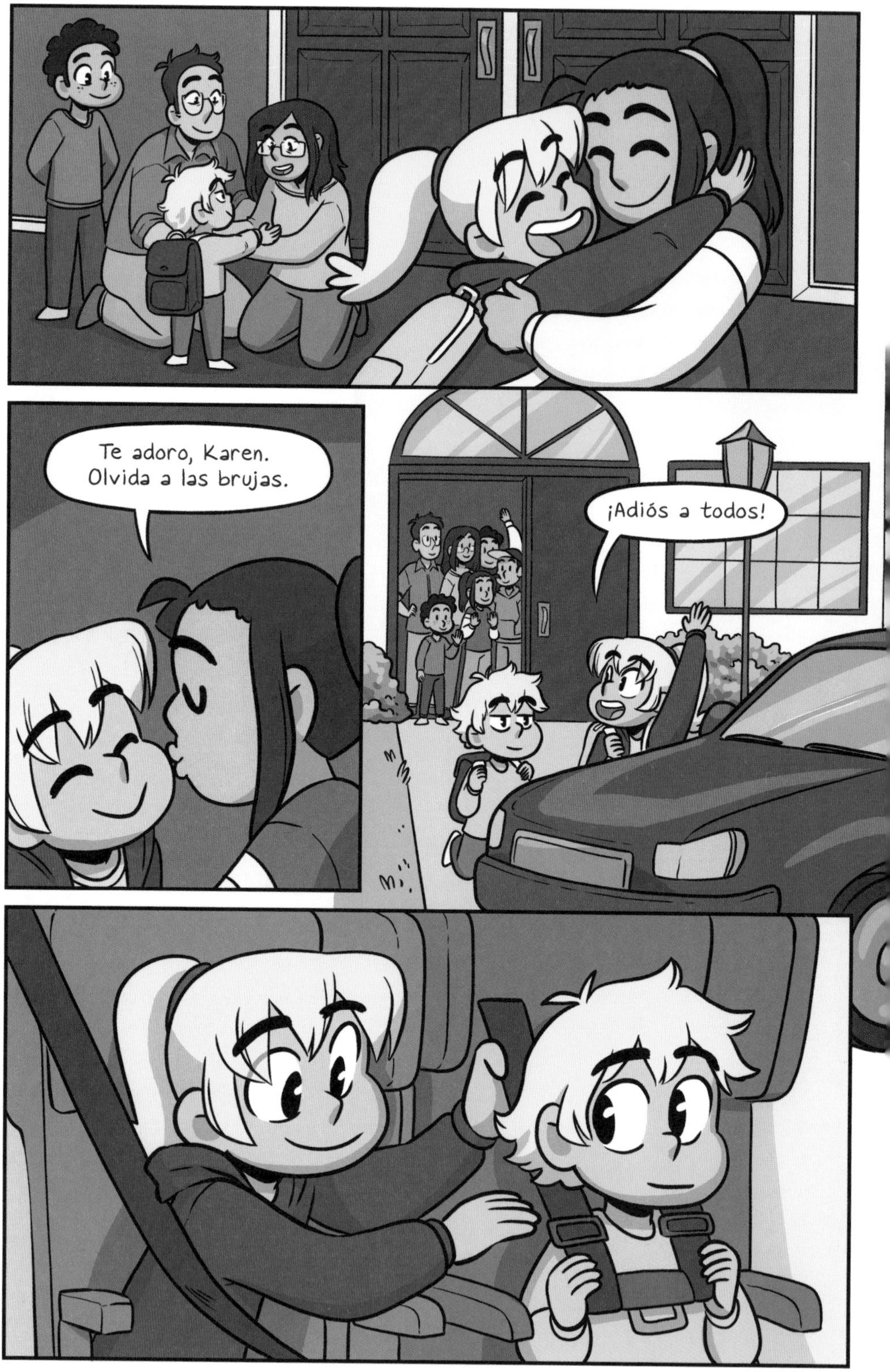
Te adoro, Karen.
Olvida a las brujas.
¡Adiós a todos!

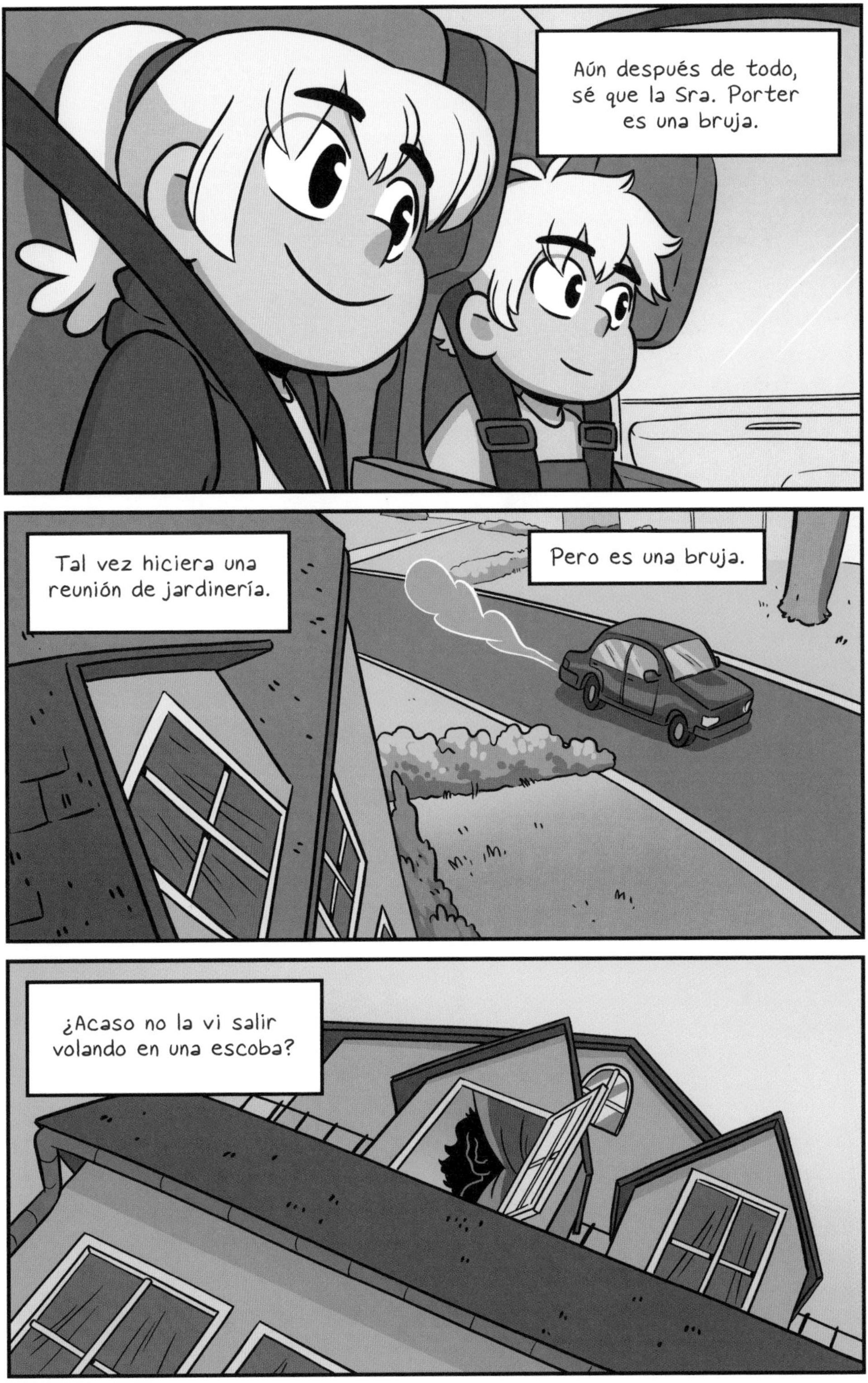
Aún después de todo, sé que la Sra. Porter es una bruja.
Tal vez hiciera una reunión de jardinería.
Pero es una bruja.
¿Acaso no la vi salir volando en una escoba?

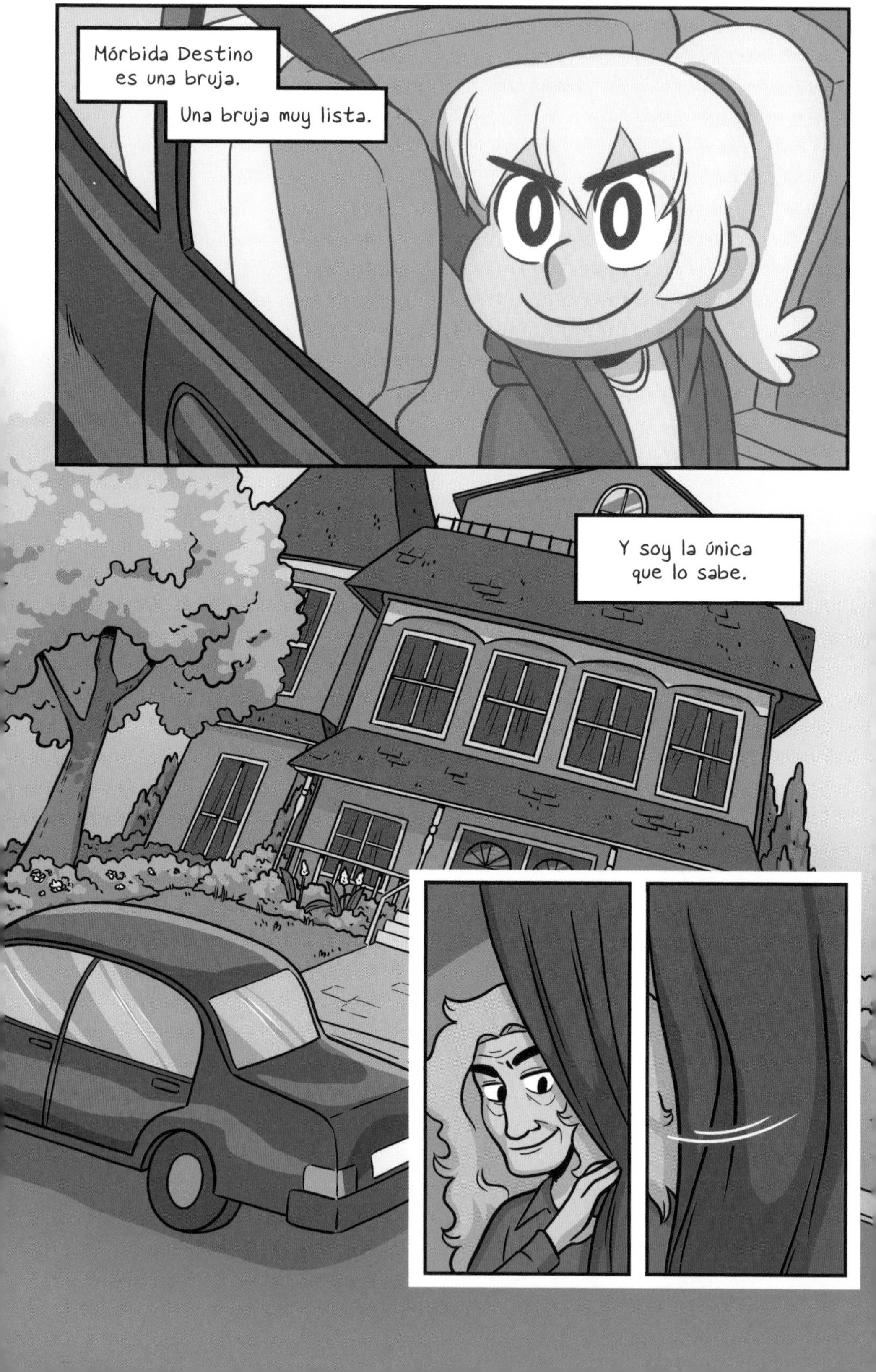
Mórbida Destino es una bruja.
Una bruja muy lista.
Y soy la única que lo sabe.

ANN M. MARTIN es la autora de El Club de las Niñeras, una de las series más populares en la historia del mundo editorial, con más de 176 millones de libros impresos en todo el mundo, y ha inspirado a una generación de jóvenes lectores. Sus novelas incluyen *Belle Teal, A Corner of the Universe* (libro ganador del Newbery Honor), *Here Today, A Dog's Life* y *On Christmas Eve*, al igual que las muy adoradas colaboraciones con Paula Danziger, *P.S. Longer Letter Later* y *Snail Mail No More*, y *The Doll People* y *The Meanest Doll in the World*, escritos con Laura Godwin e ilustrados por Brian Selznick. Ann vive al norte del estado de Nueva York.

KATY FARINA es una dibujante de cómics e ilustradora radicada en Los Ángeles. Actualmente es fondista en *She-Ra and the Princesses of Power*, de DreamWorks TV. Con anterioridad ha hecho trabajos para BOOM! Studios, Oni Press y Z2 Comics. Visítala en internet en katyfarina.com.